KB197179

3
남자 금지 게임 세계에서
내가 해야 할 유일한 일
백합 사이에 낀 남자로 전생해 버렸습니다
하자쿠라 료
Ryo Hazakura
[illust.] hai

"살아 있으면
연락 정도는 해!
장난해? 장난하냐고!"

NAME
스노우

"히이로,
어서 와…."
NAME
츠키오리 사쿠라

"히이로!"

NAME

아스테밀 클루에
라 킬리시아

NAME
뮤르 에세
아이즈벨트

“감탄했어.
넌 아직도 자기 주제를
모르는구나.”
NAME
크리스 에세
아이즈벨트

EVERYTHING FOR
THE SCORE
[VOLUME]
THREE
DANSHI KINSEI GAME
SEKAI DE
ORE GA YARUBEKI
YUIITSU NO
KOTO
3

3

남자 금지 게임 세계에서 내가 해야 할 유일한 일

백합 사이에 낀 남자로 전생해 버렸습니다

하자쿠라 료
Ryo Hazakura

[illust.] hai

커버 그림, 본문 일러스트 | hai

뿌옇던 시야에 천장의 나뭇결이 비쳤다.

"…………."

왜 살아 있지?

산죠 히이로로 전생한 나는 오리엔테이션 합숙에서 숙원을 이루고 알스하리야와 함께 폭사했을 텐데.

사지에 힘을 준 순간── 엄청난 통증이 온몸으로 퍼졌다.

비명을 꾹 집어삼키며 아래로 돌린 시야에 온몸에 칭칭 감긴 붕대가 들어온다. 폭발에 휘말려 죽었을 나는 목숨을 부지해 치료받고 있다.

고통과 열기 때문에 의식이 가끔 끊긴다.

의식과 무의식 사이를 헤매면서 기력을 쥐어 짜내어 시선을 옮겼다.

새하얀 헌화가 바쳐진 낮은 테이블. 12간지가 새겨진 벽시계는 진자를 흔들며 무겁게 시간을 새겨나가고 있다.

산화한 구리 틀을 가진 큰 거울에 산죠 히이로가 비쳤고, 나는 죽어가는 자신을 바라본다.

문득 기척을 느꼈다.

방구석 그늘에 모습을 숨긴 누군가가 가만히 이쪽을 바라보고 있다.

넌 누구야? 여기는 어디고?

추궁의 말은 밖으로 나오지 못했고, 다시 의식을 잃은 나는 눈을 감는다.

가로놓인 침대 옆에 세 소녀가 서 있었다. 그녀들은 정중한 손짓으로 나의 몸을 깨끗하게 닦아낸다.

몸을 꼼꼼히 어루만지는 손길에 나는 문득 깨달았다.

뭐야, 발가벗고 있잖아.

남자의 알몸을 닦으면서 혐오감은 안 드나?

익숙한 눈치로 그들은 내 온몸을 닦아냈다. 뻔뻔스레 고간까지 손길을 뻗치고 남에게 보여주지 못할 부분까지 깨끗하게 닦는다.

"변태……. 지, 짐스승…… 그만해……!"

굴욕에 눈물을 글썽이던 나는 가슴에 두 손을 얹고 고개를 가로저었다.

"교주님."

검붉은 머리카락.

흘러내리는 눈물방울을 연상케 하는 피어스를 단 소녀는 살며시 내 귓가에 입술을 가져다 댔다.

"지금은 그냥, 아무 생각 말고 주무세요."

이마에 손끝을 대자 어마어마한 졸음이 소리 없이 덮쳐들었다.

그녀들에게 몸을 맡긴 나는 바닷물이 밀려들고 걷히는 듯이 깨었다가 졸기를 반복했다.

온몸을 닦고 배설물을 처리하고 식사를 먹여주고 옆에서 자고 음악을 들려주고 잠든 나에게 이야기를 들려주는 등……, 호의

적인 세 소녀는 밀착형으로 나를 돌봤다.

헌신적인 돌봄 덕도 있는지, 겨우 나는 부축을 받고 설 수 있게 되었다.

하지만 아직 혼자 할 수 없는 일이 더 많다.

"……저기, 옆에서 엿보지 마세요. 이미 시선이 오프사이드 구역이거든요."

"실례했습니다. 고간의 오프사이드 라인 판정이 알기 어렵네요."

"그걸 설명하면 단숨에 레드카드야."

내가 쓰러질까 걱정하는 것인지 화장실에 갈 때는 감시를 붙이고.

"교님? 가려운 곳은 없어? 괜찮아요~? 응~? 혹시 부끄러워서 그래요? 귀여워라~!"

목욕 때는 꼭 몸을 씻겨 주니까.

"다리 벌려."

"이, 이러지…… 이러지 마시어요……!"

"뭐 어때서 그래."

"누가 봐도 이렇게 벌릴 필요는 없거든! 누가 봐도, 이렇게 벌릴 필요는 없다고! 그냥 다리 사이를 닦는 건데 V자가 될 때까지 활짝 벌릴 필요는 절대 없다고! 다리로 피스 사인 하는 것도 아니고! 이러면 다른 애들 얼굴을 어떻게 봐!"

이제 혼자 씻을 수 있는데 두 다리로 더블 피스를 한 채 다리 사이를 닦이곤 했다.

수치심으로 가득한 나날을 보내던 나는 서서히 혼자 걸을 수 있게 되었다.

방 밖으로 나온 순간, 빛이 두 눈을 찔렀고—— 푸른빛이 보였다.

하나하나 정성껏 구름을 흩뜨려 놓은 밤하늘처럼, 싱그러운 청자색 수면은 햇빛이 비칠 때마다 반짝인다.

그 중앙에 우두커니 선 수상 가옥.

물 위로 솟아오른 기둥 네 개 위에 얹혀 물 위에 자리한 항상(杭上) 주거지에는 손으로 젓는 목제 보트가 매여 있다.

불안하게 로프 하나에 덜렁 묶여 파문에 맞춰 일렁일렁 흔들리는 보트.

아득히 먼 곳까지 펼쳐진 호면을 바라보며 푸른 바다의 편린이나마 느낀 나는 다시 안으로 들어갔다.

"우선 인사부터 할게, 고마워. 너희가 돌봐준 덕에 다시는 잊지 못할 데드 오어 얼라이브가 되었어."

팔의 붕대를 다시 감으면서 나는 검붉은 머리를 가진 소녀에게 묻는다.

"그래서? 나를 죽게 두지 않은 마음씨 착한 당신 이름이나 들어볼까?"

"실피에르 디아블로트라고 해요."

미소를 띤 그녀는 단정한 얼굴 옆으로 새카만 꼬리를 살랑살랑 흔들었다.

"그레이터 데몬(심연의 악마)이죠. 382년 전부터 교주님을 모시고 있습니다. 인간들의 배에서 당신을 모셔와 치료를 보조했으니, 분에 넘치는 영광에 지극히 감사드립니다."

아니, 그레이터 데몬이라니.

맨손인 자신을 돌아보며 나는 식은땀을 흘렸다.

마인보다야 낫지만, 이런 초장에 마주치면 즉사할 수준의 보스 캐릭터잖아. 엘프나 정령종과 다르게 현계(現界) 사람과는 상성이 안 좋으니 사전 준비 없이 싸웠다가는 거의 확실히 질 자신이 있다.

"저쪽은?"

소녀소녀한 복장의 소녀는 나에게 윙크를 날린다.

"뱀파이어 로드(유적의 소희)예요."

"……지금 여기 없는 다른 한 사람은?"

"리치 킹(죽은 어둠의 왕)이에요."

아, 이런……. 시간을 단축하려고 낮은 레벨로 돌파해 온 스피드런 주자처럼 됐잖아……! 전투력 측정기 아가씨의 기분이 이런 거구나……!

보스 캐릭터에 둘러싸인 나는 머뭇머뭇 그 둘에게 묻는다.

"그, 그런데 교주님이 대체 누구신지……?"

"물론 당신이죠. 이곳은 마신교(魔神教), 알스하리야파의 거점이거든요. 앞으로 교주님은 알스하리야파를 이끌어 주셔야 한답니다."

무슨 소리인지 모르겠는데요! 내가 알스하리야를 죽였다는 걸 알면 즉사감이라는 것만은 알겠네! 적의 진지 한복판이라 이거지, 예이예이!

가능한 한 상대를 자극하지 않도록 나는 싱글벙글 웃으며 묻는다.

"내 매직 디바이스는?"

실피에르는 손가락을 딱 울렸다.

덜컹 소리와 함께 테이블 위에 쿠키 마사무네가 나타난다.

말도 안 돼. 전순(転瞬) 콘솔도 쓰잖아. 하나둘, 하고 도망친 순간 나는 삼도천 너머에서 0m 달리기 표창대에 서게 되겠지.

"또 뭐 원하시는 건 있나요?"

"백합 커플 결혼식에 참석한 후, 구석진 자리에서 박수를 보내며 여생을 마치고 싶어."

"알겠습니다."

"알지 마."

진지하게 수긍하는 그녀에게 공포를 느끼며 나는 머뭇머뭇 묻는다.

"여기는 이계 맞지? 현계의 호쵸 마법 학원으로 돌아가고 싶은데……. 괜찮을까……?"

"교주님의 행동을 속박할 권리를 가진 사람은 없답니다. 저희의 생살여탈권도 당신이 쥐고 계세요. 뜻대로 하세요."

나는 휴, 하고 안도의 한숨을 내쉬었다.

우선 현계로 돌아가서 스승님께로 피난하면 어떻게든 되겠지. 이 녀석들이 아무리 강해도 조용함을 대가로 힘을 얻은 가엾은 420세 여인의 적수는 못 된다.

크큭……, (남의) 힘을 보여주마……!

"그럼 나는 현계로 돌아――."

충격과 함께 시야가 좌우로 흔들렸고 강렬한 파괴음이 고막을 흔들었다.

사람 그림자가 천장을 찢더니 바닥을 관통했으며, 바닥 아래 있는 수면에 사람의 몸이 내동댕이쳐졌다. 그에 솟구친 물보라가 벽과 바닥을 적신다.

실피에르는 내 쪽으로 튀는 물을 손으로 막는다.

"교주님 앞입니다. 조심해서 청소하세요, 하이네."

물속에서 솟구친 소녀는 뼈로 만든 지팡이를 한 손에 들고 우드득우드득 소리를 내며 고개를 꺾었다.

"안 돼. 수가 너무 많거든. 여름철의 바퀴벌레 같아."

"페어 레이디파인가요?"

"아니, 나나츠바키파야."

"뭐어, 정말~? 그 암여우, 장난해? 알스하리야 님 덕을 그렇게 봐 놓고는~? 절호의 기회다 이거지, 비겁하기 짝이 없어!"

"당신들 둘이 처리해요. 저는 교주님을 현계로 바래다 드릴게요. 움직이는 쓰레기는 참 성가시네요……. 교주님께 먼지가 묻었잖아요."

몸을 숙인 실피에르는 정중한 손짓으로 내 바지에 묻은 먼지를 떨어낸다.

느긋하게 먼지를 떨어내는 그녀 뒤로 희푸른 마력의 빛이 충돌하며 반짝였고, 하늘을 미끄러지듯 사람의 몸이 날아다닌다.

몇십 명의 적대 세력을 앞에 두고, 알스하리야파 간부 둘은 여유작작하게 매직 디바이스를 흔들어 보인다.

"그럼 인근 디멘션 게이트(차원문)로 안내하겠습니다."
"아니, 저건 괜찮은 거야?"
"저 정도로 죽는다면 고작 그런 수준이라는 거니, 알스하리야 파 간부 자리에는 걸맞지 않아요."
적대 세력을 압도하는 두 사람을 확인한 나는 가세할 필요 없겠다고 판단했고——, 나나츠바키파인 듯한 권속들이 나타나 우리 앞길을 막는다.
살기를 여지없이 드러내는 실피에르가 한 발짝 앞으로 나섰기에 나는 황급히 말린다.
"아니, 내가 할게. 너는 물러나 있어."
"분부, 받들겠습니다."
살의가 하늘을 찌르는 실피에르를 만류한 나는 적당히 트리거를 당겼고——.
"엥?"
오른쪽 주변에 12발의 보이지 않는 화살(닐 애로)을 만들어 냈다.
"잠시만! 뭐가 이상해! 나왔어! 뭐가 나왔——."
권속들이 덤벼들자 반사적으로 나는 오른팔을 휘둘렀다.
그리고 보았다.
시야를 가득 메우는 엄청난 수의 레일을.
머릿속으로 이미지한 갖은 패턴의 탄도가 순식간에 표시, 구축되는 걸 보고 놀라서 눈을 크게 뜬 나는—— 쏘았다.
눈앞에 있는 벽이 날아간다.
나뭇조각이 어마어마한 기세로 회전하면서 주변으로 튄다. 소음과 함께 천장이 뚫렸고, 무시무시한 돌풍이 온몸을 뒤흔들며 곤두선 머리부터 발끝까지 전류가 퍼진다.

다행히 잠깐 사이에 궤도는 빗나가게 해두었다.

다리에 힘이 풀린 권속들은 떨면서 나를 올려다본다.

손뼉을 짝짝 치면서 미소를 띤 실피에르가 속삭인다.

"그야말로 쾌도난마(快刀亂麻), 훌륭하세요."

……가랑이를 갈고닦으면 파워가 상승한다? 말이 되냐?

적대 권속들에게서 벗어난 나는 현계로 떠밀려 나왔다.

디멘션 게이트 너머에서 실피에르는 무릎을 꿇은 채 고개를 숙였다.

"그럼 또 언젠가. 현계라면 놈들도 그렇게 설치지 않겠지만, 볼일이 있으실 때는 언제든 불러 주세요."

"백합 커플의 키스가 보고 싶어지면 부를게."

"알겠습니다."

"알지 마."

눈앞에서 디멘션 게이트가 닫히고 인기척 없는 뒷골목에 남은 나는 안도의 한숨을 내쉬었다.

사람이 다니는 큰길로 나와 역 앞을 걸으면서 나는 머리를 굴린다.

나는 왜 살아 있지? 틀림없이 고전 예능 스타일의 폭발로 죽었는데. 피할 수는 없었다. 죽음의 순간에 흐른 주마등은 내가 『신』으로 랭킹을 매긴 백합 작품들이었고, 내 픽은 순애 작품이라는 걸 절절히 느꼈다.

생각에 잠기며 나는 자동문을 지나 서점에 들어간다.

내 마력량이 어마어마하게 늘었다는 점도 마음에 걸린다. 폭사 한정 아임 백 캠페인 같은 게 있는 것도 아니고, 날아간 왼팔이 복구된 것도 의미를 모르겠다.

무슨 원인으로 되살아나 교주님이라고 불리게 되었으며 마력량이 늘게 되었는가.

서점에서 나온 나는 역 앞 벤치에 주저앉는다.

꾸물거릴 틈이 없다. 한시라도 빨리 그 원인을 밝혀야 한다.

초조함을 느끼면서 나는 구매한 『설령 닿지 않을 ○이라 해도 4』의 페이지를 넘긴다.

제길……, 내 몸은 어떻게 된 거지……!

얼른 이 원인을 알아봐야겠다고 초조감을 느끼며 다시 서점으로 들어가 『설령 닿지 않을 ○이라 해도 5』를 사 온다.

제길……. 두 사람의 관계는, 대체 어떻게 되는 거지……!

벤치에서 독서를 마친 나는 초조감에 시달리며 서점으로 달려가 6권과 7권을 구매해 왔다.

전권을 독파한 나는 싱글벙글 웃으며 고개를 끄덕였다.

백합은 언젠가 암에도 효능을 보일 것이다.

그나저나 이 세계 서점은 최고네. 대부분 만화나 소설은 주인공이든 히로인이든 여성이라 『마른하늘에 백합』 상태로 최고란 말 말고는 표현할 길이 없다. 왜 내 주변은 백합 발생률이 낮은지 연구팀을 꾸리고 싶을 만큼 의문이다.

백합의 아름다움을 재확인한 대가로 나는 교통비를 잃었고, 상실감을 느끼며 텅 빈 지갑을 흔든다.

침대에 계속 누워 있기만 해서 몸도 둔해졌으니 학원까지 가볍게 뛰면 되려나.

트리거를 당긴 나는 달려나갔고——, 어마어마한 기세로 풍경이 흘러가서 놀란 바람에 멈춘다.

"……응?"

뒤로 돌아서 주행의 흔적을 확인한 뒤, 눌어붙은 도로를 보고 가만히 서 있었다.

이봐, 장난하는 거지? 마력은 제대로 담지도 않았는데. 백합을 추구하는 열의가 연료가 되어, 나 자신이 제어할 수 없는 백합 폭주 기관차로 변한 건가?

사람을 치어 죽일 수도 있겠다 싶어서 나는 학원까지 걷기로 했다.

그 길에 우연히 스노우와 엇갈렸다.

"오, 스노우. 뭐 사러 가? 나는 오늘 저녁으로 햄버그를 먹고 싶은데, 기억해 둬."

"여전히 태평하기 짝이 없는 표정이네요. 그에 반해 스노우는 행방불명된 당신을 찾느라 바쁘거든요. 수면 부족에 피부 컨디션까지 최악이에요. 그 바보 주인, 오기만 해보라죠. 정수리를 반으로 쪼개서 직접 뇌에 귀소 본능을 심어 줄 거예요."

뺨이 핼쑥하게 팬 스노우의 눈 아래로는 짙은 기미가 엿보였다. 부어오른 두 눈을 문지르며 그녀는 코맹맹이처럼 속삭인다.

"이봐, 메이드. 특유의 스마일은 어쨌어. 내 진심을 짓밟는 스텝과 함께 흥겨운 주인 욕으로 네거티브 선거전을 벌이는 게 네 축생도(畜生道)잖아."

"시끄러워요, 비주얼부터가 시끄러워. 그 꾀죄죄한 얼굴은 짜증을 전파하기 위한 광고탑인가요? 남의 상심을 이해하지 못하는 그 도덕심은 대체 어떤 똥통 학교에서 배워 온 거예요? 엉망으로 뒤틀린 그 윤리관은 희대의 장인이 와도 못 고칠걸요. 전 당신을 찾느라 바쁘니까 See you tomorrow, 내일 보죠. 오늘 밤은 풀이라도 뜯어 먹든지. 잘 가요."

"그 속사포 같은 악담으로 사전 하나 내도 되겠네. 본래라면 교육적 지도로 나를 향한 숭배를 머릿속에 새겨넣어 주겠지만, 오늘은 내가 울 것 같으니까 봐준다."

나는 스노우와 헤어졌고——, 뒤에서 드롭킥을 맞았다.

"봐줘야 할 이유를 못 찾겠어!"

좌아아악, 나는 힘차게 땅 위를 굴렀다.

우왕좌왕하는 사이, 몸이 뒤집혔고 스노우는 내 배 위에 올라탔다. 두 눈에 눈물이 그렁그렁 맺힌 그녀는 힘차게 내 멱살을 낚아채더니 잡아당겼다.

"살아 있으면 연락 정도는 해! 장난해? 장난하냐고! 죽어, 죽어, 죽어!"

"죄송합니다. 죄송합니다. 용서해 주세요, 용서해 주세요! 그렇게까지 걱정하는 줄 몰랐어요! 죽을 뻔해서 연락을 못 한 거예요! 주먹으로는 때리지 마세요! 정형외과 시술을 맨주먹으로

하지 마! 자비를 베풀어주세요!"

투닥투닥투닥투닥, 때릴 만큼 때린 그녀는 오열하면서 내 가슴 위로 엎어졌다.

"웃기지 마……. 죽어……, 죽어어……!"

"죄송해요. 죽지도 않고 살아 돌아왔습니다. 기대에 부응하지 못해서 미안해. 다음에는 최선을 다해 볼게."

"장난해! 죽지 마! 하지만 죽어! 죽지 마(쿵), 죽어(딱), 죽어(딱), 죽지 마(쿵)!"

억지의 끝판왕, 풀 콤보다동!

몇십 분 후, 스노우는 안정을 되찾았고 우리는 나란히 공원 벤치에 앉았다.

"저……, 옷자락 좀 놔 주실래요……? 죽다 살아난 기념으로 탄산 빠진 콜라를 한잔하고 싶은데요."

"……놓으면, 또 어디로 가 버릴 거잖아."

"안 가, 안 가. 저승도 못 갔는데 어딜 가겠어."

코를 훌쩍거리며 스노우는 내 옷자락을 잡고 놓지 않았다.

마지못해 메이드를 데리고 자판기로 향한다.

"스노우, 뭐 마실래? 탄산 빠진 콜라?"

"……차."

"OK(탄산 빠진 콜라 연타)."

"고막에 노이즈 캔슬링 기능이라도 있어? 제가 차라고 했잖아요?"

투출구로 나온 탄산 빠진 콜라를 꺼낸 나는 뜻밖의 결과에 당황했다.

“내 몸이 어떻게 된 거지……? 사투의 후유증으로 차와 콜라를 구별하지 못하고, 차 앤드 콜라로 결과가 출력되는 건가……?”

“쿠키 앤 크림처럼 유닛 단위로 다룰 만한 조합이 아닌데요. 이제 됐어요. 그건 주인님이 드시고. 다음엔 꼭 차를 눌러 주세요.”

“OK(탄산 빠진 콜라 연타).”

“죽을래요?”

잘 생각해 보면 나는 스코어 0이라서 탄산 빠진 콜라밖에 살 수 없다. 그렇기에 이건 내 책임이 아니라, 정부에 의한 압제 정치의 일환이라 할 수 있겠지.

우리는 음료를 한 손에 들고 벤치에 앉는다.

“그래서? 오리엔테이션 합숙에서 무슨 일이 있었던 거죠?”

이만큼 걱정을 끼쳐놓고 숨길 수도 없지.

길동무가 될 각오로 폭사를 선택한 사실은 숨기고, 나는 스노우에게 경위를 이야기했다. 알루미늄 캔을 두 손으로 감싼 그녀는 여느 때보다 묘한 표정으로 맞장구를 치더니 입을 열었다.

“또 새로운 여자가 는 건가요…….”

“장난하는 거지? 내 목숨을 건 싸움이 그 한마디로 정리되는 거야?”

“농담이에요. 우선 앞으로의 방침을 세워야겠네요. 솔직히 이렇게 맥없이 돌아올 줄 몰랐기 때문에 머릿속이 스크램블 상태인데……. 가능한 한 레이 님을 비롯한 다른 분이 충격받지 않는 형태로 재회하자고요.”

"응? 왜? 그냥『나 왔어~』면 되지 않아?"

스노우는 깊은 한숨을 내쉬었다.

"주인님의 그 달콤하기 짝이 없는 정신머리, 당류 1일 적정 섭취량을 넉넉히 뛰어넘겠어요. 입에서 설탕이 줄줄 새어 나온다고요. 아주 이빨이 녹아내리겠어요. 여자들이 환장할 만해요."

"이봐, 스노우 씨. 그건 막말 죄로 사죄형 감 아닌가? 고작 난봉꾼 남자 하나가 2주 동안 사라진 건데? 그냥 여자랑 노느라 정신이 팔렸었나 보다 하지 않을까?"

"당신의 어머님께서는 당신을 몸소 출산하실 때 객관이라는 옵션을 떼고 낳으셨는지요? 주관 하나로 나만의 길을 걸으며 차례차례 여자를 함락시켜 가고 있네요. fps 미연시라는 새로운 장르인가요?"

스노우는 간절하게 타이르듯 현재 상황을 설명해 주었다.

아무래도 레이는 내 소식이 끊긴 원인이 산죠가에 있다고 생각한 모양이다.

철가면을 뒤집어쓴 그녀는 후계자라는 지위를 최대한 활용해 산죠가 식구들을 차근차근 몰아붙여 갔고, 분가 사람들은 두려움에 잠도 못 이루는 상태라나.

"흡사 야쿠자 간의 항쟁이었죠. 요 2주일 사이, 저는 눈도 입도 웃지 않는 레이 님 옆에서 인간의 추악함과 더러움, 권력자의 무시무시함을 목격했답니다. 고삐가 풀린 레이 님은 폭주 중이세요. 얼른 막지 않으면 산죠가는 근간이 무너질걸요."

뜻밖의 사태에 얼어붙은 나는 계속해서 귀를 의심할 만한 이야기를 들었다.

"라피스 님은 알프 헤임으로 돌아가셨어요."

"뭐? 그야 고향이니까 가끔은 가겠지."

"혹시 뇌가 귀향해 있나요? 다시는 현계로 돌아오지 않겠다는 뜻이에요. 히이로 님이 생각나니까 다시는 일본을 찾지 않겠다고 단언하셨죠. 고향으로 가서 은둔형 외톨이가 된 요인은 의심할 여지 없이 당신의 행방불명에 있어요."

식은땀이 천천히 내 이마 위로 흘러내린다.

"아, 아스테밀이랑 츠키오리는? 그 둘은 사이좋게 잘 지내고 있지?"

"사이야 좋고말고요. 둘이서 팀을 짜고 마신교 일본 지부를 깡그리 털고 있거든요. 어디서 뺨 맞고 마신교에서 눈 흘기는 꼴이라 못 봐주겠어요."

아, 이런……. 잠깐 죽었다가 저세상에서 아윌 비 백(I'll be back)했더니, 이 세상이 지옥으로 변해 있었다. 시나리오가 엉망으로 망가져서 원형을 못 찾겠다. 얼른 수정해야 한다. 지금 백합이 중요한 게 아니야. 내가 필사적으로 가꾼 백합 정원에서 히로인들이 화전 농업* 중이라고.

"스, 스노우 씨. 긴히 상담할 게 있는데."

"안 돼요. 당신이 살아 있다는 증거를 다른 분들께 제시하고 다시 사라지려는 거죠? 전 주인님을 따라갈 생각이니 다시 사라져

*원래 있던 풀과 나무를 불사르고 그 터를 일구어 농사하는 것.

도 상관없지만, 다른 분들도 이 세상 끝까지 찾으러 갈 거예요."

나는 말이지, 백합의 편에 서고 싶었어(유언).

절망한 나는 "화, 화장실 좀……" 하고 양해를 구한 뒤, 스노우와 거리를 둔 뒤 공원에 딸린 분수 가장자리에 앉아 머리를 싸맸다.

어, 어떡해야 하지. 히로인들에게 내가 살아 있다는 걸 전하면, 정체 모를 호감도 상승이 발생해 사태를 걷잡을 수 없게 될 듯한 예감이 든다. 내 자살이나 실종이 시나리오의 흐름을 어지럽힐 가능성이 생긴 이상 가벼운 마음으로 그 선택지를 택할 수는 없었다.

피할 수 없다, 그렇다고 정면에서 맞설 수도 없다.

이건 그야말로 사면――.

"문제가 있나 봐, 산죠 히이로."

힘껏 고개를 든다.

갈색 트렌치코트가 바람에 흔들린다.

붉게 빛나는 장난감 담배 끄트머리 너머에서 에메랄드색 눈동자가 밝게 빛났다.

"나라면, 이 궁지에서 널 구할 수 있는데."

내가 죽였을 마인(魔人)――, 알스하리야는 웃었다.

"어떡할――."

"죽어(투척)."

"그렇겠지(직격)."

내가 던진 쿠키 마사무네를 직격으로 맞은 알스하리야는 힘껏

뒤로 쓰러졌고, 내던진 검의 날 끝이 땅에 꽂혔다.

"이봐, 2주 만의 재회인데 아주 야만에 박차를 가하는군."

온몸이 투명하다.

내가 던진 쿠키 마사무네는 알스하리야를 그냥 통과했다.

알스하리야가 쓰러지는 바람에 검을 맞은 줄 알았는데……, 이 알스하리야는 실체가 없다.

"왜 부활했지? 게다가 왠지, 왠지 작아진 것 같은데?"

앙증맞게 140cm 정도로 줄어든 알스하리야는 앳된 외모로 혀짤배기처럼 말했다.

"이봐, 이게 누구 때문인데. 애초에 너는 달리 신경 써야 할 게——, 그만해(1HIT), 때리지 마(2HIT). 겉보기엔 이렇게 어린데(3HIT). 그렇게 마구잡이로 패지 마(4HIT, 5HIT, 6HIT, 7HIT)."

노 대미지.

복구는커녕, 다소의 변형조차 발생하지 않는 알스하리야의 얼굴을 바라본다.

"형상 기억 오물……?"

"오물은 네 입이고. 조금은 말을 삼가고 방향제로 헹구고 와. 처음부터 설명해 줄 테니, 우선 얘기를 좀 들어보라고."

"주인님? 또 길가에서 흥분 중이에요?"

아무리 시간이 지나도 돌아오지 않는 날 걱정했는지, 종종걸음으로 다가온 스노우가 수상하다는 듯 말을 건다.

"스노우! 오지 마! 알스하리야가, 다시 부활했——."

"네?"

내가 가리킨 곳을 바라보며 스노우는 고개를 갸웃한다.

"아까부터 혼자서 무슨 말을 그렇게 해요?"

"뭐……?"

꼬꼬마 알스하리야는 쓰게 웃으며 어깨를 으쓱한다.

"바보 같은 표정을 멋있게 짓는 거야 상관없지만, 사랑에 빠진 소녀에게 꼴사나운 추태를 보이는 취미가 있는 게 아니라면 네 소중한 레이디는 다른 데로 보내는 게 좋지 않을까? 감동의 재회 직후에 뜨거운 사랑이 식어 버리면 어쩌려고."

"아, 아니. 아무것도 아니야……. 귀, 귀여운 꽃이 피었길래 흥분해서……."

"제발 백합 이외의 꽃에는 흥분하지 마세요. 새로 추가된 주인의 이상 성벽을 세상 사람들에게 널리 전하는 것도 여간 힘든 일이 아니거든요."

"이렇게 직장에 손해를 주기 위해 몸 바쳐 일하는 메이드는 고용한 적 없는데."

한고비 넘긴 장인 같은 미소를 띠며 스노우는 벤치로 돌아간다.

하얀 악마를 내쫓은 나는 작은 두 손으로 탄산 빠진 콜라를 마시는 알스하리야를 바라봤다.

"으엑……. 도라에○ 없는 진○ 같은 맛이 나……."

"됐으니까 얼른 설명해. 나도 모르게 검이 미끄러질 수도 있다?"

"네 '나도 모르게'는 '빈번히'라는 뜻이야? 아까부터 검이 자꾸 미끄러져서 내 온몸이 신선식품 코너에 놓인 회처럼 됐거든? 운명으로 얽매인 파트너에게 너무한 거 아니야?"

언짢은 말에도 꾹 참으면서, 나는 알스하리야를 다시 본다.

"우선 가장 먼저. 인간의 정신으로는 받아들이기 쉽지 않을 수도 있지만, 받아들였으면 하는 사실이 있어. 너는 죽었어."

"아, 그래. 그래서?"

"……그럼 왜 넌 살아 있을까?"

묵묵히 수증기와 담배 연기, 안개에 맞춰 흔들리면서 미니 알스하리야는 속삭인다.

"내가 되살렸기 때——, 보통 이럴 때는 주먹 말고 감사 인사를 보내야지."

내 주먹이 알스하리야의 정수리를 꿰뚫고, 계속해서 푹푹 때려댔다.

"무슨 쓸데없는 짓이야! 너랑 내가 죽었다면 그걸로 해피엔딩이었어! 히이로와 알스하리야의 공멸로 나는 저세상에서 백합림픽 표창대에 설 예정이었거든! 피안의 백합 메달리스트에게 미안하다는 말 한마디 없는 거냐?!"

"이봐, 자기 사정만 우선하지 마. 나는 그대로 개죽음당하기 싫었거든. 그 상황에서 마인 알스하리야가 살아남을 방법은 하나뿐이었어."

알스하리야는 손가락을 하나 세우더니 흔들었다.

"그 폭발 직전에 내 우수한 두뇌는 어떡해야 살아남을지……그것만을 추구했고 수단을 불문, 즉석에서 그것을 실천했지. 사묘(死廟)의 알스하리야는 가능하지만 다른 마인은 불가능한 권능. 그건 바로 인체 구축. 여섯 기둥의 마인 중에서 가장 인간을 사랑하고 이해하는 나이기에 인간을 세세하게 분석하고 육체를 재구축하는 데 성공한 거야. 나는 마인 중에서도 유일하게 죽은 사람마저 그 데이터를 통해 다시 구축할 수 있거든."

"알거든, 네 허접쓰레기 같은 권능은. 하지만 왜 굳이 히이로를 재구축한 거야. 본인이나 고치는 게 더 쉽고 편했을 텐데."

"그 해답엔 결함이 있어."

다리를 꼰 알스하리야는 귀여운 목소리로 말을 이어갔다.

"마인은 인간과 다르게 육체라는 확고한 그릇이 존재하지 않아. 형식적으로 인간형이 존재할 뿐, 그 실체는 단순한 마술 연산자 덩어리야. 그렇기에 육체 재생과 변형, 회수도 자유자재지. 그 폭발 순간, 주변의 마술 연산자가 통째로 날아가면 원래 형태로 복구할 수 없어. 어쨌든 그 형태를 만든 건 마신이고, 나는 그 형태의 정보(오리지널)를 가지고 있지 않으니까."

분명 이해는 된다. 고안한 사람이 아닌데, 형태와 설계도도 없이 사물을 처음부터 만들어 낼 수는 없을 것이다. 반대로 말하자면 창조물을 이해, 해석하고 그 구조를 세부까지 완벽하게 파악해야 복제가 가능한 것이다.

"내가 되살아난 이유는 알겠어. 하지만 왜 너까지 되살아난 거지."

"되살아난 게 아니야. 나는 완벽히 소멸했거든. 브라운, 위다드에 이즈디하르, 아티파, 히즈미의 동료에 아이미아와 소피의 혈족, 내가 하찮은 존재라며 깔보았던 인간놈들……. 그리고 너 산죠 히이로. 마인으로서 영원을 얻은 나는 인간으로서 순간을 잇는 너희에게 진 거야."

푸하, 원환 형태의 수증기를 뱉어내며 알스하리야는 자조했다.

"그때 나는 네 육체를 재구축한 직후, 마인 알스하리야를 구성하는 마술 연산자를 네 안으로 옮겼어. 알다시피 인간은 육체 내부에 마술 연산자를 비축할 수 있거든. 너희는 그걸 마력이라고 부르며 마법 사용에 쓸걸. 결국 너는 마인 알스하리야와 뒤섞인——."

순식간에 쿠키 마사무네로 내 배를 찌르려 했지만—— 대마(對魔) 장벽이 칼날을 막는다.

"죽어어어!"

"망설임이라는 게 없냐, 너는. 그만해, 마력도 무한하지 않거든. 갑자기 자기 배를 해체하지 마. 인간 해체쇼 무삭제판을 방송하려고 하지 말라고."

수없이 반복해서 할복에 도전하지만 실패한다. 거칠게 숨을 내쉬며 나는 천천히 무릎을 꿇었다.

동태눈으로 눈물을 흘린 나는 푸른 하늘을 우러러보았다.

"죽여줘……. 죽여줘……."

"되살아난 직후에 기뻐하기는커녕 죽으려 드는 인간은 처음 보는군……. 무, 무서워……. 보통 조금은 주저하잖아……. 자기 목숨은 좀 소중히 여겨…….”

소용돌이치던 수수께끼의 끝이 해답으로 이어진다.

왜 내가 교주라고 불리며 마력량이 현격히 늘었는지――, 알스하리야의 마력이 내 온몸을 맴돌고 있기 때문이다.

막대한 마인의 마력이 내 내부로 녹아들어 안정되면 이상할 만큼 마력량이 느는 게 당연하다. 마인은 마술 연산자의 덩어리, 즉 마력 그 자체니까. 알스하리야파 녀석들이 마력을 가진 나를 『주인』으로 간주하는 것도 이해가 된다.

10분 정도가 지나고, 자리에서 일어난 나는 알스하리야를 올려다보았다.

“어떡해야 내 몸에서 너를 몰아낼 수 있지……?”

“이봐, 혹시 날 집세 체납자 취급하는 거냐? 나와 넌 상성이 아주 좋아. 보통 마인의 마술 연산자를 받아들이면 인간은 감당하지 못하고 자폭하거든. 이유는 모르겠지만, 너에게는 날 받아들일 소질이 있었고 마인화할 재능이 있었다는 거지.”

번뜩임과 함께, 내 머릿속에 답이 스친다――, 마인 산죠 히이로.

라피스 루트에서 히이로는 알스하리야 눈에 들어 마인이 되었다. 그건 즉, 알스하리야의 일부, 그녀의 마력을 받아들인 것이나 다름없다.

나에게는 마인을 받아들일 소질이 있다.

“우리는 분명, 지킬과 하이드, 정밀기기와 정전기, 핵융합과 핵분열처럼 잘 지낼 수 있을 거야.”

"그 방정식의 답은 전부 파멸인데, 괜찮겠어……?"
눈부신 미소와 함께 알스하리야는 말했다.
"나는 백합 사이에 남자가 끼는 걸 아주 좋아하거든. 너는 백합 사이에 끼는 걸 아주 좋아하고. 우리는 최강의 콤비고 이해도 일치해! 자, 함께 백합을 부숴 버리――."
내가 베어낸 알스하리야의 목이 땅 위를 데굴데굴 구른다.
"장난하냐! 내 몸에서 썩 나가, 이 악령아! 현세에서 꺼져, 이 해악! 네 그 더러운 입으로 백합이라는 아름다운 단어를 뱉지 말라고! 그 상스러운 입 좀 잘 단속해. 대기오염을 발생시키는 오염물질을 뱉어내지 마!"
"뭐야, 너무하는군."
목이 없는 상태로 터벅터벅 걸어간 알스하리야는 자기 목을 주워든다. 나는 그것을 걷어찼고, 빙글빙글 돌던 머리는 참방 소리를 내며 분수로 떨어졌다.
상처 단면에서 알스하리야의 목이 쑥 솟아났다.
"가정 내 폭력도 아니고 체내 폭력이군."
"왜 스노우에게는 네가 안 보이는데, 나한테만 보이고 만질 수 있는 거지?"
"당연하지. 나에게는 실체가 없으니까. 내 마력을 네 두 눈에 집중시켜, 네가 보고 싶은 대로 보여주는 것뿐이야. 이런 하찮은 몸인 것도, 이렇게라도 하지 않으면 네 살의가 폭주하기 때문이겠지. 주먹이니 발에 마력을 집중시켜 감촉도 재현했지만, 실제로 너는 허공을 때리거나 걷어차는 것뿐이야."

"정말, 악령이잖아……. 사원 본당에 걸린 방금 잘린 승려 목 같은 면상이네……."

"그런 세기말 절과 이런 불온한 갸루 승려가 어디 있냐. 그렇게 험악하게 굴지 말고 사이좋게 지내자고."

알스하리야는 웃으면서 내 어깨를 툭툭 쳤다.

"아마 이 세계에 나의 마술 연산자를 받아들일 수 있는 인간은 너 말고는 없어. 즉, 네가 죽으면 나도 죽는다. 그야말로 운명 공동체지! 훌륭해! 우리는 절친, 다시 말해 파트너다! 자, 복창해 주세요! 백합을 부숴 버리——."

"친한 척 만지지 마, 이 쓰레기!"

내 팔꿈치에 알스하리야의 안면이 함몰됐고, 나는 그 얄미운 얼굴에 연타를 날렸다.

"농담이야, 농담. 네 생각은 나에게 전부 흘러들거든. 나를 길동무 삼아 죽음을 택할 만큼 넌 백합을 지키고 싶은 거지? 솔직히 내 신조와는 어긋나지만, 친애하는 히이로를 위해서라면 발 벗고 나서야지. 너는 『실은 살아 있었습니다』라고 널리 알리는 동시에 다른 여자들의 호감도를 낮춰 그녀들을 원래 생활로 돌려보내고 싶은 거지?"

팔꿈치로 다이렉트 파괴 공작을 펼치던 나는 움직임을 뚝 멈추었다.

"그럼 나한테 맡기도록. 어쨌든 나는 사랑을 파괴하는 프로거든. 그녀들이 너에게 쏟아붓는 호의를 당장 0으로 만들어 보이지."

"……너, 본인이 무슨 짓을 저질렀는지 모르는 거냐?"

나는 그녀가 내민 오른손을 뿌리친다.

"너처럼 추악하고 상스러운 여자와 손을 잡을 바에야, 유ㅇ히메 권두 컬러를 패스하고 말겠어."

"그 비유가 뭔지는 모르겠지만 네 마음이라면 이해해. 하지만, 지금까지 나는 마신의 영향 아래 있었기에 인간을 향한『흥미』를 인간의 도덕과 먼 형태로 표현할 수밖에 없었어. 일종의 피해자라는 거지. 이 헌신은 속죄이기도 해."

"속죄는 무슨. 그 말을 곧이곧대로 믿고 바보처럼 고개를 끄덕일 줄 알았냐?"

"그렇다면 마음껏 시험해 보도록 해. 지금 이 상태로는 할 수 있는 게 많지 않다는 걸 너도 알잖아? 내가 잘못된 길을 간다면 네가 바로잡으면 그만이야."

"도리도 모르는 쓰레기 녀석이. 애처럼 나에게 가르침을 얻으려는――."

"참고로 내 지금까지의 커플 깨기 성공률은 100%다."

"아, 알스하리야 선생님……?"

가르침을 구한 내 앞에서 고개를 끄덕인 알스하리야 뒤로 후광이 비쳤다.

"……정말 이게 맞아?"

그 몇십 분 후, 나는 백합이 디자인된 흰 가면을 착용했다.

짙은 갈색 로브를 걸치고 새하얀 가면을 쓴 나는 초봄에 출몰

하는 변태 그 자체였다. 허리에 찬 쿠키 마사무네는 싸구려 커버로 위장해서 옆에서 보면 공장제 양산품으로만 보이겠지.

"가르침을 구하는 마당에 건방지게 의문을 품지 마. 스승인 나를 믿어."

자신만만한 알스하리야는 뒷골목 쓰레기통에 걸터앉는다.

"자, 네 이름이 뭐지?"

"산죠 히——."

"아니지. 가면을 쓴 지금의 네 이름 말이야."

"……수수께끼의 흰 백합 가면 V3."

나는 가면 아래에서 한숨을 내쉰다.

"조금 더 센스 있는 이름은 없었어? V3가 뭐냐? 어디서 V가 세 개나 온 건데? 포○몬 개체값이냐?"

"V는 『Version』의 이니셜이야. 내 회색 뇌세포는 이미 이 『흰 백합 가면 계획』을 제3단계까지 진행했거든. 너 같은 천치는 이해 못 할 수도 있지만, 때때로 우수한 인간은 계획을 단계별로 구상해. 두 유 언더스탠드?"

"언더스탠드!"

나는 물의 화살(워터 애로)을 사출했고——.

"OK!"

알스하리야의 이마를 찌르자 그녀는 씩 웃었다.

"그럼 다시 계획을 최종적으로 확인하지. 이어폰 감도는 어때? 실피에르에게 연락해 봐라."

"여보세요, 나 산죠 히이로인데. 관현악부는 백합의 성지라고 생각해."

[실피에르 디아블로트입니다. 감도 양호. 후반의 독해 말고는 문제없습니다.]

메탈로 된 푸른색 몸체.

람보르기니 『Aventador LP 780-4 Ultimae Roadster』에 탄 그레이터 데몬……, 실피에르 디아블로트는 운전석에서 핸들을 잡고 가슴에 손을 얹으며 복종을 표시했다.

[왈라키아 체페슈, 준비 OK입니다~! 오늘도~, 나는~ 귀엽다~!]

새빨간 가와사키 『Ninja ZX-10R』에 걸터앉은 뱀파이어 로드 왈라키아 체페슈는 이쪽을 향해 키스를 날린다.

[하이네 스컬페이스, 탑승 완료.]

4,999엔짜리 엄마 자전거에 탄 리치 킹, 하이네 스컬페이스는 따릉따릉 벨을 울렸다.

"내가 봐도 완벽하군."

"아니, 잠깐, 잠깐. 이렇게 다 티 나는 다른 그림 찾기를 만들어놓고, 비평 하나 듣기도 전에 넘어가려고 하지 마."

나는 시끄럽게 계속 따르릉거리는 마더 바이크 걸을 가리켰다.

"슈퍼 카, 슈퍼 바이크 뒤에 왜 갑자기 국산 생활용품 센터 출신 마더 바이크가 특별가로 나란히 서는데? 의기양양하게 동격인 척하지만 '슈퍼'라고 할 만한 건 목적지뿐이잖아."

"이번 계획에 만전을 기하기 위해 슈퍼 카와 슈퍼 바이크를 샀더니 그 시점에서 예산을 다 썼거든. 어쩔 수 없지."

"왜 대뜸 헛스윙이야! 이번 계획에 슈퍼 카나 슈퍼 바이크 같은 게 왜 필요해! 실패하는 프로젝트의 모범 같은 짓을 하고 있어!"

나는 역 앞에 멈춰 선 리치 킹에게 시선을 보낸다.

"저거 봐! 저 슬퍼 보이는 얼굴을! 리치 킹이 이웃집 아줌마랑 나란히 엄마 자전거를 타고 벨을 울리고 있잖아! 남의 위엄을 고작 4,999엔에 망쳐놓지 마! 이 자전거는 남의 존엄을 짓밟기 위해 만들어진 게 아니거든!"

"………(텅텅)."

"저기 봐! 특가에 낚여 하자품을 사니까 벌써 벨이 망가져서 이젠 벨도 못 울려!"

회색 머리카락을 가진 하이네 스컬페이스는 울릴 리 없는 벨을 계속 울리고 있다.

"이봐, 억지 좀 그만 피워. 애초에 네가 단숨에 이번 문제를 해결하고 싶다길래 이런 릴레이 형식을 도입한 거잖아. 슈퍼 카를 타고 산죠가로 쳐들어가『산죠 레이 재회 문제』를 해결하고, 슈퍼 바이크로 마신교 일본 지부를 습격한 뒤『츠키오리 사쿠라 및 아스테밀 재회 문제』를 어떻게든 하고, 엄마 자전거로 알프헤임으로 돌격해『라피스 클루에 라 루메트 은둔 문제』를 정리한다……. 뭐가 불만인데?"

"백마 탄 왕자님 대신 엄마 자전거를 탄 변태를 만나게 될 공주님 기분은 생각해 봤어? 라피스의 소녀 같은 마음이 파괴당하잖아. 파괴하는 건 하이네의 존엄 하나로 끝내자고."

알스하리야는 "이거 원" 하고 탄식하며 어깨를 으쓱했다.

"저기, 잘 들어. 이 『수수께끼의 흰 백합 가면 V3 계획』은 네가 분장할 수수께끼의 흰 백합 가면 V3가 단시간에 모든 문제를 해결할 수 있느냐 없느냐가 요점이야. 고작 몇 시간 만에 산죠 레이를 구하고, 츠키오리 사쿠라 및 아스테밀에게 실력을 보이고, 라피스 클루에 라 루메트를 빠르게 낚아챈다. 그 성과는 경악할 만하겠지. 그들은 이렇게 생각할 거야……. 『이분은 어디 사는 누구지? 어딘지 모르게 히이로를 닮았는데, 혹시 그가 돌아온 건 아닐까?』"

마인은 딱, 하고 손가락을 튕겼다.

"기대를 부추기고 흥미를 끈 그 타이밍에 정체를 밝힌다. 물론 그 정체는 네가 아니야. 실피에르 디아블로트, 그녀가 흰 백합 가면을 벗고 등장하는 거지. 그 후는 간단해. 네가 살아 있다는 증거를 실피에르의 손으로 제시하고 신뢰 관계를 쌓은 뒤 농락해 갈 거야."

매우 즐겁다는 듯이 그녀는 두 팔을 벌렸다.

"그들은 네 정보를 찾아 실피에르에게 달려들겠지. 하지만 서서히 실피에르의 매력을 새겨넣어 가면 그 목적은 변할 거야. 마치 층을 쌓아 올리듯 『히이로』, 『실피에르』, 『히이로』, 『실피에르』, 『실피에르』, 『실피에르』……. 실피에르의 매력 배분을 늘려 가며, 최종적으로 『히이로』는 사라지겠지. 이 수법은 내가 고안한 백합 파괴 수법 『밀푀유(달콤함의 층계)』를 기반으로 했지."

"오…… 오오……! 마, 마벨러스 판타스틱 악랄&무자비……!"

무심코 나는 박수를 친다.

흰 장갑을 낀 알스하리야는 두 손을 들어 내 환호성을 맞이한다.

"조용히, 청중. 나는 이 손으로 수많은 백합 커플을 파괴해 왔어. 사랑이라는 건 어차피 타산 덩어리에 불과해. 말하자면 너보다 뛰어난 존재가 나타나면 틀림없이 그들의 호의는 다른 대상에게 가겠지. 단언해. 이 『수수께끼의 흰 백합 가면 V3 계획』을 완수했을 때, 너는 그들의 호의 하나 얻을 수 없는 그냥 산죠히이로로 돌아와 있을걸."

"서, 선생님! 알스하리야 선생님!"

나는 눈을 빛내며 알스하리야에게 달려간다.

"아하핫, 그렇게 소란 피울 거——."

그대로 오른쪽 스트레이트로 그녀를 벽에 내동댕이쳤다.

"이건 네가 파괴해 온 백합의 몫! 그리고 이게!"

나는 알스하리야의 배에 왼쪽 주먹을 꽂아 넣는다.

"그냥 분풀이다!"

"추악한 인간 놈!"

내 배 펀치로 두 다리가 공중에 떠오른 알스하리야는 사뿐히 착지한다. 내 착지를 노린 공격에 기세 좋게 구르며 뒤통수를 세게 콘크리트에 부딪혔다.

"길거리에서 아이 상대로 콤보 날리지 마. 참 나. 너란 놈은 스트리트 파이트의 상식도 모르는 거냐?"

자리에서 일어난 알스하리야는 모래 먼지를 툭툭 털어낸다.

"자, 슬슬 셋을 위치로 보내. 다시 주의해 두겠는데, 이건 시간과의 승부야. 또한 네 정체를 들키지 않는 게 가장 중요해. 절대 가면을 벗지 마. 현명하게 행동해."

"이봐, 내 백합 IQ가 몇인 줄 알고……?"

"3."

초크 슬리퍼로 조용히 알스하리야를 기절시킨 나는 이어폰 마이크를 통해 실피에르, 왈라키아, 하이네에게 지시를 내린다.

[라저.]

하이네 스컬페이스는 아줌마들에게 나눠 받은 무나 당근을 바구니에 꽂아둔 채 삐걱삐걱삐걱삐걱 소리를 내며 알프 헤임과 이어진 디멘션 게이트로 향했다.

나는 제1작전 지점에서 대기 중인 람보르기니를 타고 운전석에 앉은 실피에르에게 말했다.

"더는 볼 일 없을 줄 알았는데……. 이번만은 협력해 줘."

"교주님 뜻대로 써주시는 게 이 실피에르의 기쁨. 영광입니다."

그녀는 유려한 동작으로 가슴에 손을 얹으며 인사한 뒤, 아름다운 미소를 띠었다.

"그럼 출발해도 될까요?"

"아니, 잠시만. 아까 스노우에게 레이 위치를 확인하라고 했어. 슬슬 연락이……. 아, 왔다. 여보세요."

눈앞에 윈도우가 펼쳐졌고 초조함에 얼굴을 찌푸린 스노우가 비친다.

화면이 뜨자마자 그녀는 귀가 떨어지도록 소리쳤다.

[레이 님이 납치당하셨어요!]

"……뭐?"

[분명 분가 놈들이에요! 서두르지 않으면 늦을 수도――.]

새카만 고급 차량과 엇갈렸고 강제로 뒷좌석에 앉은 소녀와 눈이 마주친다.

테이프로 입이 막힌 데다 결속 밴드에 구속당한 레이는 좌석 위에서 버둥거리는 중이었고――, 순식간에 그 차는 내 시야에서 사라진다.

나는 곧장 소리쳤다.

"실피에르!"

"예스, 마이 로드(네, 나의 주인님)."

실피에르는 기어를 바꾸고 핸들을 잡았다.

"리시브 유어 오더(명령을 받들겠습니다)."

엔진이 소리를 냈고――, 단숨에 가속한 푸른 차체가 아스팔트 위를 날았다.

부아아아아아아아아아아아아아아아아아아아아아아아앙!

어마어마한 엔진 소리를 내면서 람보르기니 아벤타도르가 코너로 돌진한다.

"못 꺾어, 못 꺾어, 아무리 그래도 이 속도로는 못 꺾는다고!"

"시험해 보죠."

스피드를 낮추는 대신 푸른색 차체가 코너로 돌진했다.

끼기기기기기기기기기기기기기기기기기기각!

연기가 피어오르는 아스팔트에 타이어 자국이 남는다.

관성에 따른 아벤타도르는 비스듬하게 궤도를 바꾸더니 폭주했다.

거의 옆으로 돈 슈퍼 카가 실피에르의 능숙한 핸들링에 억눌려 속도의 여신(헤르메스)에게 미소를 짓는다.

쿵! 풀로 밟은 액셀, 직선, 단숨에 거리가 줄어든다.

등받이에 온몸을 기댄 내 눈에 새카만 포르쉐 911이 들어왔고, 두 대의 차는 나란히 섰다.

"히이로."

내 무릎 위에서 알스하리야는 회중시계를 가리켰다.

"3시간. 3시간 안에 끝내, 이 제한 시간을 넘기면 흰 백합 가면 계획은 실패인 걸로 간주하도록."

"나를 납득시킬 만한 근거는 있는 거겠지?"

히쭉 웃은 그녀는 자기 머리를 톡톡 쳤다.

"데이터. 우선 산죠 레이를 구해. 내 완벽한 인심 장악술 덕에 그녀가 분가 놈들에게 납치당할 건 이미 계산되어 있었거든. 그 시간에 그 지점을 포르쉐 911이 지나가는 것까지 내 데이터를 기반으로 한 계산대로야."

"너무 철저하다 했더니 네놈 짓이었냐?! 언제 그런 수를 쓴 거야?!"

알스하리야는 어깨를 으쓱한다.

"딱히 놀랄 거 없어. 네가 잠든 사이에 했거든. 완전히 의식을 잃은 새벽 1시부터 2시 사이, 그게 나의 골든 타임이지. 네 몸을 어느 정도는 움직일 수도 있고."

"아앙?! 그런 말은 처음 듣거든?! 너 악용한 건 아니겠지?!"

"안심해. 주도권은 히이로가 쥐고 있으니까, 네 인격을 부정할 수는 없어. 가능한 건 단순 작업 정도야. 채팅을 보내거나 메일을 보내는 정도가 고작이지."

"분가 일원의 연락처를 스노우를 통해 얻고 이런 사태를 만들어 냈다는 건가……."

내 가슴에 기댄 알스하리야는 박수를 짝짝 친다.

"훌륭해, 훌륭해. 원숭이급 지능은 있나 보군."

"야, 누가 레이를 위험에 노출시켜 가며 호감도를 낮추고 싶댔어……?!"

"이봐, 그렇게 화내지 마. 이번 일은 타이밍 문제고, 언젠가 벌어졌을 일이야. 오히려 문제를 먼저 해결할 좋은 기회를 만들어 줬다고 감사를 받아야 할 지경이라고. 근데 수다를 떨 때가 아닌 것 같은데."

조수석에 있던 검은 정장 차림 여자가 나이프형 매직 디바이스를 이쪽으로 들이밀었고——, 포구에서 불이 뿜어져 나왔다.

"실례."

실피에르는 한 손으로 나를 시트에 눌렀다. 파괴음과 함께 유리가 깨졌고, 고열을 뿜어내는 화구(火球)가 내 눈앞을 스쳐 간다.

"아뜨! 아뜨뜨! 잭팟을 터뜨린 파칭코 기계를 보는 가슴만큼이나 뜨거워!"

"히이로. 바보 같은 소리 말고 다른 데로 가자, 액션 영화의 기본을 실천하는 거야."

유쾌하다는 듯 알스하리야는 손가락으로 문을 가리켰다.

"너 속도계 보는 법도 모르냐?! 120km거든, 120km?! 내리는 순간 시속 120km로 삼도천을 거슬러 올라가게 된다고!"

"한 번 죽었으니까 두세 번 죽는 것쯤이야 별 상관 없잖아. 두려움에 위축돼 있을 시간이 없어. 도움을 청하는 여동생을 위해 아스팔트 위의 얼룩이 되어 봐."

연속으로 발포음이 났고, 실피에르는 얼굴을 찡그린다.

"인간 따위에게 얕보이다니 기분이 별로군요."

조수석과 뒷좌석에서 몸을 내민 두 검은 정장이 우리를 저격하자, 정색한 실피에르는 핸들을 힘껏 왼쪽으로 꺾었다. 푸른색과 검은색의 차체가 충돌했고, 양쪽 문이 힘껏 우그러졌으며 조수석에 있던 나는 튀어 올라서 엉덩이로 공중 부양했다.

사격을 위해 안전띠를 푼 거겠지. 포르쉐 911 안의 저격수는 천장에 머리를 부딪히더니 뒤집혔다.

"확인 사살은 상급자의 기본. 탑승해 계신 교주님께 안내드립니다. 다시 한번 크게 흔들릴 테니 치명상을 피하기 위해 안전띠 착용을 점검해 주세요."

"실피에르 씨?! 다치는 걸 전제로 다음 수를 짜는 확인 사살은 잘못된 거 아닌가요?!"

오른쪽으로 핸들을 꺾으면서 액셀을 밟고 새카만 고급 차를 추월한 아벤타도르는 다시 급격하게 왼쪽으로 꺾었고, 뒷부분으로 검은 차체를 힘껏 쳤다.

강렬한 마찰이 아스팔트를 태우며 타이어 녹는 냄새와 함께 포르쉐 911이 크게 흔들린다. 운전수는 거품을 물며 핸들을 돌린다.

총격이 가라앉은 완벽한 타이밍에 실피에르는 잠금을 풀고 문을 열었다.

끼기이이이이이이이이이이이이이이이이이이익!

바퀴 네 개로 흰 연기를 토해내면서 어마어마한 기세로 아벤타도르는 회전했고, 문이 열리고 포르쉐 911로 가는 외길이 펼쳐진다.

한 손으로 핸들을 잡은 실피에르는 미소 지으며 가슴에 손을 얹는다.

"다녀오십시오."

"그런 유능함은 영화계에서 발휘해줄래?!"

힘껏 뛰쳐나온 나는 계속 저공 비행하면서 트리거——, 두 손을 교차시켜 검지와 중지로 레일을 그렸다.

"여자 한정 피크닉이라, 하늘도 부러워하겠는걸."

바로 정면에 있는 나를 발견한 포르쉐 911 운전수는 경악하며 입을 벌렸다.

나는 웃으면서 두 손가락을 폈다.

"나도 현장 참가하지."

출력을 쥐어 짜낸 보이지 않는 화살(널 애로)이 앞좌석 유리를 부수었고, 두 다리부터 뛰어든 내가 다이내믹하게 참전한다.

운전석에 앉은 여성이 내 날아 차기에 얼굴을 맞는 바람에 주변에 코피가 튀었다.

예의도 모르는 난입자를 발견한 호위는 매직 디바이스를 내게로 들이밀었지만, ——철썩——내 다리가 튕겨냈다.

"뭐얏?!"

"영차."

두 팔의 힘으로 점프해 반신을 회전시키며, 왼쪽 발등으로 얼굴을 친다. 턱에 깔끔하게 먹힌 덕에 조수석의 여자는 실신했다.

"누구냐, 네놈은?!"

뒷좌석에서 버둥거리는 레이를 누르면서 마지막으로 남은 한 사람이 포구를 들이민다.

"후후훗, 좋은 질문이다."

좁은 차내에서 손을 찡어 가며 포즈를 잡은 나는 목이 상한 듯한 탁성으로 말했다.

"내 이름은 수수께끼의 흰 백합 가——."

"죽어라, 변태!(타앙타앙)"

"하는 수 없지!"

조수석에 숨은 나는 뜨거운 탄환을 피한다.

뒷좌석의 호위는 몸을 쑥 내밀더니 조수석에 있는 나에게 포구를 들이민다. 나도 동시에 쿠키 마사무네의 포구를 그녀의 목에 댔다.

"서부극 좋네, 명예를 걸고 빨리 쏘기 승부라도 할까?"

그녀는 떨면서 식은땀을 흘렸다.

"나는 백합 게임 특전을 위해 PC와 혼연일체가 되어 F5(새로고침)를 연타한 적도 있는 프로거든. 상품을 카트에 넣고 주문 확정을 누르는 속도는 누구에게도 밀리지 않는다는 자부심이 있지. 참고로 신작 백합 게임은 특전이 붙어도 거의 품절 나는 일이 없어서, 그럴 필요가 전혀 없지만. 어쩔래, 이 이야기를 듣고도 나랑 승부할——."

"죽어라, 변태!(타앙타앙)"

"역시 그러시겠지!"

간발의 차로 피한 내 손에서 쿠키 마사무네가 튕겨 나간다. 나는 빠르게 촉이 무딘 워터 애로로 호위를 때렸다.

"화살!"

내 혼신의 일격을 맞은 그녀는 기절했고, 나는 이쪽을 바라보는 레이에게 엄지를 세웠다.

"안심해, 이제 괜찮아. 다친 곳은 없어? 바로 구속을 풀어줄 테니까 가만히 있어."

어지간히 무서웠는지.

레이는 눈물을 흘리며 나를 바라보았고——, 쿠웅, 쿠웅, 쿠구우우웅!

여전히 시동이 걸린 포르쉐 911은 의식을 잃은 운전수가 밟은 액셀 탓에 계속해서 달렸다.

레이 위로 나타난 알스하리야는 즐겁다는 듯 손뼉 치며 환호성을 지른다.

"아주 멋진 시추에이션이야. 이 나의 디렉션은 조금도 흠잡을 데가 없군. 슬슬 피날레야, 히이로. 몇 분 후면 이 차는 물고기 밥이 될걸. 공주님을 안고 날렵하게 탈출하는 신을 연출하도록 해."

나는 싱긋 웃었다.

"좀 말하기 불편한 게 있는데."

"뭐야, 이제 와서 사양할 거 없어. 계획의 첫 단계는 훌륭하게 성공했거든. 몇 분 여유는 있으니 서로의 활약에 축배를 들며 여유로운 조소를 습격자들에게 선사하도록."

"그럼 솔직하게 말할게."

나는 웃으며 안전띠에 칭칭 매인 내 한쪽 발을 뻗는다.

"못 풀겠어, 이거."

"하하하하하, 그거 재미있는 농——, 뭐?"

나는 안전띠를 쭉쭉 당기지만 풀릴 기미가 없다.

"이봐, 장난하지 마. 네가 죽으면 나도 죽거든? 이렇게 어이없이 죽을 것 같아? 얼른 베어 버려."

"아까 강화 투영(테네브라에) 효과가 다 돼서."

나는 상큼하게 웃으며 엄지를 세웠다.

"조금 전 튕겨 나간 쿠키 마사무네는 좌석 아래 있어."

"…………."

정색한 알스하리야는 웃음소리를 내면서 눈을 뒤집어 깠다.

"아하……, 아하하……, 아하하하하……!"

"아하하하핫! 이거 망가졌구먼! 꼴좋다! 아하하, 기분 좋네~!"

"지금이 웃을 때냐아아아아아아아! 얼른 어떻게 좀 해봐, 이 얼간아아아아아아아! 장난도 정도껏 해야지, 이 원숭이 지능아아아앗!"

"히익……, 히익……! 그, 그만. 더 이상 웃기지 마……. 아하하하하……!"

점점, 점점 낭떠러지가 다가온다.

초조함을 느낀 나는 좌석 아래에 있는 쿠키 마사무네로 손을 뻗는다. 손끝이 살짝 스쳐서 더 깊숙이 들어가는 바람에 무심코 얼굴을 찡그리며 징징거린다.

"와앙……, 으……!"

"울었어……."

"윽—! 으—, 으—, 으—!"

뒷자리에서 굴러다니던 레이는 몸부림치면서 시선을 통해 필사적으로 뭔가를 전한다.

시선 끝. 그곳에는 호위가 떨어뜨린 나이프형 매직 디바이스가 떨어져 있다. 그녀는 필사적으로 그걸 턱 끝으로 밀어냈다.

"울 때가 아니지!"

나는 열심히 조수석에서 손을 뻗는다.

레이는 나를 향해 나이프를 밀어냈고, 내가 바르르 떨리는 손을 뻗은 순간—— 끝이 닿았다.

"잡았다!"

"얼른 해, 얼른! 서둘러 탈출하라고! 뭐 해?!"

무속성 나이프를 꺼낸 나는 다리에 감긴 안전띠를 끊는다. 이어서 정신을 잃은 호위를 짊어 멨다.

"두고 가, 그런 쓰레기는! 인간을 고쳐 쓸 수 있을 것 같아?!"

"백합은 어디서 생겨날지 모르는 법이거든! 인간은 고쳐 쓸 수 없지만, 인간의 마음은 고쳐 쓸 수 있지! 나는 알아! 언젠가 이 아이들은 나에게 최고의 풍경을 보여줄 거야!"

강화 투영──, 문을 박찬 나는 그녀들을 생성한 완충재로 감싼 뒤, 인근 수풀을 향해 전력으로 던졌다.

"나중에 여자끼리 결혼해 행복한 가정을 꾸리기를!"

셋을 던진 뒤, 나는 눈앞까지 다가온 낭떠러지 끝을 바라봤다.

"우선순위를 잘못 정했어, 바보 원숭이! 저 송사리들을 새전 대신 쓰는 게 아니라, 이용 가치 높은 산죠 레이를 구하지 그랬어! 이제 산죠 레이는 구하기 틀렸어, 포기해!"

"입만 살아선 멀뚱히 있는 썩을 마인 말을 들어줄 이유는 없지!"

나는 레이를 안아 든다.

"여기서 레이를 버릴 거면, 너랑 같이 죽은 이유가 없잖아."

눈을 크게 뜬 레이가 놀라서 나를 바라본다.

정면부터 충돌한 범퍼가 가드레일을 구부러뜨리며 찌그러졌고, 우뚝 솟아난 벼랑 위에서 새카만 차체가 떨어진다.

자유낙하 하는 포르쉐 911은 열린 문으로 탑승자를 내뱉는다. 온 힘을 다해 마력을 모은 나는 품에 있는 레이를 절벽 위로 내던졌다.

잠깐 가면 너머로 나와 레이의 눈이 마주쳤다.

그리고── 낙하가 시작된다.

"또, 너와 동반 자살이라. 이게 다 네 바보 같은 계획 때문."

"아니, 히이로. 이게 맞아. 어찌 됐든 이곳이 바로 제2작전 지점이거든."

마인은 히죽히죽 웃었다.

"다소 사고가 있기는 했지만, 여기까지 다 내 연출 범위 내야. 이번에야말로——."

부아아아아아아아아아아아아아아아앙!

"피날레다."

공기를 뒤흔들며 이쪽으로 직진하는 엔진 소리. 깎아지른 절벽을 타고 내려온 한 대의 오토바이가 비상했고 누군가가 나에게 손을 내밀었다.

"마중 나왔습니다~!"

왈라키아 체페슈는 내 손을 잡더니 뒷바퀴로 바위 위에 착지한다.

마력으로 내구성을 끌어올린 오토바이는 그 충격을 받아들였고, 나를 뒤에 태운 왈라키아는 해안을 질주했다.

나는 안도의 한숨을 내쉬었고——.

"오라버니!"

"엥."

절벽 위에서 들리는 외침에 그 근원을 좇아 시선을 든다.

"꼭 돌아올 거라고 믿었어요. 제가 바라면, 당신은 반드시 찾아오니까. 오라버니만은 제 앞에서 사라지지 않을 줄 알았어요."

내 안부를 확인한 레이는 기쁘다는 듯 웃으며 울고 있었다.

나는 얼굴에 착용한 가면을 더듬거리며 충격에 벗겨지지 않았다는 걸 꼼꼼히 확인한다.

알스하리아는 경악하는 표정으로 레이를 바라봤다.

"마, 말도 안 돼……. 이건 내 데이터에 없는데……?!"

나는 빌어먹을 허접 데이터 캐릭터의 목에 밧줄을 생성해 걸었다.

“서, 설마 목소리로 들켰나? 아니, 행동으로? 어쨌든 내 계획에 구멍이 있다는 건가……. 그, 그래……! 바보의 마술 연산자와 뒤섞이는 바람에 내 회색 뇌세포가 죽고 이상을 일으킨――.”

역풍 속에서 나는 나에게 매달린 알스하리야를 걷어찬다. 오토바이 뒷자리에 묶인 마인은 뒤통수를 땅에 박고 통통거리며 끌려간다.

“끄아아아아아아아아아아아아아아아아아아아아아아! 이건 내 데이터에 없었다고오오오오오오오오오오오오오오오오오오오오오오오오오오오오오오오오오오오오!”

“스피드를 높여. 선생님은 아직 정신을 못 차리신 모양이다.”

“예이, 예이~!”

“우아아아아아아아아아아아아아아아아아아아아아아! 내 데이터의 힘이이!”

뒤통수를 땅에 비비는 알스하리야는 자욱한 모래 먼지를 일으키면서 비명을 지른다.

우리는 발랄한 웃음과 함께 처형을 만끽하며 마신교 일본 지부를 향해 달렸다.

“내 실수가 아니라는 점을 전제로 고찰해 봤는데.”

마을 진입 후, 경쾌하게 달리는 새빨간 오토바이 위에서 알스하리야가 중얼거렸다.

"나는 지금까지 백합 사이에 남자 끼우기를 생업으로 해 왔어. 그래서 본능적으로 남자인 네 호감도를 높이려 한 걸지도 몰──."

오토바이에서 걷어차 버리자, 알스하리야는 "와……" 하고 비명을 지르며 도로를 굴렀다.

"왈라키아, 왈라키아. 미안하지만 세워 줘. 중지야, 중지. 저런 바보 말을 믿고 여기까지 온 내가 멍청이지."

"뭐~? 벌써 끝이에요~?"

부드럽게 말린 머리를 한 그녀는 검지를 입술에 가져다 댔다.

"왈라, 이 데이트를 위해 신경 좀 썼는데. 그럴 거면 교님이 확실히 책임져 줄 거죠~? 이 책임은 소화 못 할 정도로 묵직하거든요?"

자신을 『왈라』, 나를 『교님』이라고 부르는 그녀는 체크무늬 원피스를 입고 슈퍼 바이크를 타는 터무니없는 짓을 벌이고 있었다.

이런 캐주얼 데이트 룩을 입고 넘어졌다가는 남친과 병원에서 만나게 되지 않을까.

"끝이야, 끝. 이걸로 끝. 잘 가. 이 근처에서 파르페라도 사 줄 테니까 운임 대신 챙기고, 셀프로 위장 내시경 좀 찍어다가 병원에 보내 놔."

"네~? 파르페처럼 촌스러운 건 먹기 싫어~! 왈라는 지로계* 의 채소 듬뿍 마늘 듬뿍 비계 많이 육수 엄청 진한 라멘을 먹고

*라멘 지로라는 라멘 가게의 스타일 등을 기준으로 만드는 라멘 및 라멘 가게.

싶은데~!"

"그래서 건강검진을 추천하는 거야."

달콤한 목소리로 왈라키아는 말을 잇는다.

"하지만 이거 엄청 재미있거든요? 양은 좀 적지만 필사적인 얼굴로 먹는 오타쿠가 좋아아. 왈라는 가계 회전율을 망쳐놓거나 대학에서 동아리를 박살 내놓거나 운명의 만남을 가장한 결혼 사기 같은 게 너~무 좋아요. 다음에 교님도 같이 해볼래요오~? 사랑과 유대를 쳐부순 후에 먹는 라멘은 최고거든요~?"

"최고의 한 그릇에 얼마나 많은 비극과 절망이 담겨 있는 건데? 토핑 담당은 셰익스피어인가?"

천천히 오토바이를 세운, 헬멧도 안 쓴 그녀는 윙크하며 셀카를 찍기 시작한다.

"예에! 교님과 오붓하게 찍은 투샷 득템~! 그럼 왈라의 연인이라고 적어서 SNS에 올릴게요~! 네, 오케이, 오케이. 아핫, 연인 어필 때문에 왈라의 여자 팔로워들이 골육상쟁을 벌이기 시작했네! 아하하, 추해, 추해애~!"

"실피에르보다 더 악마 같은 짓을 날숨 뱉듯이 자연스럽게 하는구나, 너."

"네~? 왈라는 숨 뱉기보다 들이마시기를 잘하는걸요~? 지로계도 쭉쭉 빨아들이고요~? 뱉는 건 영 못해요~!"

"남을 토하게 만드는 사악한 존재 주제에 겸손은."

내가 오토바이에서 내리자, 왈라키아는 당연하다는 듯 내 팔을 끌어안았다.

감귤 계통의 오드 투알레트 향이 부드럽게 콧구멍을 간질인다.
온몸으로 귀여움을 어필하는 그녀는 자연스러워 보이는 각도로 눈을 치켜뜨고, 부드러운 몸을 마구 비비적거렸다.
"왈라는 교님 팬이니까 따라갈래~!"
"악성 팬은 사양이야. 야쿠자 동아리라도 박살 내면서 놀아. 난 순애파(사랑이 있다면 하렘도 가능)라서 사랑을 가지고 노는 백합은 용납할 수 없거든. 넌 이미 글렀어. 사라져."
"엥~? 왈라는 아무것도 안 했는데요? 다들 제멋대로 왈라의 지로계 순회에 따라와서는 갑자기 픽 쓰러져서 박살 나 버리는걸."
"동아리가 아니라 위장이 박살 났구만."
싱글벙글 웃으며 나에게서 떨어지려 하지 않는 왈라키아를 보고 한숨을 내쉰다.
내 한숨에 등을 떠밀린 듯, 눈앞에 알스하리야가 나타났다.
"얼른 오토바이에 타. 계획에 지장이 생기겠어."
"이 계획엔 처음부터 지장이 있었다는 거, 아직 모르겠어?"
"안심해, 플랜 B다."
"차트 변경은 실패의 근원이라고 학교에서 못 배웠어?"
내 앞에 우두커니 서서 알스하리야는 웃는다.
"조금 전 실패는 사소한 단계에서 실수가 있었던 것뿐이야. 관대한 마음으로 내가 자만했다는 걸 인정하지. 하지만 이 플랜 B는 지금까지의 계획과는 전혀 달라."
"어디가?"
"실패했을 때를 대비해 플랜 C도 준비해 뒀다는 점이——, 잠깐, 알겠어, 기다려 봐. 농담이야. 당연히 현자 특유의 유머지. 들어봐. 가만히 좀 있어."

돌아가려고 했던 나는 내 팔에 매달린 알스하리야를 돌아본다.

"이미 끝이 보이거든. 어차피 또 내 정체를 들키고 호감도가 올라가면 끝나는 거지? 두 번이나 같은 짓을 반복하려고? 두세 번이 있을 만큼, 히이로 컴퍼니는 호락호락하지 않아. 넌 그냥 마인 해고야."

"아니, 다음 계획에는 아무런 허점이 없어. 한번 자세히 들어 보면 너는 흔들 인형처럼 『YES』라는 말만 반복할걸. 나에게 제출시킨 사표는 파쇄기 행일 게 뻔해."

수상하게 눈을 빛내면서 알스하리야는 속삭인다.

"이제 왈라키아에게 수수께끼의 백합 가면 BLACK 역할을 맡길 거야."

알스하리야가 고안한 계획을 공유하고 내용을 축약한 다음, 우리는 씩 웃었다.

""이겼군.""

유유히 오토바이에 올라탄 우리는 페어 레이디파가 관리, 운영하는 마신교 일본 지부로 향했다.

도심의 임대 빌딩. 그중 하나에 페어 레이디파의 거점이 있다.

운영을 맡은 권속이 유능한지, 임대 빌딩의 한구석을 차지한 유령회사의 수상함은 완벽히 낌새를 감춘 상태다.

빌딩 내 몇몇 회사는 광고로 익숙한 영어 회사 교실이나 요가 교실. 탈세 목적으로 특정 비영리 활동 법인도 산하에 두었으며,

희생양을 능숙하게 다루는 양치기에 의해 본체까진 이르지 못하게끔 교묘하게 꾸며져 있었다.

츠키오리 일행이 기습한 12층을 올려다본 나는 흰 백합 가면을 쓰고 준비한다. 왈라키아는 검은 백합 가면을 쓰고 나와 같은 옷을 걸친다.

키와 몸집은 큰 차이가 없어서 언뜻 보면 구별이 안 되겠지.

"싫어~! 왈라는 이렇게 촌스러운 차림 하기 싫거든요! 장비가 『대대손손 수치인 가면』, 『대대손손 수치인 로브』, 『대대손손 수치인 교님』이라니 최악이야~!"

내 목에서 왈라키아의 목소리가 나온다.

"왜 내가 수치스러운 장비로 후대까지 오르내리는 건데?"

반대로 왈라키아의 목에서 내 목소리가 나온다.

수법은 지극히 단순하다.

서로 목에 감는 골전도 마이크를 차고 떠들면 목의 스피커에서 서로의 목소리를 출력하는 것뿐이다(마이크를 구매할 예산이 없어서 스노우에게 부탁해 용돈을 당겨 썼다. 천 엔에 따귀까지 맞았다).

"완벽, 완벽해, 히이로. 들킬 리가 있나. 인간은 첫인상을 얼굴, 다음은 목소리로 정한다니까. 가면으로 얼굴을 가린 이상, 그들은 목소리로 판단해서 구별할 거야."

"그렇다면 그 둘은 내 목소리를 내는 수수께끼의 백합 가면 BLACK을 쫓아가서 그 가면을 벗길 것이다."

"감동의 대면이지. 하지만 가면 아래 있는 건 왈라키아의 존안이야."

"이제 왈라키아가 그 밀푀유를 쌓아 올리면 그만. 이건 틀림없이 성공해! 역시 선생님이야! 천재, 천재라니까! 생선을 많이 먹은 게 분명해!"

"이봐, 히이로. 날 뭐로 보는 거야."

알스하리야는 미소를 띠며 앞머리를 쓸어 올렸다.

"사랑의 파괴자……, 마인 알스하리야거든?"

"멋져어어어어어어어어어어어어어어어어어어어어어어어어어어어어어!"

신나 있는 우리 옆에서 왈라키아는 매니큐어를 바른 손톱을 만지작거린다.

"그렇게 잘 풀릴까요오?"

""틀림없어.""

쿠키 마사무네는 물고기 밥(실피에르가 회수 중)이 되었으니 나를 알아볼 포인트는 전혀 없다.

승리의 방정식은 이미 도출되었다.

"왈라는 교님 팬이니까 힘내겠지만……. 그럼 교님, 자—, 왈라 배에 팔을 감아 주세요. 아, 가슴도 되거든요?"

"어깨로."

"에엥~, 정말요?"

부릉, 부릉, 부르르릉! 액셀을 밟은 왈라키아는 미소를 지었다——.

"떨어져도 안 주워줄 거예요."

눈앞의 풍경이 순식간에 사라진다.

부아아아아아아아아아아아아아아아아아아아아아아아아아아아아아아아아앙!

앞바퀴를 높게 들어 올린 그녀는 유리로 된 자동문을 부수고, 비명을 지른 접수 직원 앞에서 아름답게 회전한다.

여전히 빠른 속도로 비상계단으로 돌진, 마력으로 강화한 앞바퀴로 문을 들이받는다.

두꺼운 문이 안쪽으로 날아갔고, 소란스러운 경보가 울렸다.

능숙하게 핸들을 조작한 왈라키아는 액셀을 밟는 힘을 조정해 비상계단을 올라갔다. 어마어마한 기세로 뛰어 오르는 슈퍼 바이크는 거침없이 2층, 3층까지 상승했고 경비원들은 그 기세에 눌려 비켜선다.

“우오, 우웩, 으엑, 우웁?!”

“아하핫, 교님. 왈라 가슴을 잡고 있네, 신사인 척했으면서 변태~!”

계단을 오를 때마다 엉덩이를 통통 부딪친다.

위아래로 들썩이는 나는 필사적으로 왈라키아에게 매달린다. 계단 층계참에서 오토바이가 빠르게 돌 때마다 오른쪽에서 왼쪽으로 머리가 돌아갔고 위액이 목구멍까지 차오른다.

정확하면서도 엄청난 운전 기술로 앞바퀴를 들고 주행한 『Ninja ZX-10R』은 12층의 사무실 문을 쳐부쉈다. 권속들에게 둘러싸인 츠키오리와 스승님이 우리 쪽을 본다.

“왈라키아, 돌진!”

"아핫."

붉은 눈을 반짝인 왈라키아는 바닥 위에 타이어 탄 자국을 남기며 페어 레이디파 권속들에게 돌진했고—— 속도를 유지한 채 차체를 넘어뜨렸다.

끼기이이이이이이이이이이이이이이이이이이이이이이이익!

거의 바닥에 닿을 지경까지 기운 차체.

붉은 오토바이는 슬라이딩하듯 타이어를 빠르게 회전시키며 권속들을 쓰러뜨려 간다.

이미 거기서 점프한 나는 나이프를 거꾸로 잡았고——, 츠키오리는 상대할 자세를 취했지만——, 나는 그녀 뒤에 있던 권속의 검 자루를 벤다.

"안녕."

대량의 적에게 포위당한 나는 멍해 있는 츠키오리와 등을 맞댄다.

"멋지게 도우러 왔어."

내 목소리는 왈라키아의 목에서 나온다. 그래서 안심하고, 나는 기만을 입에 담았다.

아무도 모르는 달의 뒷면에서, 모두가 아는 달의 앞면에 말을 건다.

"준비해, 주인공. 너는 앞만 봐도 돼. 네 뒤는 내가 지킬 테니까."

츠키오리 사쿠라는 눈을 크게 뜨더니——, 나를 힘껏 끌어안았다.

"히이로, 어서 와……. 정말 너는……."

그녀는 흐느끼는 목소리로 속삭인다.

"완벽한 타이밍에, 남의 마음을 가로채러 온다니까."

"히이로!"

환호성을 지르며 아스테밀은 나를 끌어안는다. 저항할 새도 없이 나는 그녀의 부드러운 몸에 파묻혔다.

"이 바보 제자! 바보, 바보, 바보! 바보, 바보, 바보오! 선물은 어쨌어요!? 선물이요! 왜 내 채팅에 답을 안 한 거예요! 바보, 바보, 바보, 바보! 바보옷! 내 애제자가 죽을 리 없죠! 그러니까!"

시끄럽게 울면서 스승님은 나를 계속 끌어안았다.

"선무울!"

감동의 재회보다 선물을 우선해야 420세 아기라 할 수 있지!

나는 목에 찬 마이크와 스피커를 빼고, 츠키오리와 스승님을 돌아본다.

"바로 정체를 들켰잖아……. 어떻게 나란 걸 안 거야……?"

"그게, 레이한테 채팅이 왔거든. 흰 백합 가면이 히이로라고."

"앗……."

단순 명쾌한 답을 듣고 모든 감정을 잃은 나는 우주의 진리에 이르렀다.

"있지~, 나~ 히이로가 없는 사이 이모티콘~? 이모티콘 알아~? 이모티콘 쓰는 법 있지~. 혼자 마스터했거든요~? 이게 그건가아~? 독학이란 건가아~? 밥이라도 먹으면서 당신에게 보여 줄까요오~? 나는~ 당신 스승이니까~ 채팅으로 이모티콘도 보낼 수 있다고요오~?"

너무 짜증 나서 안면에 이모티콘 삼아 발자국을 다 찍어 주고 싶네!

조금 전과는 달리 츠키오리와 스승님은 분위기부터가 다른 사람처럼 변해 있었다.

난입한 상대를 앞에 두고 머뭇거리던 권속들은 겨우 혼란을 떨치고 무기를 치켜들었고——, 순식간에 스승님에게 베여 일제히 바닥으로 쓰러졌다.

"난 초밥이 먹고 싶어요, 초밥. 접시가 빙글빙글 도는 재패니즈 사이클론 디시 초밥을 먹고 싶던 참이거든요. 아니면 기차를 타고 오는 재패니즈 마하 리니어 초밥을 맛보고 싶은 기분이에요."

"히이로!"

알스하리야의 고함이 들린다.

뒤를 돌아보니 반짝이는 알루미늄 보디가 나를 기다리고 있었다.

엄마 자전거에 탄 하이네는 이마 위로 들었던 손가락 두 개를 슥 내리며 쿨하게 벨을 울렸다.

"…………(따릉따릉)."

"후퇴하자! 이륜 택시가 오셨다! 이번에는 우리 데이터가 패배했다는 걸 인정하지! 이제 플랜 H로 간다!"

"나 몰래 몇 번씩 플랜을 바꾸고 번번이 실패하지 좀 말아 줄래!"

알스하리야의 재촉에 나는 엄마 자전거 쪽으로 달려갔다.

"미안, 스승님! 나한테는 중요한 사명이 있어! 초밥은 다음에

먹자!"

"네~? 초밥에 대한 마음에도 신선도가 있거든요, 보건소에 신고당할 텐데요~?"

"공주님 마음의 신선도가 더 중요하대."

아무 말이나 떠드는 스승님과 츠키오리를 무시한 나는 엄마 자전거 짐받이에 올라탔다.

"…………(따릉따릉)."

엄마 자전거는 느릿느릿 엘리베이터로 향했다.

"이제, 지긋지긋해……! 때려치울래……!"

나는 울면서 흰 백합 가면을 바닥에 내동댕이쳤다.

"지, 진짜 울지 마. 『중요한 사명이 있다』는 뜻을 다지며 초밥의 유혹을 뿌리치고 온 참이잖아."

"그렇게라도 말해야지, 아니면 2주일 동안 행방불명됐던 내가 갑자기 코스프레하고 나타난 변태로 전락하잖아! 그럴싸한 말을 해둬야 정신적으로 타협이 된다고!"

"호감도를 낮추고 싶다면 코스프레 변태 가면인 걸로 밀고 나가면 됐잖아."

"오르거든! 지금까지의 패턴을 돌아보면! 어째서인지 그게 더 호감도를 높인다고! 아마추어는 닥치고 있어!"

노상에 세워둔 자전거 옆에서 절망에 잠겨 있던 내 머리를 누군가 툭툭 쳤다.

고개를 들어보니 하이네가 부드럽게 웃고 있었다.

"울지 마, 허접아."
"여기 오는 도중에 무슨 심리적 사고라도 있었어?"
"어서 타."
엄마 자전거에 올라탄 하이네는 특징적인 눈으로 게슴츠레 이쪽을 노려보며 어서 탑승하라고 재촉한다.
거절하면 끈질기게 폭력으로 권유할 것 같아서 나는 짐받이에 올라탔다.
쌩, 바퀴는 톱니 소리를 냈고, 언덕길을 내려가기 시작한 엄마 자전거는 속도가 붙었다.
상쾌한 산들바람을 온몸으로 받아들인 나는 눈을 감으며 바퀴살이 바람을 가르는 소리에 귀를 기울였다. 멋진 미래를 암시하는 듯 쭉쭉 뻗어가는 가속감에 황홀하게 웃는다.
"근데 우리 어디로 가는 거야?"
"알프 헤임."
"울어라, 마이 스니커 고무 밑창!"
두 발을 브레이크 삼아 엄마 자전거를 세우자, 하이네가 불만스레 노려본다.
"방해하지 마, 자식아."
"방해하지 마, 계집. 잘 들어, 하이네. 우리는 알프 헤임에 안 가. 그 망가진 벨 대신 못된 마인의 목을 달아두자. 소원을 이마에 써두면 분명 칠석 행사 같아서 즐거울걸~!"
"그런 피투성이 소원을 들어주는 건 악신뿐이잖냐. 내 목을 4,999엔짜리 제단(바구니)에 바치기 전에 얘기를 좀 들어봐."

자전거 바구니에 쏙 담긴 알스하리야가 끼어들어 어깨를 으쓱한다.

"선언하겠는데, 나는 네가 무슨 말을 하든 안 속아. 이제 하이네와 엄마 자전거를 타고 한 바퀴 돌고 올 거야. 어차피 라피스한테도 연락이 갔을 테니 똑똑한 나는 라피스에게 가지 않고 귀가할 거야. 디 엔드."

"오늘 밤 라피스 클루에 라 루메트가 식을 올린다나 봐."

"……뭐?"

나는 지면에서 발을 뗐고, 하이네는 즐거운 듯 페달을 밟기 시작했다.

"당연하잖아? 그녀는 그 루메트 왕가의 공주님이야. 당연히 약혼자가 없는 게 더 이상하지. 현계 유학에서 돌아와『이제 일본에는 안 갈 거다』라고까지 공언했으니, 여왕이 될 각오가 됐다고 볼 수밖에."

"상대는? 다, 당연히 여자겠지?"

"남자야."

표정이 싹 굳었고 미소가 순식간에 사라졌다.

알스하리야의 말처럼 원작의 라피스에게는 약혼자가 있다.

라피스 루트 도중, 사랑하는 주인공에게 모든 걸 바치기로 한 라피스는 공석에서 약혼을 파기한다. 둘이 키워온 연심으로 신분과 인종과 중압감을 모두 초월. 정해진 길을 뛰어넘은 뒤, 결연한 미소를 띠는 라피스의 CG는 아름다웠다. 나도 울었다.

그녀에게 약혼자가 있다는 건 분명하다.

하지만 약혼자가 여성인지 아닌지는, 게임 내에서 공언되지 않았다.

"의외라고 생각할 수도 있지만, 엘프란 그렇게 조직적이지 않아. 그녀가 다스리는 알프 헤임에는 열세 가지 씨족이 존재하고, 왕의 혈통『클루에 라』를 제외한 열두 씨족 중 가장 강한 자가 알브로 선출되지. 왕가의 호위를 정하는 데도 그렇게 씨족 간의 밸런스를 잡는 게 일반적이야. 물론 그건 열세 씨족 중 하나인『클루에 라』도 예외가 아니지."

"날이 저물 때까지 그런 잡소리만 주절거리려고? 본론을 말해."

쓰게 웃은 알스하리야는 바구니 테를 손가락을 치더니 리듬을 탄다.

"간단한 얘기야. 루메트 왕가는 대대로 남자를 사위로 맞아. 하층 남자를 정점인 여성이 맞아들임으로써 씨족 간의 파워 밸런스를 유지하는 거야. 그게 관습이고 거기에 합리성이 있는지 없는지는 거론조차 되지 않아. 이른바 악습이란 거지."

있을 법하다.

에스코에는 여러 개의 미채택 이벤트가 있으며 그중 하나에『결혼식 도중 주인공이 라피스를 데리고 떠난다』라는 게 있다.

주인공을 띄워주는 이벤트로 생각해 보면, 라피스의 결혼 상대로 남자가 배정되었으며 그녀를 구하기 위해 절대악(남자)을 처단한다는 구도는 매우 바람직하다.

"……라피스는 그 남자를 사랑해?"

"사랑할 리 있나. 오로지 눈에 보이지 않는 균형을 잡기 위해,

높으신 분이 눈 크게 뜨고 찾아온 추에 불과한데. 결혼을 앞둔 그녀는 매직 디바이스를 빼앗기고 몸을 깨끗이 한 상태일 테니, 지금은 연락도 안 되겠지. 자, 그럼."

알스하리야는 즐겁다는 듯 두 팔을 들었다.

"내 이야기는 끝났어. 네가 결단할 차례야."

대답 대신 나는 속삭였다.

"하이네, 전력으로 밟아."

"라저."

아스팔트와 타이어가 스치며 연기가 피어올랐고, 엄마 자전거는 급가속한다.

하이네의 어깨에 두 손을 올린 나는 코너를 꺾을 때마다 체중을 한쪽에 실어 커브가 매끄러워지게끔 했다. 그리고 디멘션 게이트를 통과하자—— 밤하늘이 펼쳐졌다.

동그란 달이 하늘에 자리하고 있다.

원래 밤하늘에 매달린 동그란 달은 종이로 만든 공예품처럼 보여주기식 빛을 투영한다. 하지만 그 남을 기만하는 듯한 달빛은 디멘션 게이트를 통해 현계에서 이계로 완전히 옮겨간 순간 사라졌다.

새하얀 달 아래로 황금색 성이 우뚝 솟아 있다.

하늘과 땅을 뒤덮은 신의 짐꾼을 연상케 하는 세계수의 가지와 잎은, 천개(天蓋)에 망을 펼치듯이 뻗어나 달을 사로잡으려 하고 있었다. 그 세계수 아래로는 나선 형태의 첨탑이 문지기처럼 서서 장엄한 알프 헤임으로 가려는 침입자를 가로막듯 솟아 있었다.

그 스케일에 걸맞지 않게 엄마 자전거로 하늘을 나는 우리는 눈부시게 아름다운 도시의 광원을 받으며, 별과 별로 이어진 밤하늘을 누빈다.

펑──, 마력이 튕기는 소리. 푸른 번개가 귓불을 스쳤고 요격의 여파가 목덜미를 베었다.

새카만 비단을 가르듯이 밤의 장막 위로 내리는 새하얀 화살 비.

칼날을 생성한 나는 닥치는 대로 화살들을 튕겨냈다.

“알스하리야, 요격은 너한테 맡길게!”

“상대에게 무모한 요구를 할 수 있는 건 신뢰 관계를 쌓은 다음부터야.”

장난감 담배 끝에서 나온 수증기가 주변을 가득 메웠고, 희미한 안개 형태의 대마 장벽으로 변해 주변을 에워싼다.

천상을 향해, 빗발치는 탄막 속으로 뛰어든다.

트리거, 오른팔을 뻗고 손바닥에 빛 구슬을 모은다.

장벽을 통과한 화살이 내 뺨을 스쳤고, 나는 핏물을 튀기며 심장과 팔 끝까지 이어진 마력선으로 마력을 부어 넣는다.

“처음 뵙겠습니다, 산쵸 히이로입니다! 요즘 빠져 있는 건 하늘을 공격하는 망할 엘프를 엄청난 라이트로 날려 버리는 겁니다─! 대전, 잘 부탁드립니다!”

오른손으로 쏜 라이트는 도중에 왜곡되더니 어마어마한 속도로 직진, 떨어진다.

조소하는 달 아래서 엘프들은 요란하게 날아갔다.

핸들에서 손을 떼고 대신 뒷바퀴를 잡은 하이네는 나에게 자전거 앞바퀴를 내민다.

나는 그 앞바퀴를 잡고 빙글 회전한 다음, 착석한다.

콘솔, 접속—— 엄마 자전거를 강화 투영, 알루미늄 보디와 타이어를 놀라울 만큼 강화했고—— 덜컹 소리를 내며 뒷바퀴부터 착지했다.

털썩, 하고 떨어진 하이네는 짐받이에 엉덩이를 올린다.

"간다, 이야아아아아아아아아아아아아아아아아아아아아아아아아아아아아!(따릉따릉)"

울리지 않는 벨을 울리며 나는 앞으로 몸을 쑥 내민다.

묵직하게 온몸의 체중을 싣고, 서서 페달을 밟은 나는 성벽 위를 달리기 시작했다.

"뭐, 뭐야, 이 녀석은?! 위병은 뭘 하고?! 얼른 쏘아버려!"

크게 당황해서 성안에서 쏟아져 나온 엘프들에게 나는 소리친다.

"백합에 남자를 끼워 넣지 마아아아아아아아아아아아아아! 망할 엘프들 같으니이이이이이이이이이이이이이이이이이이이이이이이이이이이이이이이이이이이이이!"

"무슨 소리를——."

"천주활적(天誅滑賊)! 아무튼 죽어!"

앞을 가로막는 엘프를 날려 버리며 엄마 자전거는 흰 연기와 함께 드리프트한다.

그 기세를 타고 성안으로 뛰어든다. 어깨며 배에 화살을 맞으면서 피투성이가 되어 복도를 질주했다.

"교주, 그대로 있으면 죽어."

"내가 죽든 말든, 백합 사이에 끼는 남자는 죽인다! 그게 나의 정의, 타고난 서약! 알스하리야, 라피스는 어디 있어?!"

"식장에 있지. 엘프들이 『우주수의 방(이그드라 미디엄)』이라 부르는 곳이야. 이대로 직진한 뒤 지하로 내려가면 돼."

그 조언을 듣고 나는 엄마 자전거를 타고 계단을 뛰어 내려간다. 큼지막한 문이 앞길을 가로막자 좌석에서 뛰어내린 뒤, 있는 힘을 다해 천천히 열어젖혔다.

물을 끼얹은 듯 조용한 정적이 서서히 퍼진다.

발밑에 차오른 창은(蒼銀)의 수면.

희고 가늘고 반짝이며 구불거리는 뿌리가 물속에서 춤을 춘다. 천장, 벽면, 바닥을 맴도는 기하학적 문양이 스며든 나무뿌리는 장황하게 그림을 그리더니 중앙의 흑단으로 몰려가 이어진다.

뿌리에서 떨어지는 투명한 물방울은 구체로 이뤄진 하나의 수조가 되었고, 천장 네 모서리에 배치된 거울을 타고 온 빛을 머금었다.

삼중원(三重元)의 마력선이 퍼지는 단상의 우묵한 부분에 물방울이 또옥또옥 떨어진다.

매우 고요한 공간에는 고작 셋이 모여 있었다.

흑단을 사이에 두고 마주 선 엘프 둘, 그 뒤에는 예복을 걸친 중개인으로 보이는 엘프가 서 있었다.

셋은 각자 맨발이었으며 발끝을 물에 담그고 있다. 노출된 어깨에는 마력선으로 프랙털 구조의 수문(樹紋)이 그려져 있다.

마주 보고 있는 라피스와 또 한 사람은 투명한 베일로 존안을 가리고 있다. 고개를 든 라피스의 뺨에는 눈물 자국이 남아 있었고── 나는 단숨에 그 사이에 끼어들었다.

라피스와 약혼자, 둘 사이에 있는 단상 위에 착지한다.

"어?! 뭐, 뭐야?!"

당황하는 두 사람 앞에서 한 손으로 가면을 누른 나는 천천히 일어난다.

그리고 그 아래에서 웃었다.

"결혼식 초대장이 나한테는 안 왔는데……. 누구 허락을 받고 이 아이를 울린 거야……?"

"그 목소리……."

라피스는 숨을 집어삼킨다.

예복 차림의 엘프가 쏜 화살이 내 가면을 깨부쉈고──.

"미안하지만 이 애의 운명의 상대는 이미 정해졌어."

가면이 부서지며 빛과 함께 그 조각이 공중에 흩날린다.

맨얼굴을 드러낸 나는 웃었다.

"적어도 이 아이를 울린 너희 역할은 아니지! 알았으면 꺼져, 이 엑스트라가!"

그 순간 실내로 뛰어든 엘프들이 활을 겨누었고, 불한당이 된 나에게 대량의 화살이 날아든다.

받아칠 자세를 취한 나는 양산품 나이프형 매직 디바이스를 뽑아 들었고──.

"제길!"

손바닥에 화살이 꽂힌다.

양산품과 특별 제작품, 그 성능 차에 마법 발동이 늦었고, 먼저 준비했음에도 한발 늦은 사격에 당했다.

원작 게임에서 양산품은 상점 상품 중 하나다. 장비할 때 필요한 코스트(마력의 총량에 따라 매직 디바이스를 장비할 수 있는 품목이나 수가 다르다)가 매우 낮아서 대체로 남는 칸에 장비한다.

보통 그렇게 남는 칸에 장착하는 것을 보면 알듯, 당연히 성능은 그다지 높지 않다.

쿠키 마사무네라면 넉넉하게 맞았을 마법 발동이 마법 전도율이 낮은 탓인지, 평소보다 몇 초 늦게—— 라이트가 발동한다.

눈 부신 빛이 뿜어져 나오자 신음한 엘프들이 한 손으로 눈가를 가렸다. 손바닥에 박힌 화살을 뽑은 나는 라피스를 안아 들고 도주한다.

"히이로……."

눈물을 흘리며 라피스는 내 가슴에 고개를 묻었다.

"다행이다……. 살아 있어서…… 정말 다행이야……. 나…… 히이로가 죽었으면, 어쩌나……. 나…… 나는……."

"이기고 도망치긴 싫거든."

나는 그녀를 향해 웃어 보인다.

"저승이든 이승이든, 너랑 결판이 날 때까지는 곁에 있을게."

열이라도 나는 것처럼 뺨을 붉힌 라피스는 나를 바라보더니 고개를 끄덕였다.

그 뜨거운 시선에 나는 비지땀을 삐질삐질 흘렸다.

어라? 이거 괜찮나? 라피스랑 망할 남자가 원하지 않는 결혼을 하려는 걸 막은 거니까 괜찮겠지? 라이벌 어필도 잊지 않고 했으니 나와 라피스의 관계성은 분명 우정으로 다져졌겠지?

혼란스러운 채로 나는 계단을 뛰어 올라가려 했고—— 버티고 있던 엘프들이 우리에게 활을 겨누었다.

"의식 도중에 공주님을 납치하다니, 무슨 생각이냐. 이 바보 같은 놈. 감히 남자 따위가 루메트 왕가 공주님에게 손을 댄 죄, 오로지 네 피로 씻어야 할 거다."

"이봐, 거 되게 거창한 말로 사람 기죽이네."

분노를 드러내며 나는 엘프들을 노려본다.

"라피스가 사랑하는 남자라면 허락할 수 있어. 나는 백합을 강요할 생각은 없거든. 우선 무엇보다 이 아이가 행복하지 않으면 아무 의미 없으니까. 하지만 너희는 씨족 간의 밸런스니 뭐니 하는 빌어먹을 이유로 이 아이에게 원치 않는 미래를 강요했지. 그럼 나는 이 아이와 너희 사이에 끼어들 수밖에 없어."

"무슨 소리인지 모르겠군. 그 하찮은 긍지가 목숨을 걸 만한 거냐?"

"불언실행(不言實行), 세 치 혀로 내 긍지를 더럽힐 생각은 없어. 자신을 건 순간, 너희가 말하는 『하찮은 것』은 눈부신 빛을 띠거든. 아무것도 걸지 않은 너희와 모든 걸 건 나, 어느 쪽의 『하찮은 것』이 앞설까?"

한 사람이 쏜 화살이 손바닥을 찢었고, 그래도 미동조차 하지 않는 나를 보고 엘프 집단은 압도당했다.

한 걸음 앞으로 나서자 엘프 집단은 신음하며 물러났고, 나는 속삭였다.

"물러나. 너희가 말하는『하찮은 것』으로 이 아이의 앞길을 막지 마."

바퀴 돌아가는 소리.

내가 입꼬리를 들어 올린 순간, 계단 위에서 뛰어내린 엄마 자전거가 엘프의 포위를 튕겨냈다. 마력으로 강화한 앞바퀴가 벽에 박힌다.

회색 머리카락을 나부낀 하이네는 오른쪽 주먹을 턱밑에 대더니 이쪽을 노려봤다.

"자전거로 왔어."

게슴츠레한 눈을 한 그녀는 불만스럽다는 듯 뺨을 부풀렸다.

"위에서 기다렸는데 계속 안 오잖아. 얼른 타, 교주. 우리는 자전거로 와서 자전거로 갈 거야."

"맞는 말이네, 나이스 타이밍. 라피스, 뒤에 타. 쿨한 마중꾼이 왔어."

"왜 자전거?! 좀 더 센스 있는 마중 수단 없어?!"

라피스에게 고개를 끄덕여 보인 나는 하이네와 나란히 섰고 오른쪽 주먹을 턱밑에 댔다.

""자전거로 왔어.""

"아니, 그 말은 아까 들었어."

라피스가 짐받이에 올라타는 사이 하이네는 바구니에 들어 있던 무를 휘둘러 엘프들의 머리를 때렸다.

자전거에 오른 라피스는 살며시 내 옷자락을 잡고 촉촉한 눈으로 내 쪽을 바라본다.

"꼭…… 곁에 있어야 해……?"

"그래, 곁에 있을게."

특등석에서 입맛을 다시며 너희가 만들어 갈 백합을 지켜봐 줄게……!

일류 엄마 자전거 드라이버 하이네의 절묘한 핸들 테크닉.

라피스(신부)를 태운 엄마 자전거는 계단을 뛰어 올랐고, 나는 그 뒤를 따랐다.

"꺄악! 꽤, 꽤 흔들리네!"

내진 보강이 잘된 공주님의 가슴에 감탄하는데, 뒤를 돌아본 라피스가 허무한 표정을 지었다. 최고 속도를 기록한 내가 자전거를 앞지른 것이다.

페달을 고속 회전시키며 하이네는 자기 허리로 라피스의 손을 유도한다.

"꼭 잡아. 교주의 신부는 내 신부이기도 하니까. 잘해 줄게."

"교주가 누구야……? 그보다 당신은 히이로랑 무슨 관계야? 친구? 사, 사귀는 건 아니지? 꺄악!"

"그러다가 이빨에 혀가 싹둑 잘려나갈걸. 조용히 하고 잡아."

처음 보는 소녀들이 몸을 밀착한 채 자전거를 타고 간다.

아아, GOOD. 하이네×라피스, 가능…… 아니 GREAT야. 엄마 자전거에 둘이 타는 건 어렴풋이 청춘의 모습을 연상케 하는

군. 알스하리야 선생님은 이런 연출을 위해 엄마 자전거를 준비한 건가? 그렇다면 선생님은 천재로군. 그건 그렇고 뒤져.

달리는 나와 나란히 알스하리야는 공중을 미끄러진다.

"이미 알겠지만 올 때 사용한 디멘션 게이트는 돌아갈 때는 못 써. 자전거를 공중에 띄우는 우주인 친구가 바구니에 타고 있다면 얘기가 다르지만."

"내 친구는 사랑과 용기와 백합뿐이야. 릴리 레스큐대 대장으로서 탈출 루트를 여럿 검토해 두는 건 당연한 일이니까 안심해."

나는 게임 내 맵을 떠올리면서 붉은 카펫이 깔린 복도를 꺾었고── 눈앞에 진녹색 로브가 보였다.

"하이네, 멈춰!"

자전거를 옆으로 넘어뜨린 하이네가 카펫 위를 미끄러지며 브레이크를 건다.

또옥, 또옥, 초록색 물방울이 떨어지는 위장복.

비옷처럼 보이는 그 전투 복장은 파충류의 표피를 연상케 하듯 번들번들했고, 휘감긴 듯한 식물의 주맥과 측맥, 그리고 복잡기괴하게 깔린 망 형태의 마력선을 띠었다.

어두운 진녹색에 파묻힌 알브들은 복도를 끝에서 끝까지, 위장복 안에서 뿜어낸 진한 안개로 가득 메웠다.

마력의 뇌광이 파직거리며 튄다.

"…………."

안개 너머에서 녹색 눈동자가 이쪽을 바라본다.

원시경(렌즈)── 정밀 사격용 마법을 이미 발동한 그녀들의 눈은 연산용 마법진에 뒤덮여 있다.

안개 속에 숨어든 여섯 개의 그림자.

여섯 알브는 살며시 매직 디바이스를 꺼낸다.

안개가 그녀들의 손에 모여들더니 소리도 없이 활의 형태를 띠었다.

나는 식은땀을 흘리면서 각 씨족에서 선발된 여섯 정예를 바라본다.

다들 하나같이 지금의 나보다 격이 높다. 하이네라도 죽이려고 덤벼드는 알브를 여섯이나 상대하긴 힘들겠지. 이 통로를 빠져나가야만 알프 헤임 의식의 공간, 엘프들이 설치한 디멘션 게이트로 갈 수 있다.

땀이 찬 오른손으로 허리 뒤에 찬 작은 칼을 쥔다.

뒤에서는 추격자가 쫓아오고 있다. 이제 와서 돌아갈 순 없다. 무모하다는 건 알지만 여길 뚫는 수밖에 없다.

"하이네, 내가 미끼가 될게! 가!"

사격에 대비해 자세를 낮춘 나는 칼을 빼 들었고 온 힘을 다해 빠르게 돌입——.

"히이로 씨~, 오랜만이에요~! 어서 지나가세요~!"

맥 빠지는 소리가 들려오자 급하게 정지, 머리부터 구르며 안면을 바닥에 부딪혔다.

알브의 리더 미라 아하트 샤텐.

햇볕을 쬐면 금빛으로 빛나는 곱슬머리를 가진 그녀는 긴장감 없는 목소리로 나를 부른다.

"왜 멍하니 서 계세요? 얼른 지나가세요."
"……그래도 돼요?"
"되는데요."
머뭇머뭇 나는 엄마 자전거를 낀 채 옆을 빠져나간다.
뒤를 돌아본다.
일부 불만스러운 기색을 띤 알브를 제외한 나머지 알브들은 호의적인 미소를 지어 주었다.
"우리 호위 대상에는 공주님의 목숨뿐만 아니라 마음까지 들어가니까요. 그럼 히이로 씨. 나중에 또 봐요. 추격자는 저희에게 맡기세요."
"미라……. 늘, 미안해……."
쓰게 웃은 미라는 라피스의 머리를 쓰다듬는다.
"늘 고마워겠죠? 그럼 잘 가세요. 추격자를 정리한 후, 높으신 분들의 설교까지 들어야 해서요."
"……설마 죽는 건 아니지?"
미라는 두 눈을 빛내며 입꼬리를 일그러뜨렸다.
"죽일 수 있는 사람이 없는데 어떻게 죽겠어요."
밀려든 긴 귀의 추격자들은 길을 막아선 알브를 보고 고함쳤다.
"배은망덕하게 같은 편에게 덤벼드는 거냐, 알브?!"
미라를 비롯한 알브 일행은 미소를 띠며 뇌광을 튀기는 로브와 함께 안개 속으로 숨어든다.
"착각하지 말아 주시겠어요, 알프 헤임 여러분. 누가 아군이고 누가 적군인지는 일목요연."

카랑카랑한 웃음소리와 함께 미라의 목소리가 울려 퍼진다.

"처음부터, 이게── 우리의 일."

귀를 찌르는 듯한 사격음이 나고, 나는 그 소리에 압도당하며 의식의 공간으로 가는 문을 열어젖혔다.

녹색 시야, 흙냄새, 작은 새의 지저귐── 바람이 불어 든다.

눈앞에는 하늘과 우주와 땅이 있었다.

비안개에 젖은 지피 식물의 색채는 실내를 실외로, 천장을 하늘로, 벽면을 밖으로 보이게끔 했다. 방금 넘은 문은 『외계』와 이어진 것 아닐까 싶을 만큼 흙과 꽃과 녹음이 공간을 뒤덮고 있었다.

취록색 공간 속에 자리한 넓은 공터 안쪽에는 오색 문양이 들어간 대리석 문 아래 이끼가 낀 바위가 있었고, 그 중앙에는 흔들리는 무색 구멍이 있었다.

여섯 알브.

시어 소재 원피스를 입은 그녀들이 하나하나 짝을 이루며 줄지어 섰다.

눈을 감은 그녀들은 반딧불을 연상케 하는 인광을 몸에 두른 채, 나긋나긋한 목소리로 영창을 이어갔다.

그녀들의 살에서 피어오르는 영창 일부, 눈에 보이는 문자열이 공중에 흩어졌고 손가락 사이로 흘러내리는 물줄기처럼 녹아내렸다.

"영창자가 여섯뿐이라 문이 불안정해! 시간이 없어! 히이로, 올라타!"

라피스는 필사적으로 손을 내민다.

나는 그 손을 잡았고 페달을 젓던 하이네가 양쪽 바퀴를 힘껏 저었다. 문이 서서히 닫혔지만—— 우리는 단숨에 그 문을 통과했다.

앞바퀴부터 도로로 돌진한 엄마 자전거는 그 충격을 감당하지 못해 엉망으로 부서졌고, 날아간 두 바퀴와 함께 우리는 내동댕이쳐졌다.

"YES, 착지 성공. NO, 병원행."

앞구르기 낙법을 취한 하이네는 예술 점수와 기술 점수가 높은 아름다운 착지를 선보였다. 그와 대조적으로 무참히 자전거 위에서 내동댕이쳐진 나는 순간적으로 라피스를 끌어안고 길 위를 미끄러졌다.

"아……, 야야……. 라피스, 괜찮아……?"

그렇게 불렀지만 귀 끝까지 빨개진 라피스는 눈을 동그랗게 뜬 채로 미동조차 하지 않는다.

"라피스, 이봐, 들려……? 괜찮아……?"

라피스가 천천히 눈을 감더니 나를 끌어안는다.

"응……, 괜찮아……."

"아니, 괜찮으면 떨어져 줘. 여보세요, 사람 말 알아들으시죠? 남의 가슴에 열심히 얼굴을 문질러대지 말아 줘. 내 유두에서 연마제는 안 나옵니다요."

사지가 나른하고 근육이 이완해서 힘을 줘도 움직이지 않는다.

맥없이 하늘을 올려다본 나는 안도하며 미소 지었다.

"그나저나 큰일 치렀네. 좋아하지도 않는 남자와 결혼할 뻔하다니. 하지만 이제 괜찮아. 안심해. 너는 자기 뜻으로 선택한 여자와 결혼할 수——."

"응? 결혼이라니?"

"…………뭐?"

내 얼굴에서 웃음기가 사라진다.

내 두 팔에 안긴 라피스는 의아하다는 듯 고개를 갸웃한다.

"……네 약혼자는 남자지?"

"아니, 여자인데. 게다가 이미 약혼도 파기했어."

"……씨족 간의 밸런스를 맞추기 위해 강제로 결혼할 뻔한 거 맞지?"

"자정(自淨)의 의식 말이야? 현계 사람이 보기엔 그게 결혼식 같아?"

"……그때 마주 보고 있던 엘프는 남자 맞지?"

"아니, 여자야. 남자일 리 없잖아. 그 후 가벼운 허그도 하니까. 루메트 왕가의 내가 남들 앞에서 남자와 허그 같은 걸 하겠어?"

"……하, 하지만 라피스. 눈물 자국이 있었잖아?"

"히이로가 갑자기 사라져서 매일 밤 울었어. 일본으로 돌아와 히이로를 찾기로 했는데, 도저히 대조모님이 허락해 주지 않아서 싸우기도 했고……. 그러니까 히이로가 마중하러 와줘서 너무 기뻤어."

나는 바들바들 떨면서 밤하늘 아래 선 마인을 올려다본다.

땅거미에 감싸인 무대 위에서 달빛 부츠를 신은 보랏빛 연기가 뛰논다.

연무의 배경(스모크 스크린) 뒤에서 알스하리야는 유쾌하다는 듯 웃었다.

"아아, 아아, 그렇고말고. 역시 내가 원하던 건 이거야. 백합 사이에 남자를 끼워 넣는 것만은 늘 다니는 산책길을 걷는 것처럼 잘 풀리는군. 그런 어설픈 거짓말을 믿다니, 히이로 너는 정말 바보구나. 처음부터 이럴 걸 그랬어. 그렇지? 히이로."

눈을 감은 알스하리야는 보름달 빛 아래서 감개무량한 표정을 지으며 속삭였다.

"절망에 찌든 네 표정은…… 실로 아름다워."

알스하리야는 입을 초승달 모양으로 굽혔다.

"목숨을 걸고 호감도를 쭉쭉 올려둔 미소녀를 품에 안은 기분이 어떠냐?"

"아……, 아……, 아아……!"

나는── 절규한다.

"잘도 날 속였겠다아아아아아아아아아아아아아아아아아아아아아아아아아아아아아아아아아! 속였겠다아아!"

울면서 나는 몸부림친다.

"너만은 용서 못 해……. 알스하리야아……. 너, 너만은…… 너만은 용서하지 않겠어……! 아아……! 아, 아……!"

몸부림치던 나는 두 손으로 얼굴을 가린 채 소리쳤다.

“끄아아!”

“히이로?! 다친 곳이 아파?! 인간의 목에서 나올 노이즈가 아닌데, 괜찮아?!”

비탄과 분노로 가득 찬 내 통곡은 밤하늘로 쏘아 올려졌고, 어둠에 묻혀 사라졌다.

달이 저물고 해가 떠올라도 내 오열과 비명은 계속 이어졌다.

화병으로 죽기 직전까지 내몰린 나는 부상 치료 겸 피치 못해 입원하게 되었다. 라피스를 비롯한 히로인들의 간병 덕에 친절하고 맛있는 추가타를 입은 나는 겨우 호쇼 마법 학원으로 복귀했다.

*

오리엔테이션 합숙은 막을 내렸고, 나는 즐거운 학원 생활 무대로 돌아왔다.

호오가에서 보도 규제를 내렸는지 내가 돌아왔을 무렵에는 퀸 워치 습격 사건 관련 소동은 조용해졌다.

어쨌든 일련의 사건으로 행방불명된 건 남자고 스코어 0. 피해자다운 피해자는 달리 존재하지 않으며, 산죠가에서 『죽어도 OK』라고 보증까지 받았으니까. 현재의 권력자 호오가로서는 정원에 난 작은 불씨를 꺼뜨리는 정도로 쉬운 일이겠지.

현계에 거점을 둔 알스하리야파의 중심 멤버가 모두 교도소로 가면서 사건은 마무리된 듯했다.

산죠 분가와 다투던 레이는 아직 정통 후계자 후보에 이름이 올라 있다.

과거의 이런 일 저런 일로 흔들리는 산죠가는 꼭두각시 레이를 추천하는 HMZ(할망즈) 연합 이외에도, 틈만 나면 레이를 끌어내리고 본인이나 그 자식을 후계자로 인정받으려는 사람도 시 있다(산죠 히이로는 존재를 무시당하는 중임).

레이가 납치당했다고 해도 그 주모자가 산죠가의 총의로 움직였다고는 할 수 없다.

레이 루트의 시나리오는 산죠가가 품은 회개나 정념이 세 산죠를 중심으로 소용돌이치며 구성된다. 시나리오 개시 플래그가 서면 우리의 츠키오리 양이 어떻게든 해 주겠지만, 그 암울한 플롯에 저항하기 위해 나도 미력하나마 힘을 보탤 참이다.

라피스도 무사히 학원에 복귀했고, 나는 알프 헤임에 출입이 금지되었으며 『또 오면 죽○다』를 300자 내외로 정리한 러브레터를 받았다.

츠키오리는 평소처럼 햇볕을 쬐는 고양이처럼 걷잡을 수가 없다.

다만 전보다 더 거리가 가까워진 느낌은 든다. 가끔 어리광 부리는 듯한 기색을 보이기에, 더욱더 츠키오리 고양이 설이 유력해져 간다.

슬슬 백합 게임 주인공이라는 자각을 가지고 여자를 팍팍 함락시켜 줬으면 한다.

그리고 나로 말할 것 같으면――.

"돈이 없습니다."

"……뭐?"

두 번째 밥을 나에게 내밀면서 스노우는 그렇게 말했다.

"무슨 뜻이야?"

"아니, 말 그대로인데요. 그 이외에 또 무슨 뜻이 있겠어요? 주인님 머릿속에선 『돈이 없습니다』가 『도박 비용을 내놔라』로 변환되기라도 하나요? 기둥서방을 먹여 살리는 멘헤라 같은 사고회로네요."

나는 차조기 강된장을 밥 위에 올려놓고 우걱우걱 먹기 시작했다.

따끈따끈한 밥이 혀 위에서 뛰놀며, 된장의 감칠맛과 어우러진다.

"맛있다……."

"기분 나쁜 표정으로 쩝쩝거릴 때가 아니에요. 돈 말이에요, 돈. 이 무기력남. 나날이 제 절약 기술이 얼마나 발전하는지 알아요? 슈퍼 타임 세일에서 만나는 아주머니들은 접근전에 너무 강해서 원거리에서 찔끔찔끔 싸우는 타입의 저로서는 승산이 없다고요."

나는 오징어 명란을 먹으면서 『오징어와 명란젓을 처음 조합한 사람은 천재야』 하고 놀라움을 감추지 못했다.

나는 경악하는 표정을 지으며 스노우에게 속삭인다.

“그건, 돈이 없다……는 거야?!”

“아까부터 그렇게 말했잖아.”

“죄송합니다, 제가 우쭐했네요. 날붙이를 들고 일방적으로 덤비지 말아 주세요.”

식칼을 든 스노우는 그걸 허리 뒤로 슥 거둔다.

“암살자분들에게 지원받은 돈도 임시방편에 불과했고. 뭐, 괜찮아. 일단 돈을 벌 수단은 있으니까.”

정어리를 집으면서 나는 젓가락 끝을 휘적인다. 깔끔하게 정좌한 스노우는 묵묵히 식사 중이었다.

“나는 식후의 설거지는 관두고 모험자로 먹고 살아볼 생각이야.”

“그거 좋네요, 히이로 님은 던전 출입 허가도 받았잖아요. 그건 그렇고, 이번 일을 핑계 삼아 설거지에서 빠지려고 하지 마. 계속해.”

“쇠뿔도 단김에 빼라고 어제 학원 모험자 협회에 가 봤는데……. 스코어 0은 모험자 등록이 안 된다고 하더라.”

“하아, 뭐 그렇겠죠.”

단무지를 깨작거리면서 스노우는 고개를 끄덕였고── 움직임을 멈춘다.

“아니, 그러면 안 되잖아요. 무직에 백수라니 인생 폭망 조건을 갖춘 거 아닌가요? 0에 0을 곱하는 식으로 의미 없는 시너지 효과 일으키지 말아 주세요.”

“학생을 무직 백수 취급하지 마, 근로 메이드. 솔직히 뜻밖이었어. 입장이 너무 특수한지, 설마 스코어 0이 모험자 등록조차 못 할 줄이야."

게임 내에서는 모험자로 등록하기 위한 조건이 딱히 설정되지 않았다……고 믿었는데, 실제로는 달랐겠지. 모험자 등록 조건이 『스코어 1 이상』이라는 건 어지간히 특수한 플레이를 하지 않는 한 알 수 없다.

"참 난감하네요. 요즘 이 메이드는 행방불명됐던 흉악한 약혼자 탐색 활동에 정신을 쏟느라 일할 곳을 찾는 데 실패했거든요."

"거기 메이드. 『흉악』이라는 수식으로 경애해야 할 주인을 범죄자로 빗대는 행위를 당장 그만두도록. 그보다 애초에 네가 일하는 곳은 산죠가잖아?"

"거기서는 이미 해고된 지 오래예요."

태연한 얼굴로 된장국을 홀짝이던 스노우는 작게 숨을 토해냈다.

"들키는 게 당연하잖아요. 히이로 님은 산죠가의 감시하에 있거든요. 본래 레이 님 곁에 있어야 할 제가 역할을 팽개치고 당신 뒷바라지 중이라는 걸 들켰으면 당연히 해고되는 거죠."

"엇……. 그럼 지금까지 무급으로 일한 거야?"

"네에, 뭐, 그렇게 되겠죠."

내 몸에서 핏기가 싹 가신다.

"아니, 너 레이한테 돌아가. 산죠의 메이드면 성공한 인생에 고연봉자잖아? 왜 내 곁에 남아서 인생을 썩히고 그래?"

스노우는 나를 힐끗 살핀다.

"글쎄요, 왜일까요. 여기서 당신이 정답을 댄다면 저도 고생할 일 없는데요."

"이 바보. 그런 말을 일찍 해야지. 얼른 레이한테 돌아가. 레이라면 돈도 많을 테니까 네 월급도——."

"싫어요."

아삭아삭, 스노우는 단무지를 깨작거린다.

"싫다니……, 왜?"

머리를 귀 뒤로 넘긴 그녀는 나를 힐끗 보더니 고개를 돌린다.

"……직접 생각해 보세요."

"짚이는 게 없어서 스노우 씨 직통 상담창구에 문의하는 건데."

이 메이드는 고집과 지갑 하나는 단단해서, 나는 아직껏 난공불락의 용돈 제도를 돌파한 적이 없다. 본인이 한번 정한 일은 굽히지 않는 완고한 옹고집 메이드인 이상, 내 설득에 따를 리가 없다. 중개자로 레이를 끼워 넣어도 절대 물러서지 않으리라 단언할 수 있다.

내가 진지하게 생각하는데 백발의 메이드는 그때를 기다렸다는 듯 움직이기 시작한다.

부산하게 다리를 움직여 앉은 채로 나에게 다가온 스노우는 내 어깨에 자기 머리를 톡 기댔다.

"……약혼자 간의 스킨십 타임이네요."

"뭐? 너 왜 갑자기 정체 모를 타임을 만들고 그래? 나와 너의 가짜 약혼 관계에 스킨십처럼 연약한 개념은 없는데? 우리 둘은 이성 연애를 박살 내 버리고 동성 연애를 밀어붙이자는 특공 사나이 S 팀인데?"

"남을 '사나이'라고 부른 것도 모자라 이니셜로 팀까지 결성해 리더로 추대하지 말아 줄래요? 조용히 하고 남자답게 로맨틱한 연출이나 해."

"조용, 너나 조용히 해. 콜라겐만 먹고 산 것처럼 나약해 빠진 야들야들 금사빠 같으니. 이 정도 로맨틱은 내 대구경 성희롱포로 흔적도 없이 부숴 주마. 이런, 스노우 씨, 왠지 야하시네요(웃음). 야해~(웃음). 왠지 좋은 냄새가 나~(웃음)."

고개를 돌린 채로 내 소맷부리를 잡은 스노우는 자기 무릎과 내 무릎을 붙인다.

"……전, 쭉 혼자였는데."

"응?"

그녀가 나를 힐끗 올려다본다.

"외로웠다고, 평범한 소녀 같은 말을 하면…… 곤란한가요?"

"아니, 넌 어딜 보나 평범한 소녀잖아?"

왠지 모르게 쓸쓸해 보이는 미소. 스노우는 나에게 오른쪽 반신과 고개를 기대며 눈을 감는다.

"필요 없어요."

"뭐가?"

"돈이요. 제 문제는 제가 어떻게든 할게요. 자원해서 당신 곁에 있는 길을 택한 여자예요. 욕심을 부려서 커다란 우리를 택하면, 무서운 일이 수없이 벌어질걸요."

나의 옷을 꼭 붙든 채로 그 이상의 짓은 하지 않으며 스노우는 만족스레 미소를 띠며 웃는다.

“그러니까…… 이제, 이 이상은, 필요 없어요.”

본인은 이렇게 말하지만, 내가 그녀에게 월급을 치르는 수밖에 없다.

모험자 이외의 선택지라면 알바뿐이지만 호쇼 마법 학원은 알바를 금지한다. 애초에 학원 허락 없이 무단으로 알바를 시작하더라도 스코어 0인 남자를 받아줄 알바 자리를 찾을 가능성은 현저히 낮다.

지금의 내가 빠르고 쉽게 돈을 벌 수 있는 수단은 하나밖에 떠오르지 않는다.

“산쵸 님.”

급료를 대신하는 스킨십 타임(농담인지 진심인지 모르겠다)을 마치고 기숙사 밖으로 나오자 청소 중이던 릴리 씨가 맞아줬다.

빅토리안 메이드라고도 형용할 수 있는 검은 바탕의 롱스커트와 흰 바탕의 에이프런 드레스. 동작과 복장엔 흠잡을 데 하나 없었고, 입가에 띤 미소는 그 완벽함과는 반대로 온화하며 사근사근했다.

“안녕하세요, 어디 나가세요?”

“뭐, 잠깐 일이 있어서. 실은 뒤처진 수업 복습이라도 하려고 했는데. 그나저나 릴리 씨, 신도 쉰다는 일요일에 노동이라니, 인간으로서 근면함의 한계에 도전이라도 하려고요?”

“산쵸 님이야말로 일요일에 수업 복습이라니, 학생으로서 근면의 한계에 도전하고 계시네요. 그 아이는 아직도 자는 중인데. 제가 깨우지 않으면 꼼짝도 안 해요."

키득키득 웃으며 릴리 씨는 살며시 내 얼굴을 살폈다.

"오늘은 안색이 조금 안 좋네요. 괜찮으세요? 무슨 문제가 있으면 언제든 말씀하세요. 안 그대로 다락방에 살게 해서 죄송한 마음이거든요."

남자에게까지 잘해 주다니 이 사람, 혹시 어느 사당의 신인가? 게다가 뮤르와의 관계까지 은근히 암시하다니, 올해 신정에는 릴리 씨한테 참배하러 갈까?

마음속으로 두 손을 모으며 릴리 씨에게 『백합 커플이 행복하기를』이라고 비는데 릴리 씨가 한 장의 프린트 용지를 건넸다.

"아직 산죠 님께는 안 드렸죠. 괜찮으시면 받으세요."

A4 용지 한 장으로 정리된 기숙사 내 신문을 받아든 나는 빠르게 글을 훑었다.

각 기숙사에서는 기숙사장이 지명한 멤버에게 역할이 배당되기도 한다.

그중 하나가 『신문 담당』이며 이 역할을 배당받은 학생은 주에 1번, 기숙사 내의 이벤트나 뉴스, 연락사항이 적힌 신문을 발행하여 기숙사생에게 배포하는 활동을 한다.

신문이라고 해도 프린트 1장짜리라 간단하다.

큰 부담도 아니고 학업이 우선되기에 작업을 할 수 없을 때는 한 주 쉬어 가는 경우도 잦다.

다른 기숙사에서는 그렇지도 않지만, 플라움에서는 뮤르가 기

숙사 내 신문에 주력하고 있었다. 게임 내에서도 플라움 기숙사 내 신문은 읽을 만했으며 본편과는 무관한 정보를 빈틈없이 읽었던 기억이 난다.

읽어본 신문에는 뮤르가 직접 그린 일러스트가 그려져 있었다.

플라움에서 있을 신입생 환영회 보고가 메인인데, 개최 일시가 대문자로 명기되어 있다.

뮤르의 심기가 지면으로 드러나 보이는 듯하다. 집단의식을 갖는 개처럼 환영회를 통해 기숙사장의 위엄을 드러내고 신입생과 서열을 정리할 모양이다.

신입생 환영회……. 그러고 보니 내가 없는 동안 입소 면접은 끝나 있었다. 모든 학생이 각 기숙사에 배정되었으니 신입생 환영회 이벤트가 발생하는 건 당연한 일, 나에게도 그 참가 자격이 있는 듯하다.

플라움에 속한 학생이라면 이 신입생 환영회 참가가 인정된다.

쓰레기 폐품 벌레의 총본산, 우리의 히이로 역시 희희낙락 참가해 여자들을 품평하다가 츠키오리에게 맞고 나가떨어지는 이벤트가 있었을 거다.

"꼭 참가해 주세요. 맛있는 요리와 즐거운 시간을 제공할게요."

"아아, 네. 갈 수 있으면 갈게요. 갈 수 있으면. 갈 수 있으면 갈게요. 갈 수 있으면."

물론 이 『갈 수 있으면 갈게요』는 예의상 하는 말이고 대답은 『안 갑니다』다.

학원 숙녀가 한자리에 모여 교우를 다지는 자리에 남자는 필요 없다. 물론 릴리 씨의 제안을 거절하는 것도 실례니까, 내 대리로 스노우를 참석시킬까.

릴리 씨와 헤어진 나는 거리로 향한다.

역 앞까지 걸음을 옮겼다가 뒷골목으로 가서 아무렇지 않은 척 쓰레기통으로 들어갔다.

쓸모없는 취급하는 남자를 소각 처분하라는 은유가 아니라, 이 쓰레기통이 디멘션 게이트이기 때문이다.

첨벙! 나는 머리부터 물속으로 떨어졌고 푸른 빛 한가운데 있는 저택으로 헤엄쳐 간다.

"교주님."

목욕수건을 든 실피에르가 맞아준다.

정중한 손길이 머리를 닦아줬다. 나는 저택 안의 계단을 올라간다.

최상층의 작은 방에는 낡은 옥좌가 덜렁 놓여 있었다. 살짝 쌓인 먼지를 털어내자 뒤쪽 중앙에 꽂힌 콘솔로 수렴된 도선이 노출된다.

옥좌에 앉은 나는 카발라의 세피로트가 새겨진 팔걸이에 마력을 싣는다. 그 순간 지잉 하는 소리와 함께 눈앞에 윈도우가 떠올랐다.

내 안에 있는 알스하리야의 마력을 인식한 콘스트럭터 매직 디바이스가 나를 주인으로 승인했다.

국가명, 자원 산출 수, 자원 수, 소속원, 건축물, 기술……. 설정을 바꾸지 않은 탓인지 간이로 표시되는 국가 상황 페이지를 보고 득의양양하게 웃는다.

나는 씩 웃고 나서 국가명을 입력한다.

국가명〉 신성 백합 제국.

센스 넘치는 국가명을 붙이고 나서 나는 두 팔을 벌리며 웃었다.

"실피에르, 나는 이 신성 백합 제국을 확장해 한몫 벌겠어……. 그리고 언젠가."

다리를 꼰 나는 소리 높여 웃는다.

"이계에 백합꽃을 피우겠어. 그게 바로 우리 신성 백합 제국의 목적이다."

"조칙, 받들겠습니다."

이계의 돈은 현계의 돈으로도 바꿀 수 있다.

거창하게 떠들기는 했지만, 이 국가 운영 시뮬레이션 게임에 진지해질 생각은 전혀 없다. 『타락 루트』에서만 쓰이는 이 시스템은 간단하면서도 거의 자동으로 돈을 벌 수 있는 수단 이상의 의미가 없기 때문이다.

타락 루트는 츠키오리 사쿠라가 모든 걸 부수고 마신에게 찾아가는 루트로, 별칭 마신 루트라고도 한다.

마신 루트 내에서 츠키오리는 제7의 마인으로서 이계에 거점을 두고 여섯 기둥의 마인과 군웅할거한다. 그때 쓰이는 시스템이 이 국가 운영 시스템이다.

에스코는 원래 이것저것 백합 게임에 넣어버린 섞어찌개 같은 게임이지만, 백합을 바라보며 싱글벙글하던 플레이어가 갑자기 국가 운영을 강요받고 정색하는 건 부조리한 비극이라고밖에 표현할 길이 없다.

솔직히 이 국가 운영 시스템은 조잡한 데다 밸런스도 별로다.

일부 세력이 너무 강하지를 않나 아무 데도 쓸모가 없는 유닛이 있질 않나, 사양의 구멍을 찌른 턴 가속 수단까지 존재한다.

에스코 개발 회사가 과거 폭사시킨 시뮬레이션 게임을 복붙했나 본데, 어디까지나 덤 요소 중 하나에 불과하겠지.

다만 이 시스템, 돈벌이 수단으로 보면 매우 우수하다.

이계의 자원은 돈이 된다.

그리고 이계의 돈은 현계의 돈으로 바꿀 수 있다.

자원을 채취하는 유닛만 만들면 자동으로 알아서 움직인다. 자는 동안에도 알아서 돈이 들어오는 꿈만 같은 시스템이다.

뭘 하든 스코어가 오르지 않는 현재 상황에선 비합법 스코어 매매도 검토해야 한다.

현계보다 불안정한 이계는 나라가 성하거나 나라가 멸망하는 일이 일상처럼 밥 먹듯이 벌어진다. 그렇기에 몬테비데오 조약 제1조에 근거한 국가의 자격 요건 같은 건 존재하지 않으며, 영역 주권이니 어업권이니 광업권이니 번거롭기 짝이 없는 권리 관계에 끙끙 앓을 일도 없다.

당연히 다른 나라와 외교를 맺을 경우, 최소한의 타국 승인은 필요하겠지만…… 사업 규모의 금액을 굴리는 게 아니라, 이계 내에서 간단한 돈세탁을 마친 후에 현계로 가져오면 법치 국가인 일본의 법망에 걸리지도 않는다.

게다가 이건 편법도 아니다.

장래에 있을 그 이벤트에선 여기서 쌓은 경험이 도움이 될 것이다.

"그런 이유로 난 적당히 채취 유닛을 만들고 올게. 뒷일은 잘 부탁해."

"에~? 교님, 너무 적당한 거 아냐? 조금 더 책임감이라는 걸 가지는 게 좋을 것 같은데에?"

채취 유닛을 만든다고 해도 옥좌에 앉아 윈도우에서 만들고 싶은 유닛을 고르면 땡이다.

거점의 마력을 소비하고, 일정 시간이 지나면 자동으로 유닛 생산이 끝난다.

높은 레벨의 유닛을 만들 때는 전용 건축물이 필요하며 유닛 수가 늘면 거점을 증설해야 하지만, 진지하게 국가를 운영할 생각은 없으니 PASS합니다.

"아니, 너희는 나한테 뭘 기대하는 거야?"

""""세계 정복.""""

요즘은 일요일 아침 애니에 나오는 악당도 그런 말은 안 해.

"실피에르, 이 거점에서 채취할 수 있는 자원은 뭐가 있어?"

"해저광물이려나요. 이른바 유용 금속 원소죠. 미스릴을 포함한 것도 채굴할 수 있어서, 인근 악마와 교섭하면 나름대로 짭짤하게 팔 수 있을 거예요."

"식재료는 생선이나 조개?"

"그렇죠, 어패류가 주예요. 해조류도 얻을 수 있고, 일부 마물은 식용에 적합합니다. 질과 양에 따라 다르지만, 도매하면 운영비에 보탬 정도는 되겠죠."

식료 자원에 광물 자원, 세계 정복을 목표로 하는 일요일의 악당 권속까지 풍부하다니 나무랄 게 없겠군.

최소한 채취 유닛을 세 대 생산할까. 한 대는 식료 채취, 나머지 두 대는 광물 채취를 보내면 내일 아침이면 내 용돈 정도는 벌 수 있겠지.

"교주님, 인간 권속은 안 불러? 손이 꼼꼼하니까 건물 같은 것도 세울 수 있고 어깨 안마 같은 잡일도 해 주는데. 심부름꾼으로 우수해, 야키소바 빵을 사 오는 담당은."

"아—, 잔당이 아직 남아 있었나……. 건물은 만들 생각 없고 생활비 벌이 이외에 마신교를 이용할 생각도 없으니까 낙인만이라도 지워둘까. 불러 줄래?"

"네에."

하이네는 디멘션 게이트를 지나 사라진다.

"그럼 교주님."

귀이개를 든 실피에르는 미소 짓는다.

"귀라도 파드리죠."

"맥락 없는 여성의 호의는 남아도는 배려를 쓰레기로 버리는 행위니까 기대하지 말라고 우리 메이드가 그랬어."

"그렇지 않습니다. 저희에게는 주인을 돌볼 수 있다는 게 바로 최고의 기쁨.

대부분 남자는 허벅지에 머리를 올려두고 귀를 파주면 넘어온다고 커뮤니티에도 나와 있었고요."

"인간을 커뮤니티로 공부하지 마. 랜덤성이 너무 높아서 진실을 뽑기가 어렵기 짝이 없는 복권 같은 거니까."

"왈라는 생선이랑 조개 다 안 먹어요. 지로계만 먹는다고요. 거점에서 지로계를 채취할 수 없으면 왈라 가출할래요."

"닥치세요, 얼웨이즈 지로. 지금 제가 교주님과 얘기 중이잖아요. 지로계를 채취할 수 있는 건 당연히 지로계뿐이죠. 이제 다시는 지로 계열점에서 나오지 마, 이 하등 지로리안."

실피에르와 왈라키아는 웃으며 서로 살기를 주고받는다.

그 사이에 낀 나는 이런 대립계 백합도 괜찮겠다고 생각했다. 살벌하게 싸우면서도 최종적으로는 백합백합해지는 타입이라면 3일은 배불리 먹을 것이다.

귀이개가 어쩌니 지로계가 어쩌니 하는 사이, 채취 유닛이 완성됐다.

생선 몸에 인간의 팔다리가 달리고 낙서 같은 창을 든 채취 유닛『참치 군』은 움찔움찔 떨면서 내 명령을 기다렸다.

"인어네요."

"어인이겠지."

"인어다~."

"어인이겠지."

나는 윈도우에서 명령 커맨드를 호출해 참치 군에게『식재료 채취』를 명령한다.

"저 못하는데……."

"명령을 이해한 모양이네요."

"방금 그게 답이야?!"

"저 못하는데……."

인간의 귀에는 『저 못하는데……』라고만 들리는 승낙을 입에 담으며 어인은 아름다운 포즈로 바다에 뛰어들었다.

나머지 두 대도 생산을 마쳤고, 두 대의 참치 군이 떨면서 나란히 선다.

"그럼 너희는 해저광물을 채취해 와 줄래……?"

""저 못하는데…….""

두 대는 정체불명의 하이파이브를 나누더니, 교차하며 전진하여 예술적인 포즈로 바다에 뛰어들었다.

"교주님."

그 타이밍에 하이네가 돌아왔다.

"빈둥이 삼총사를 데려왔어."

"왜 갑자기 한가한 사람을 셋이나 끌고 온 거야?!"

"앗, 실수. 권속 삼총사야."

"엥……."

하이네가 데려온 세 사람 중에 하나 낯익은 소녀가 있었다.

멍하니 나를 바라보는 히즈미 루리는 다리에서 힘이 풀린 듯 그 자리에 털썩 주저앉았다.

금세 그 두 눈에 눈물이 고인다.

"사, 산죠 히이로……. 다, 당신…… 살아……."

"빈둥이 삼총사?"

"할 일이 없어서 다다미 눈금을 세다가 결석 처리된 여자."

"다다미와 문○ 때문에 인생이 끝나서 이제 학교로 돌아갈 생각도 여유도 없어요."

"이 타이밍에 계속 그 컨셉 받아주지 마! 해산!"

기묘한 얼굴과 재회를 마치고, 빈둥이 삼총사가 아니라 권속 삼총사에게 이야기를 들어본다.

알고는 있었지만, 역시 알스하리아파는 괴멸 상태인 듯하다.

퀸 워치 습격 실패로 인해 중심 멤버가 영영 감옥에 갇혀 살게 된 게 치명적인 이유가 된 모양이다.

적대 파벌의 잔당 사냥도 있었으며 대다수 권속이 낙인을 지우고 탈출, 남은 건 고작 셋이라고 한다.

"사, 사정은 알겠는데, 히즈미 씨……?"

마주 보고 내 무릎 위에 걸터앉아 나를 꼭 끌어안은 채 흐느끼는 히즈미. 내 어깨를 눈물로 침몰시키려 하고 있었다.

"우, 우리는, 일단 떨어지는 게 좋을 것 같은데……. 어떻게 생각해……?"

분노와 신음이 섞인 소리를 낸 히즈미는 고개를 도리질하면서 힘껏 매달렸다. 나는 천장의 얼룩을 세면서 라마즈 호흡법을 구사했고, 몸 앞에서 느껴지는 체온과 언덕에서 의식을 돌리려 했다.

"히즈미, 나 화장실 가고 싶은데……. 진짜 농담 아니고……."

히끅, 히끅, 통곡하면서 히즈미는 내 목덜미에 얼굴을 문질렀다.

채취 유닛을 완성하고 나서 화장실에 가려고 했던 내 방광은 타이밍을 놓친 데 불만을 표시했고, 하복부에 엄청난 통증이 퍼지며 비지땀이 흘렀다.

"히즈미이! 내 허리춤의 폭군이 기본적 권리를 행사할 기세야! 아마 이미 땀이 섞여 있을걸! 내 땀의 성분 분석을 의뢰하면 암모니아가 검출될 거라고!"

참지 못하고 일어선 나에게 매달린 히즈미는 나에게 꼭 안긴 상태로 들려 올라간다.

"들러붙었다아아아아아아아아아아아아아아아! 존엄이 줄줄 샌다아아아아아아아아아아아아아아아! 얘들아아아아아아아아아아아아아아아아아아아아아아! 내 방광에 힘을 나눠줘어어어어어어어어어어어어어!"

왈라키아에게 잡힌 히즈미가 떨어지면서 나는 화장실로 후다닥 달려갔다.

아슬아슬하게 존엄을 지킨 나는 돌아오자마자 다시 부속품 히즈미를 장착해야 했고 남은 둘에게 시선을 돌린다.

"뭐, 이러저러해서 지금은 내가 여기 수장이야. 운영에 필요한 최소한의 일은 할 거지만, 앞으로 마신교로서 일할 생각은 전혀 없어. 수장이 바뀌면 활동 이념도 바뀌니까. 너희를 생각해서 하는 말이야. 낙인을 지워줄 테니까 원래 생활로 돌아가."

"조금 전까지 『존엄이 줄줄 샌다』라고 소리치던 남자라고 볼 수 없을 만큼 평범하네."

히즈미의 머리카락을 치우고 시야를 확보한 나는 하이네의 뼈

아픈 태클을 무시하고 마음을 보호한다.

내 말을 들은 두 권속은 서로를 마주 본다.

"이, 이미, 죽은 사람 처리돼서 돌아갈 집이……. 에헷…….
게, 게다가, 친구도 이 둘 정도밖에 없고……."

"이하 동문. 리이와 같은 이유야."

나는 한숨을 내쉰다.

"그렇다고 계속 알스하리야파로 남는 건 너무 위험해. 낙인을 남겨둔다는 건 내 명령에는 절대복종한다는 뜻이야. 앞으로도 남자인 나를 따르며 뭐든 시키는 대로 할 셈이야? 우선 둘이 키스해 주실까."

동시에 두 사람은 고개를 끄덕였고 나는 일안렌즈 반사식 카메라를 꺼내 들었지만, 히즈미의 손가락이 렌즈를 막았다.

농담은 이쯤하고, 어지간히 집에 가기 싫은가 보다.

당연하다면 당연한 일이다. 이들이 속한 마신교는 갈 곳을 잃은 인간의 마음이나 약점을 이용해 반쯤 강제로 권속화하니까. 이 아이들을 외면하고 내치기야 쉽지만, 그 대가로 속이 뒤집히는 결말이 기다리고 있으리란 건 의심할 여지조차 없다.

"교주, 거둬 주시죠."

내 머리를 뼈 지팡이로 툭툭 치면서 하이네가 말했다.

"권속이 없으면 누가 내 어깨를 주무르는데. 교주에게 시킨다."

"엥~? 교님은 어깨가 아니라 가슴을 잘 주무르는데요?"

"영웅은 색을 좋아한다는 건가요. 역시 교주님이세요. 존경을 금하지 않을 수가 없네요."

"치밀한 연대로 날 가슴 마사지사로 몰아붙이지 말아 줄래?"

나는 실피에르가 회수해 온 쿠키 마사무네 자루를 만지작거린다.

과거 권속이었던 두 소녀는 긴장과 불안이 뒤섞인 표정으로 나를 올려다본다.

이미 선택지가 없다는 걸 깨달은 나는 머리를 쓱쓱 넘기면서 결단을 이야기한다.

"알겠어. 여기에 남아. 현계에 알스하리야파가 있을 곳은 없으니 이 셋이 지켜보는 곳에 있는 게 안전하겠지."

요란한 환호성을 지르며 두 사람은 손을 맞댄다.

"하지만 착각하지 마. 우선 그 낙인은 지워야겠어. 너희는 자유의 몸이고 언제든 탈퇴해도 돼. 싫은 건 싫다고 해도 되고, 내 명령에는 아무 강제력이 없어. 그리고 우리 백합교는 연애를 금지하지 않아. 다만 결혼식에는 나를 불러."

손을 맞댄 둘을 빤히 바라보던 나는 히죽 웃는다.

아마 사귀고 있겠지. 그렇다면 나에게는 이 둘을 지킬 의무가 생긴다.

바로 맹세의 키스를 마친 후의 앙코르를 외칠 연습이라도 할까!

"……나도."

내 가슴에 고개를 기댄 히즈미는 불쑥 중얼거린다.

"여기 있을 거야……. 남은 인생은, 당신에게 바칠게……. 당신만이…… 당신만이 돌아와 줬어……. 그러니까, 나는, 브라운 씨와 선생님의 뜻을 이은 당신 곁에 있을 거야……. 당신을……

나의 묘표로 삼을래…….”

“그만, 나랑 같은 묘에 들어오지 마. 네가 하는 짓은 멘헤라의 파묘거든. 넌 파묘 업계의 장례식장 깡패 같은 거냐? 더 이상 이 조직을 키울 생각은 없으니까 그만 가. 이런 용돈벌이 수준으로는 묘표 하나 못 세워.”

“…………”

“히즈미, 왜 바로 죽고 그래! 대답해, 히즈미이!”

계속 죽은 척하는 히즈미는 왠지 모르게 개운한 표정으로 살아 있는 내 체온을 느끼며 미소 지었다.

“……저기, 선생님.”

그녀는 나에게만 들리게끔 속삭였다.

“멋있어, 눈물……. 멋게 해 줬어, 이 녀석이……. 그러니까, 나, 선생님 말처럼…….”

내 가슴에 귀를 대고 그 심장 안쪽, 거기서 흐르는 마력을 느끼며 히즈미 루리는 말한다.

“계속, 여기에(영웅으로) 있을게…….”

소매를 잡아당긴다.

“에헷……. 교주님, 안심해…….”

뒤를 돌아보니 권속 중 하나인 시이나 리이나, 『리이』는 앞머리를 만지작거리며 말했다.

“리이나, 문○ 때문에 인생을 망쳤거든……. 에헤헤……. 이런 게임 같은 건 완전 잘해…….”

“응, 그만해. 아무도 부탁한 적 없어. 얌전히 있어. 이 녀석에게는 아무것도 만지게 하지 마. 아마 한 턴을 넘기기 위해 지옥을 보고 온 폐인일걸. 표정부터가 달라."

"교주 씨, 괜찮아. 괜찮아."

파란 눈에 금색 머리카락, 복슬복슬한 플라이트 재킷을 입은 소녀.

권속 중 하나인 루비 올리엣, 『루』는 풍선껌을 부풀리면서 소리 내어 의자를 움직였다.

"리이는 천재니까. 그냥 맡겨두면 하룻밤 만에 히이로핑 월드가 세워질걸. 나도 하드웨어, 소프트웨어 둘 다 빠삭해. 그쪽 방면으로 공략해 볼 테니까 기대해 봐."

"자연스럽게 여아들 사이에서 내 인기를 높이는 정책을 끼워넣지 마. 그 잘난 하드웨어 지식으로 히이로 인형 같은 걸 양산이라도 했다가는 여아 못지않은 울음소리를 내게 해줄 테니 각오하고."

""…………."""

"실피에르, 절대 이 녀석들이 만지게 두지 마. 저 눈을 봐. 크리스마스 아침에 선물을 뜯기 시작한 미국인 꼬마들의 눈이야. 이 세계가 크리스마스트리 아래에 있고 삼라만상이 자기에게 주어진 선물인 줄 착각하고 있지. 이 시스템이 권한을 세세하게 제한할 수 없는 쓰레기라, 잠가두진 않겠지만 무슨 일을 벌이면 바로 나를 불러."

"저만 믿으세요. 저들의 손이 닿지 않는 곳에 선물을 숨겨둘게요."

실피에르는 알스하리야의 휘하에 있기에 내 명령을 반드시 지킬 것이다.

본래라면 알스하리야를 불러서 자세한 내용을 확인하고 싶지만……, 지난번 소동 때문에 내 분노가 가라앉지 않아 부르면 ㅇ일 것 같아서 부를 수가 없다.

걱정거리는 끊이지 않지만 계속 신성 백합 제국에 머무를 수도 없는 노릇. 오늘은 현계로 돌아가고, 다음 날 아침 일찍 상태를 보러 오면 된다.

역시 이건 기우고, 지나친 걱정으로 병만 만들 뿐이려나.

우려를 떨친 나는 현계로 돌아와 잠자리에 눕는다.

내일 봤을 때, 다소 돈이 될 만큼 광석을 캐놨으면 좋겠는데. 물론 고작 하루 가지고는 당분간 쓸 생활비도 되지 않을지 몰라.

곤히 자고 다음 날 아침에 거점으로 돌아가자.

"…………."

신성 백합 제국에는 하룻밤 만에 궁전이 세워져 있었다.

광대한 이계의 땅에는 크리스털로 된 궁전이 서 있었고, 정체 모를 튜브가 곳곳에 설치된 채 도시를 이루고 있다. 해저에는 신전이 세워졌고 끝을 알 수 없을 만큼 많은 양의 마물이 득시글거리며 엇갈린다.

"…………."

나는 윈도우를 연다.

【국가명】

신성 백합 제국

【자원 수】

목재: 9,582,000

강재: 22,800,000

식재: 31,200,000

【산출 수】

목재: 420,000

강재: 820,000

식재: 1,080,000

【소속원】

커맨더 유닛

산죠 히이로

히즈미 루리

시이나 리이나

루비 올리엣

유니크 유닛

실피에르 디아블로트

왈라키아 체페슈

하이네 스컬페이스

노멀 유닛

해룡: 320

워터 랜서: 12,000

재기 독: 14,000

전속성 마법사(사악): 15,000

새크라멘트 터틀: 5,200

반사 해중석: 6,400

참치 군: 99,999

가다랑어 짱: 99,999

【건축물】

거점

해상 해중 연결도시

수정궁(크리스털 팰리스)

해저 신전

랜서 돔

그림자를 낳는 둥지

해룡의 소용돌이

사사(邪士)의 학당

해중지(海中池)

가다랑어 대기실

【기술】

초등 건축물 Ⅰ~Ⅲ

중등 건축물 Ⅰ~Ⅲ

고등 건축물 Ⅰ~Ⅲ

초등 마법 연구 Ⅰ~Ⅲ

중등 마법 연구 Ⅰ~Ⅲ

고등 마법 연구 Ⅰ~Ⅲ

식수 생성

수압 조정

해중 통로

자동 식자재 생성

해수 미사일

해양 바이오 테크놀로지

대마 장벽

해저 열수 분출공 발전

수서 수목(樹木)

희소 광석 가공

굴삭 기술

눈을 부라린 나는 하늘을 올려다본 뒤, 훗 하고 웃었다.

미친.

신성 백합 제국 중앙부, 수정궁.

일곱 가지 색의 수정으로 만든 옥좌에는 새카만 케이블이 연결되어 있다. 말 그대로 감옥에 갇힌 포로 같다.

옥좌가 있는 곳에는 폭과 굵기가 다른 케이블이 전면에 깔려 있다. 바닥이 안 보일 만큼 빼곡하게 검은 선이 물결치고 있었다.

천장, 벽, 바닥에서 뻗진 도선이 관을 연상케 하는 검은 상자—— 콘스트럭터 매직 디바이스에 직결되었다.

그 선반을 꽉 채운 소형 매직 디바이스와 PC는 엄청난 수의 배선으로 뒤덮여 있다. 누군가가 수동으로 관리하는 건 아닌지, 방치된 채로 계속 가동하는 듯하다.

"오, 교주 씨. 어서 와."

선반 사이에서 속옷만 입은 루비가 고개를 빼꼼 내밀었다.

"이게 어떻게 된 거야? 그보다 왜 속옷 차림인데?"

"아, 이런. 상자를 열고 배선을 손보느라 정전기 대책으로. 부끄럽네."

뺨을 붉힌 루비는 부리나케 옷을 입는다.

옷을 다 입기를 기다리고 난 다음, 조금 추워 보이는 그녀에게 웃옷을 걸쳐 준다.

"근데, 어떻게 된 거야? 이 마경은 대체 뭔데? 케이블로 정글이라도 만들 셈이었어?"

"아—. 지금 좀 한가해서 가상 통화 마이닝 중이었어. 이거, 전부, 마이닝 머신이야. 콘스트럭터 매직 디바이스를 연산 처리 장치로 이용해 간이 디멘션 게이트를 연 다음, 이계에서 현계 네트워크를 통해 코인을 캐는 거지."

그녀는 나불나불 계속해서 떠든다.

"이계에서 현계 네트워크는 차단되지 않고 IP 부여가 특수해서 프록시 없이도 원하는 걸 마음껏 할 수 있어. 거점 마력만 있으면 콘스트럭터 매직 디바이스를 마음껏 가동할 수 있는 데다, 기점이 되는 PC 전원은 해저 열수 분출구에서 끌어오고 있지."

…………뭔 소리임?

"글카는 유통 마진이 세니까 국내에서 사면 안 되잖아? 아시

아권에서 사는 것도 중간 마진이 붙으니까 미국에 있는 인터넷 친구를 통해 도매로 구했어. 비용 대비 효율을 중시해 글카 타워를 만들고 조금 더 강화하려고. 물은 근처에 얼마든지 있으니까 냉각 장치는 마음껏 만들 수 있고, 전기세는 따지고 보면 무료니까. 글카 동작 속도를 높여서 간이 마이닝 머신을 만들면 저렴한 가격에 캐는 속도를 높일 수 있을 것 같았거든."

"즉, 여자끼리 처음으로 데이트할 때는 서로 약속 장소에 30분 전쯤 도착하는 게 딱 이상적이다 이거지."

"응, 그렇지. 우선 자, 받아. 루리가 계산한 예측 수지야."

나에게 던져진 윈도우.

그곳에는 나날이 증가하는 추이를 보이는 수입 곡선이 그려져 있었다. 그냥 대각선으로 선을 그은 것으로 보인다.

나는 수입 곡선 옆에 『첫 데이트 후 백합 커플의 호감도 추이』라는 범례를 추가, 신성 백합 제국의 황제라 하기에 걸맞은 일을 해냈다.

"뭐, 나는 리이나 루리에 비하면 별거 아니야."

"내 얼굴 좀 볼래? 조금 더 몰아붙이면 죽을 것 같지? 그래, 맞아."

"아, 산쵸 히이로."

알스하리아파를 상징하는 붉은 권속의 복장.

히즈미는 바인더를 옆구리에 끼고 웃으며 다가온다.

"안녕, 근데 얼굴이 왜 그래? 자기 SSD 내용물 평론회를 지켜보는 예대생 같은 표정이네."

“난 비포랑 애프터밖에 못 봤거든? 중간 과정을 못 따라가겠어. 왜 수정궁전이 세워져 있고 속옷 차림으로 외국어를 떠들고 백합 커플 호감도 추이가 상승세인지. 트럼프로 타워를 짓는 정도로 해줘, 부탁이니까.”

“아니, 약 8시간이나 방치됐잖아. 리이랑 루에게 하룻밤만 주면 당연히 이렇게 되지. 그보다 이거.”

나에게 또 윈도우가 던져진다.

그곳에는 주변 모국의 경제 정세와 그 예측 수지, 기술 발전 정도와 위협도, 동맹을 맺었을 경우의 이점이 적혀 있다.

프로세스화된 신성 백합 제국 각 시설의 동작 플로, 나를 황제로 둔 절대군주제 도입 상황, 각 직무를 맡아야 할 인재, 내 승인을 받아야 하는 서류와 어인(御印) 제작 계획, 각 토지의 자원 생산 수와 인프라 정비 상태, 주변 모국을 봉쇄하는 외교 책의 상세 내용.

아마추어인 나라도 한번 보면 개요를 이해할 수 있을 정도로 잘 정리돼 있다.

“……하, 하룻밤 만에 여기까지 정리한 거야?”

“응, 한가해서.”

히즈미는 아무렇지 않게 답했고 얼굴이 파랗게 질린 나는 말문이 막혔다.

아, 안 돼……. 이 녀석들에게 맡기면 백합 게임이 흔적도 없이 파괴될 거야……. 하룻밤 맘 놓고 잠만 잤는데 패도를 깔아 놨어…….

"네가 없어서 나라의 장래에 관한 부분은 못 정했어. 이제 겨우 조금 효율이 생기겠네."

"지금까지는 효율이 별로였고?! 노예 대국 일본의 노동부터 개혁해 주지 않을래?!"

"당연하지, 무슨 소리야. 뭐, 나는 리이나 루에 비하면 별거 아니지만."

태연하게 말하는 히즈미를 바라보며 나는 싱긋 웃었다.

"근데 저, 시이나 리이나 님은 어디에……?"

"웬 님? 안쪽 작은 방에서 놀고 있는데."

공포에 떨면서 나는 살며시 작은 방을 들여다본다.

고양이 귀가 달린 기모 후드티를 입은 리이나는 눈을 초롱초롱 빛내며 10개짜리 윈도우를 동시에 조작 중이었다.

손가락 하나당 윈도우 하나.

그녀를 중심으로 원을 그리듯 키보드가 놓여 있었다. 그녀는 가끔 그것들을 고속으로 타이핑하고 노래를 흥얼거리며 웃고 있었다.

타닥타닥타닥타닥타닥타닥타닥타닥타닥타닥타닥타닥타닥!

키보드 연타로 인해 어마어마한 소리가 난다.

그녀는 발가락 쪽에 단 도선을 움직여 콘스트럭터 매직 디바이스를 기동했고, 그 동작에 의해 어떠한 지시를 내린다.

주변에는 빈 에너지 드링크 캔이 나뒹굴고 있어 시체가 첩첩이 쌓인 전장을 연상케 했다.

나는 여전히 미소를 띠며, 아무것도 보지 않은 척하려고 했고.

"앗……. 교, 교주님……!"

밝은 미소를 띠며 동작을 멈춘 리이나가 달려온다.

"에헤헤……. 리이나, 시간이 남아서 열심히 해봤어요……."

당장에라도 꼬리를 흔들 듯한 그녀는 사랑스럽게 두 손을 꼭 움켜쥔다.

"저, 저기……. 에헤……. 리이나, 이런 건 엄청 잘해서……. 루리나 루에 비하면 별거 아니지만……, 교주님에게 칭찬받고 싶어서…… 노력했는데……. 기특해요……?"

불안과 기대가 뒤섞인 눈빛이다.

귀여운 쇼트커트 스타일의 소녀, 게다가 루비라는 백합 반려를 뒀다. 이 내가 화를 낼 리 있는가.

"기, 기특하네. 굉, 굉장한 것 같아. 이, 이제, 돌이킬 수 없겠네. 고마워."

"에헤에……."

리이나는 헤실거리며 웃는다.

"저, 저기. 교주님께 보여줄 게 많아요……!"

리이나는 나를 쭉쭉 잡아당긴다.

가냘픈 힘이 손을 잡아당기는 느낌에 데자뷔를 느낀다.

뒤늦게나마 겨우 나는 그녀가 퀸 워치에 탔던 권속 중 하나라는 걸 알아차렸다.

이쪽을 지켜보던 루비와 히즈미는 얼굴을 마주 보며 쓰게 웃는다.

"별일이네, 리이가 남을 따르다니. 뭐, 그 호화 여객선에서 보트로 도망 보내준 은혜도 있으니 이상할 건 없나."

"개나 고양이처럼 경계심이 강한데 말이야. 뭐, 산죠 히이로라면 괜찮지 않을까. 루나 리이도 저 녀석 덕에 사건에 말려들지 않았고."

"하지만 왠지 교주 씨 표정이 미묘하지 않아? 왜 도움을 청하는 눈으로 나를 보는 거지? 울면서 애원까지 하는데?"

"뭐, 적대자인 나에게 성서를 추천하는 녀석이니까……. 신심이 깊은가 보지."

연애 감정이 아닌 호의는 순수하게 기쁘지만 가능한 한 내 앞에서는 루비와 붙어 있었으면 한다.

여전히 복잡한 기분을 느끼는 채로 나는 그녀가 자랑하는 시설들을 견학한다.

"그래서 유닛 생산과 연구 속도를 높이기 위해 구역의 보너스가 중복으로 나오는 경계를 노리고, 옥좌를 해저에 가라앉힌 뒤 해저 케이블을 통해 콘스트럭터 매직 디바이스를 복제 옥좌화해서 가속――."

"네―, 죄송합니다―! 설명 잘 들었습니다! 하나도 이해 못 해서 죄송합니다―!"

이동용 해중 튜브 내에서는 리니어 모터 카 같은 탈것으로 왕복하는 듯했다. 나는 황제용이라고 명명된 내 전용 차량에 올라탄다.

해저로 들어간 나는 바닷속에 생긴 도시를 바라본다.

"우와, 예쁘네. 내 평온한 미래가 활활 불타고 있는데 세상은 이렇게 빛나는구나."

"교주님, 좀 들어봐……! 그래서 말이지……!"

리이나가 팔을 쭉쭉 잡아끌었고 나는 해저 레스토랑으로 들어갔다.

레스토랑의 원형 테이블에는 진지한 표정의 간부 삼인조가 앉아 있었다. 리이나의 모습을 확인하자마자 복잡한 표정을 지으며 나를 올려다본다.

"교님……. 이거 봐."

왈라키아는 울상으로 산더미처럼 쌓인 채소와 기름, 마늘과 면이 담긴 그릇을 가리켰다.

"지로를 채취했어."

"채취해 왔나……. 얼웨이즈 지로가 실현됐나……."

말없이 자리에서 일어난 하이네는 앉아 있는 리이나의 어깨를 자발적으로 주무르기 시작한다.

"리이나 선생님, 발도 마사지 받을래?"

입장이 뒤바뀌었는데…….

눈도 한 번 깜빡이지 않고 스테이크 고기를 내려다보던 실피에르는 한숨을 내쉬었다.

"정신을 차리고 보니 도시가 완성돼 있었어요."

"이번만은 너는 아무 잘못 없어. 아마 막을 수 없었을 거야. 눈앞에 차원이 다른 일이 펼쳐지니 그 행위를 막을 수 있을지 막막하기만 했겠지. 나도 게임에서 핵 쓰는 놈을 처음 봤을 때, 『이 녀석 뭐 하는 거지?』라는 감상밖에 안 나왔거든."

리이나에게 소매를 잡아끌리면서 나는 가슴에 담아둔 묵직한 숨을 토해냈다.

"알스하리아파는 이 유능한 집단을 지금까지 어디에 쓴 거야?"

"잡일에 썼죠. 거점 유지 관리는 알스하리아 님의 흥미 범위 밖이었고, 권속 개개인의 능력을 신경 쓴 적도 없거든요. 솔직히 이만한 인재가 알스하리아파에 있을 줄 생각도 못 했어요."

"혹시 다른 마인도 비슷한 감성이야?"

실피에르는 수긍했고 나는 생각에 잠긴다.

이거 꽤 우위성을 가진 게 아닐까……?

마인들이 권속을 단순한 잡일꾼으로 간주했다면 그야말로 보물을 썩힌 것이다. 원작 게임의 알스하리아는 그만큼 유능한 히즈미를 쉽게 죽였다. 도저히 그 가치를 눈치챘으리라 보기 어렵다.

거기까지 생각한 나는 쓰게 웃는다.

우위성이 있으면 뭐. 츠키오리의 입장을 빼앗고, 자발적으로 마인을 쓰러뜨리려고 하면 어떡해. 애초에 소속원의 질이나 양으로 마인을 어떻게 할 수 있다면 이미 이 세계엔 영구적 평화가 찾아왔을 것이다.

"우리 무슨 초신성처럼 눈에 띄지 않냐……?"

"그야 그렇겠죠! 왜냐하면 이계에서 지로계를 채취할 수 있는 건 여기뿐인데! 두 발로 걷는 참치가 면을 삶는다고요?! 이건 세계 최초의 지로계 해양 라면이거든요?!"

"눈에 띄긴 하지만 연일 이어지던 습격이 그친 건 사실이야."

하이네는 리이나의 어깨를 주무르면서 속삭인다.

"그 알프 헤임에서 『꼭 황제가 놀러 와 줬으면 한다』라는 편지가 올 정도로."

"그 황제는 바로 얼마 전에 『또 오면 죽ㅇ다』 하고 출입 금지 당했는데."

"어떡할까요?"

실피에르의 물음에 나는 미간을 주무른다.

하이네의 안마를 받으며 싱글벙글 웃는 주범 리이나는 내 어깨를 두드렸다.

"……일단 전부 해체할까."

"그래도 되겠어요? 기껏 이렇게 규모를 키웠는데."

"애써 준 리이나에게는 미안하지만, 다른 마인이나 모 외국과 트러블을 일으킬 순 없으니까. 이 이상 발전하면 틀림없이 국가 간의 밸런스 게임에 말려들 거야. 자원이 풍요로운 신흥국의 행방은 좋지 못하니까……. 리이나, 괜찮을까?"

"크, 크게 상관없어……. 언제든, 되돌릴 수 있는걸……. 매크로로 하면 다음에는 하룻밤도 안 걸릴 테고……. 에헤헤……, 괜찮아……."

일동은 말문이 막혀서 리이나에게서 눈을 돌렸다.

"그, 그럼 리이나는 내 선생님이 되어 줄래? 최소한 국가를 운영해 나갈 수 있게, 문ㅇ으로 인생을 허비한 경험을 살려 줬으면 해."

"아, 알겠어……. 나만 믿어……."

리이나는 두 손을 힘껏 움켜쥐었다.

"교, 교주님의 적은 리이나의 적이니까……. 에헤헤……. 필요해지면, 언제든, 모 비폭력 주의 영감님처럼 핵미사일을 날려줄게……."

""""".............""""""

안 돼. 이 이상 얘한테 힘을 주면 패권을 잡고 백합 게임을 파괴할 거야.

이렇게 신성 백합 제국은 존망의 열쇠를 쥔 핵탄두 소녀를 중진으로 맞았고, 그녀가 이 세계를 재로 바꿔버리지 않는 것을 국가의 목표로 정했다.

다음 날 등교일.

마인 생활에서 학원 생활로 돌아온 나는 복도에서 오필리아와 딱 마주쳤다.

그녀는 우뚝 멈춰 서더니 내 얼굴을 물끄러미 바라봤다.

"오, 아가씨 오랜만이야! 오늘도 부지런히 측정 중이야~?"

미소를 띤 그녀의 전신은 천천히 기울었고――.

"아, 아가씨이이이이이이이이이이이이이이이이이이이이이이이이이이이이이이이이이이이이이?!"

바닥에 장미 꽃잎을 흩뿌리면서 감미로운 미소를 띤 채 무너졌다. 그 축 늘어진 몸을 끌어안은 나는 울면서 하늘을 올려다봤다.

드디어 인사만 해도 죽게 됐냐고 감탄한 것도 잠시, 몇 분 만에 다시 숨을 쉬기 시작한 아가씨는 바닥에 뿌려진 장미 꽃잎을 부리나케 회수했다(대단하다).

듣자 하니 그녀는 내가 복학한 줄 몰랐나 보다.

내가 배 위에서 죽은 줄로만 알고, 퀸 워치까지 꽃을 바치러 가는 게 일과가 되었으며 이 장미꽃도 일부러 꽃집에서 사 온 고급품이란다. 참고로 장미는 죽은 사람에게 바치는 꽃이 아니다.

"츠키오리한테 못 들었어?"

"흥, 서민과 말을 섞을 생각은 없어요. 나는 일정 랭크 이상의 숙녀하고만 교제하거든요."

"반의 그룹 채팅방 같은 데서 정보는 안 돌았고?"

"……중류 계급과 교제할 생각도 없어요."

즉 그룹 채팅방에 초대받지 못한 모양이다.

충격받은 나머지 똑바로 서질 못하는 아가씨를 데려간 보건실. 침대 위에서 자기 무릎 사이에 고개를 파묻으며 아가씨는 입술을 삐죽인다.

"죽었으면 죽었다고, 살았으면 살았다고 연락 정도는 줘요! 보고, 연락, 상담은 사회의 기본이자 상식인 것도 몰라요? 그런 것도 모르면서 용케 내 앞에 서 있네요."

"아니, 하지만 아가씨는 나 같은 놈 기억 못 할 것 같아서……. 그게 더 나을 것 같아서……. 그리고 죽으면 연락 못 해……."

하아, 하고 고개를 가로저은 아가씨는 한숨을 내쉬었다.

"당신은 좀 더 자기에게 자신감을 가져야 해요. 인간 국보, 아니, 세계유산, 이 오필리아 폰 마지라인의 목숨을 구했으니까요. 나를 구함으로써 이 세상 역시 구제된 건 자명한 이치. 그 공적은 헤아릴 수조차 없답니다."

그렇겠지. 아가씨는『측정 문화』의 창립자로서 그 이름이 문화유산에 등록돼 있으니.

가슴에 한 손을 얹은 아가씨는 롤 머리를 부드럽게 쓸어올리다 내 안면을 내리친다.

"당신처럼 수준 낮은 남자도 은혜와 봉사라는 말은 알겠죠? 마지라인가는 대대로 노블레스 오블리주를 실천해 왔어요. 오호호홋! 너무 기뻐서 심장이 멎어 버려도 상관없어요! 나는 당신에게 상을 주겠어요!"

"엥, 뭔데, 소고기덮밥이라도 사 주게?"

"소고기? 네? 덮밥? 뭘 덮어요? 괜찮아요?"

윈도우를 통해 소고기덮밥 이미지를 보여주자 옆에서 들여다보던 아가씨는 "어머, 맛있겠네. 일본의 음식은 참 심오하군요" 하고 흥미진진한 눈치였다.

내가 추천해 준 소고기덮밥 집을 메모하던 그녀는 마음을 다잡고 헛기침했다.

"어, 어험. 이야기가 딴 데로 샜네요. 소고기, 덮밥은 잘 모르겠지만 당신에게 멋진 제안을 하나 하겠어요. 오는 하계휴가 때 우리 마지라인가로 당신을 초대해드리죠."

뜻밖의 제안에 나는 무심코 숨을 집어삼켰다.

여름방학까지 일정 이상 아가씨의 호감도를 높여야 발생하는 여름방학 이벤트――.

『마지라인가의 여름방학』은 에스코 팬, 특히 아가씨의 팬이라면 많이들 탐내는 인기 이벤트다.

아가씨를 포함해 너무나도 강렬한 마지라인가로 물들이는 여름방학. 주인공이 취한 행동에 따라 숨은 파라미터가 변동하며 각종 이벤트로 분기한다. 분기 수는 막대하며 이벤트 하나하나의 분량도 많다.

『마지라인가의 여름방학』 직전에 세이브해 두고 여러 번 반복해서 즐기는 플레이어도 다수 발생했다. 그 엄청난 인기에 업데이트로 미니 게임이 추가될 정도다.

다만 『마지라인가의 여름방학』은 선택지를 전부 올바르게 택하면 아가씨의 호감도가 쭉쭉 올라가 오필리아 루트가 확정되어 버린다는 함정이 있다.

또 이 이벤트 하나에 귀중한 여름방학 기간을 완전히 투자해야 한다.

능력치 강화나 던전 탐색, 동료 캐릭터 찾기에 각 히로인의 호감도 상승……. 그런 장기 휴가 전용 이벤트가 모두 공중에 뜨는 것이다.

『마지라인가의 여름방학』은 진리(백합 엔딩)를 추구하는 나에게는 이점이 없기에, 마지라인류로 『상류 계급과 어울리는 취미는 없답니다~』 하고 거절해야 하는데…….

"오호호홋! 감동한 나머지 우뚝 선 채로 인사도 제대로 못 하는군요! 이 내가 남자를 집에 부르다니 곧 세상이 파멸하려나

싶을 수도 있지만, 생명의 은인쯤 되면 자존심마저도 버리는 것이 오필리아 폰 마지라인! 격의 차이를 보고 좀처럼 경직에서 풀려나질 못하네요! 가엾기도 해라~!"

나는 뺨을 붉히며 기쁜 듯이 재잘재잘 떠드는 아가씨를 바라본다.

즈, 즐거워 보여. 타고난 거만함 때문에 내가 거절할 거란 생각은 하지도 않고 있겠지. 머릿속으로는 즐거운 여름방학의 추억이 그림일기 풍으로 그려지고 있을 게 분명하다. 하, 하지만 아가씨는 인기인이니까 내가 거절해도 괜찮겠지……?

"저, 저기. 혹시 또 누가 참가해?"

"오필리아 폰 마지라인!"

이런! 호쾌한 대답과 함께 솔로 출진이 확정됐다!

"저도 사실 당신과 둘만 있기 싫어요. 상류 계급의 숙녀들도 불렀지만 다들 볼일이 있다잖아요. 하는 수 없이, 정말 하는 수 없이 상으로 당신을 초대하는 거예요. 기쁘죠?"

"타임! 타임! 타임! 타이임!"

타임을 받은 나는 아가씨에게서 떨어져서 윈도우를 연다.

채팅 앱을 켠 다음, 츠키오리를 비롯해 히로인들이 참가한 그룹 방에 이야기했다.

[여름방학 때 아가씨 집에 갈 사람~! 답장은 큼지막한 글씨로 해줘~!]

[히이로가 가면 갈게.]

[오라버니와 함께 갈게요.]

[히이로가 참가한다면 참가할 텐데.]

[미안, 난 참가 못 할 것 같아(웃음). 셋은 참가하는 거지?]

바로 읽음 표시가 붙었지만 몇 분이 지나도 아무도 답장하지 않는다.

나는 울면서 아가씨에게로 돌아갔다.

"아가씨, 미아안……. 나, 나나……!"

"그렇게 울 정도로 기뻤군요. 오호호, 괜찮아요."

거절하려고 했던 나는 아가씨의 기뻐하는 표정을 보고 각오했다.

백합도란 곧 죽음을 각오하는 것.

여기서 거절할 만큼 나는 모질지 않아! 아가씨는 지킨다, 백합도 지킨다! 그리고 호감도 따위 눈곱만큼도 높이지 않겠어! 그래……, 알겠지, 히이로?!

"이런 행운을 놓칠 수는 없지. 물론 참가할 거야. 다른 애들한테도 알렸는데 감격해서 흐느끼던데, 기뻐하며 우리도 참가하게 해 달라고 싹싹 빌더라."

"오호호홋! 그렇게까지 말한다면 하는 수 없겠네요르단강~! 그렇게 알랑거린다면 나머지 사람들도 참가를 허락할리우드~! 일본에서 보내는 여름방학은 오랜만리장성~!"

갑자기 세계를 거닐기 시작한 아가씨를 앞에 두고 나는 자세를 바로 한 뒤, 가슴에 손을 얹는다.

"Are you loser?(당신은 패배자입니까?)"

"예, 예스~! 오브콜스~? 아, 아임 루저 퀸, 이에요~!(네, 물론이죠. 저는 패배자계의 여왕이에요~!)"

이봐, 이렇게 패배에 걸신들린 여왕님이 있어도 되는 거냐……!

나는 기뻐하는 아가씨를 보고 미소 지으며 눈물을 흘린다.

이거면 된다. 이러면 되는 거다. 아가씨, 당신의 프라이드를 지키기 위해서라면 나는 모든 걸 희생할게. 그건 그렇고, 아가씨의 측정을 음미하면서 백합도 피울 수 있어.

용건은 다 끝났다는 듯 아가씨는 날 보내려 했고, 나는 그 자리를 뒤로하며 다음 수업이 있을 교실로 향했다.

호죠 마법 학원은 단위제다.

규정 단위 수만 충족시키면 진급과 졸업을 할 수 있으며, 어느 정도 마음대로 수업을 이수해도 답은 있다.

아마 이건 원작 게임의 특징을 계승한 거겠지.

원작에서는 각 속성 마법에 특화된 주인공을 만들기 위해 『속성 마법 교육(초급부터 상급까지)』을 6교시까지 수강해 속성 파라미터를 전반적으로 강화하거나, 『매직 디바이스 기초 응용』을 배워 화력 특화를 목표로 할 수도 있다.

하지만 역시 이 세계에서는 그만한 자유가 허가되지 않는다. 월요일부터 금요일, 1교시부터 6교시까지 담당 교원이 모든 수업을 담당할 수는 없기 때문이다.

호죠 마법 학원의 교원쯤 되면 마법 협회나 마법 결사에 속한 우수한 마법사거나 방위서의 승인을 받은 마대(마물 대책 연대 협력자) 일원이어서 매우 바쁘므로 일정표는 꼼꼼히 관리된다.

경우에 따라서는 당일에 시간표가 갱신되기도 하며 바쁜 교원에 맞추어 학생 역시 수업을 선택하게 된다. 방과 후의 동아리 활동 지도는 거의 외부 위탁일 정도이며, 단위제를 채택한 것도 교사 사정에 따랐다는 걸 엿볼 수 있다.

스승님과의 수행 덕에 연습은 충분히 했기에 나는 연습 관련 수업은 별로 선택하지 않았다.

졸업에 필요한 단위 수는 신경 써 가면서도 강의 형식의 수업을 중심으로 '던전 탐색 입문'이나 '이계 실지 조사(디멘션 필드워크)' 등, 주말 한정 장장 3교시 분량의 재미있어 보이는 장시간 수업을 골랐다.

호죠 마법 학원은 각종 시설도 충실하며 마법, 콘솔, 매직 디바이스를 조사 및 연구하는 연구동(별동)에서 수업을 실시하기도 한다.

오늘의 나는 같은 수업을 선택한 레이와 함께 검은 커튼이 쳐진 연구동 내 교실에 있었다.

'콘솔 입문' 교편을 잡은 것은 D 클래스 담임 '조디 칸니발 홋백' 선생님이다.

그녀는 구멍이 난 종이봉투를 뒤집어쓰고 있으며 새빨간 눈동자가 그 구멍을 통해 엿보인다. 피범벅인 고기용 식칼(매직 디바이스)을 들었으며 귀여운 곰 아플리케가 달린 앞치마를 착용했다.

"자아, 다들, 교과서는 꺼냈어?"

에스코 팬들에게 『세상에서 가장 귀여운 살인귀(마마)』라고 불리는 그녀는 엄청나게 귀여운 목소리로 떠들기 시작했다.

"오늘은 지난 수업에 이어…… 어라, 너는?"

척척척척, 고기용 식칼을 든 선생님은 나에게 다가온다. 숨이 닿을 거리까지 접근해 깔끔하게 90도까지 고개를 굽히더니 귓가에 속삭인다.

"지난 수업 때, 없었지……?! 왜애……?!"

오른쪽 옆에 앉은 레이가 매직 디바이스에 손을 얹었고, 뒷자리 여학생이 "히익!" 하고 비명을 질렀다.

"걱정할 거 없어. 모르는 게 있으면 차근차근 꼼꼼히 선생님이 알려줄게. 꼭 근육 섬유를 하나하나 잘라내는 것처럼. 뒤처진 부분도 친절하고 꼼꼼하게 지도해 줄게. 꼭 살덩어리를 두드려 펴는 것처럼."

종이봉투에서 새어 나온 뜨뜻한 숨결이 귓불을 거칠게 간질인다. 나를 사로잡고 놓아주질 않는 붉은 눈동자가 뒤룩거리며 상하좌우로 움직였다.

나는 싱긋 웃으며 고개를 끄덕였다.

"감사합니다. 모르는 게 있으면 질문할게요."

"어머나, 착한 아이네. 체중계에서 그램 수를 재고 요리해서 먹어 버리고 싶어."

"아하하, 선생님. 살이 다 쫄깃해지네요."

"어머나. 이 고기 말도 잘하네."

선생님은 교탁으로 돌아갔고 레이는 안도의 숨을 내쉬었다.

"괜찮아요, 오라버니? 저 사람 아마 머릿속에서 오라버니의 대내전근과 넙다리 두 갈래근을 분해하고 있었을걸요. 소스를 베리로 할까 크림으로 할까 망설이던데."

"아니, 저 사람은 저래 봬도 정육점 주인이 아니라 성인(聖人)이야."

조디 선생님은 주말마다 빠짐없이 봉사활동에 참가한다.

보호시설에서 유기견을 데려다가 키우고 모금은 빠짐없이 하며 검소한 생활을 중시, 수업을 못 따라온 학생을 근무 시간이 아닐 때도 챙겨준다.

서브 이벤트의 연속인 조디 루트로 진입하면 마지막 순간에 종이봉투 속을 볼 수 있다. 그 한 장의 CG는 일부 사람에게는 담당 일러스트레이터의 최고 걸작 소리까지 듣는다.

호죠 마법 학원 선생 중에서도 그녀는 유독 상냥하다.

겉보기엔 살인귀지만 팬들에게는 『마마』라는 애칭으로 불리며 사랑받을 정도다.

"네에, 그럼 다들 앞에 콘솔 있죠?"

거친 숨을 내뱉으면서 조디 선생님은 작은 콘솔을 집는다.

"모든 콘솔은 기본적으로 4종으로 분류돼요. 누구 아는 사람 있나요?"

나를 힐끗힐끗 보며 『봐 주세요』라고 어필한 후에 레이는 손을 들고 일어났다.

"속성, 생성(크래프트), 조작, 변화의 4종입니다."

"훌륭해요, 산죠 레이 씨! 만점. 결점이 없어요. 박수갈채!"

쿵쿵 고기용 식칼로 교탁을 내리치자 앞줄 학생들이 비명을 지른다.

"어머나, 흥분해 버렸네. 나이를 먹으면 나 자신을 주체할 수가 없다니까."

사방으로 튄 나무 부스러기를 마법으로 돌려놓으며 선생님은 이상하게 웃는다.

"마법은 기본적으로 생성(속성)→조작→변화의 흐름으로 발동해요. 그 흐름은 변하지 않지만, 고위 마법사는 주변 사물이나 현상을 조작하거나 변화시킴으로써 생성 순서를 생략해 마법을 쓰기도 하거든요. 생성부터 변화까지 뭐가 뛰어나고 뭐가 뒤처지는 것도 아니에요. 모험자 협회의 손에서 던전에서 출토한 콘솔은 그 희귀성을 기준으로 랭킹이 나뉘는데, 어떤 레어도의 콘솔이라도 쓸 곳은 있다고 해도 과언이 아니지요."

선생님은 칠판에 고기용 식칼 끝에 단 분필로 그림을 그려 나간다. 꼼꼼하게 차근차근 콘솔 기초를 알려주는 것이다.

마지막으로 간단한 리포트 숙제가 나오며 수업은 막힘없이 끝났다.

교실에서 나온 나는 레이와 나란히 복도를 걷는다.

"공격해 오면 받아칠 생각을 하느라 머리에 잘 안 들어왔어요. 냉정 침착하게 대응했던 오라버니는 역시 저와는 숙련도가 다르네요."

레이는 힐끗 나를 올려다보더니 헛기침한다.

"연애도 꽤 숙련되어 있겠죠."

흘려들어도 문제없다고 판단하고 계속 걷는데 좌우를 빠르게 확인한 레이가 스스슥 다가오더니 옷소매를 잡아끌었다.

"대답해 주세요. 중요한 일이에요. 가족 사이에 숨기는 게 있으면 안 돼요. 스노우와는 요즘 어때요? 연애 문제로 세상을 들썩이게 하면 안 돼요."

"아……. 응. 뭐, 평소처럼 정신 공격을 잘해."

주변을 계속 경계하면서 내 옷자락을 잡아당긴 레이는 힐끗힐끗 나를 올려다본다.

"오늘…… 저는 선생님 질문에 정답을 말했어요……."

계속 자기 머리카락을 매만지고 정리하면서 눈을 치켜뜨는 레이.

어, 뭐지. 그 눈은? 그 은근히 간식을 기다리는 고양이 같은 눈은 뭔데?

"이봐, 히이로. 네 소중한 여동생 머리에 뭐가 묻었어. 아까부터 계속 직접 떼어내려고 하는데 실패하네. 좀 도와줘."

평소에는 나오기 싫어함에도 이때라는 듯 튀어나온 알스하리야가 지적한다. 남들 앞에서 말 걸지 마, 이 멍청한 쓰레기. 그렇게 생각하면서 레이의 머리를 만져 묻은 것을 떼어낸다. 그녀는 뺨을 붉히며 고개를 숙였다.

"……머, 머리를 쓰다듬어 달라고 한 적은 없어요."

"엇. 아, 아니. 머리에 뭐가 묻었다고 누가 말해 줘서."

우물거리며 무슨 말을 중얼거리나 했더니 고개를 숙인 레이는 빠르게 도망친다. 넘어져서 자빠질 뻔했다가 자세를 바로 하고 등을 꼿꼿이 펴더니 지나가던 아가씨에게 "안녕하세요"라고 인사하고는 루푸스 쪽으로 사라졌다.

"잘했어, 히이로! 사귀는 것도 아닌 여자 머리를 쓰다듬고 남친인 척했잖아! 저 여자는 가슴이 두근거려서 오늘 밤은 제대로 잠도 못 잘 게 뻔해! 잘했다! 너는 꼭 잠자리의 모기 같구나! 이 심박 조작에 특화한 연애 메트로놈 같으니!"

아스팔트로 알스하리야의 안면을 꼼꼼히 갈아내고 적당한 돌로 머리를 박살 낸 뒤, 흉기를 덤불에 숨긴 나는 플라움으로 향한다.

레이는 루푸스, 라피스는 카이룰레움으로 입소했다.

산죠가 관련 문제 때문에 레이는 본가 거주에 불편함을 느꼈으며, 라피스는 알프 헤임에서 온 사자(돌아오라는 재촉) 때문에 지긋지긋해서 호쵸 마법 학원 내에 있는 기숙사에 있는 게 더 편한 모양이다.

둘 다 플라움 입소를 원했나 본데 루푸스와 카이룰레움 기숙사장의 설득이 성공해 유명인들이 한 기숙사에 집중되는 사태는 면했다.

그럼 오늘은 가서 뭘 할까. 스노우가 장을 보는 사이 FL○WERS를 다시 플레이해 보실까. 우후후, 백합으로 뇌를 회복하는 거야.

깡충깡충 뛰면서 플라움 엔트런스 홀로 들어가자, 계단 앞에서 릴리 씨와 두 검은 정장이 옥신각신하는 모습이 눈에 들어온다.

"릴리 씨? 왜 그래요? 무슨 문제——."

이쪽을 돌아본 릴리 씨는 눈물을 줄줄 흘리는 중이었으며 뺨이 자줏빛으로 부어 있었다.

"산죠 님……."

덩치 큰 검은 정장 차림의 여자들은 혀를 차더니 릴리 씨를 손등으로 후려치려 했고——, 트리거—— 사이에 뛰어든 나는 그 팔을 비틀었다.

"……이봐."

나는 서서히 힘을 주면서 상대의 굵은 팔을 반대쪽으로 구부렸다.

"저항하지 않는 여자를 때리는 게 네 일이냐?"

자주 쓰는 팔을 붙들린 여자는 괴로워하는 소리를 냈고, 또 하나의 여성은 매직 디바이스를 빼 들었다. 하지만 주머니에서 꺼낸 내 왼쪽 주먹이 한 명의 턱을 부쉈고 손등을 뒤집어 나머지 하나의 턱을 후려쳤다.

두 거구가 덜컥 쓰러지자 주저앉아 있던 릴리 씨는 오열했다.

"도와줘……. 도와주세요……."

강화 투영(테네브라에)——나는 단숨에 계단을 올라간다.

소란을 피우며 최상층 부근에 모여 있는 학생들 사이를 빠져나가고 뛰어넘고 가르면서 부자연스럽게 잠긴 기숙사장실 문을 발로 차 부쉈다.

하나는 위풍당당, 하나는 소심익익(小心翼翼).

뮤르와 똑같은 백금색 머리카락을 가진 소녀는 책상에 앉아 교편을 휘두르는 교사처럼 지팡이를 들고 있었다.

원작 게임에서도 등장한 그녀의 이름을 나는 안다.

크리스 에세 아이즈벨트——. 위인들만 있다는 아이즈벨트가의 차녀다.

월반 제도를 이용해 미국 마법 대학원을 졸업한 후, 고작 19살의 나이로 마법 결사 『퀄리아하이츠(개념구조)』의 일원이 된 천재아다.

제1급 생성 기술을 가졌으며 『연금술사(알케미스트/생성력이 우수한 마법사)』의 칭호를 가진 동시에, 『지고』의 지위를 얻은 최고봉의 마법사.

그녀는 독특한 스테인드글라스 귀걸이를 하고 있는데, 비쳐드는 빛의 각도에 따라 눈에 들어오는 색이 다른 그녀 특유의 귀걸이다.

범종 모양 보랏빛 망토를 걸친 그녀가 타고난 마안을 여동생 쪽으로 돌렸다.

그녀를 상대하는 뮤르는 움츠러들긴 했으나 어찌어찌 위엄을 유지 중인지 필사적으로 고개만은 들고 있었다.

"뮤르."

플래티나 블론드의 소녀는 재미없다는 듯 여동생을 내려다본다.

"이게 뭐니."

그녀가 든 것은 뮤르가 직접 그린 그림이 들어간 기숙사 내 신문이었다.

얼굴이 새파랗게 질린 뮤르는 머뭇머뭇 손가락을 꼬물거리며 중얼거린다.

"시, 신문……이에요……."

"이 그림은 누가 그린 거지?"

언니의 질문에 뮤르는 대번에 환한 미소를 지었다.

"저, 저예요! 제가 그렸어요! 제가 그렸지만 잘 그린 것 같아서요! 딱히 기숙사생이 칭찬해서 기쁜 건 아니지만, 기숙사 내에서도 아주 평이 좋다고 릴리가 그랬――."

찌익 하는 소리와 함께 크리스는 신문을 절반으로 찢더니 갈기갈기 찢어 나갔다.

뮤르는 멍한 표정으로 그 동작을 바라본다.

"감탄했어. 넌 아직도 자기 주제를 모르는구나."

크리스는 비웃음을 보내며 오만불손한 표정을 짓는다.

"이 기숙사는 아이즈벨트가가 너를 위해 만든 관이야. 널 가만히 있게 하려고, 오직 그 이유 하나로 특별 제작한 관이란 말이지. 시체가 재잘거리지 마. 마력도 부진한 실패작이, 관 뚜껑을 밀고 빛을 볼 생각 하지 말라고."

멍하니 주저앉아 있는 뮤르에게 조소가 쏟아진다.

"마법 하나 못 쓰는 무능한 네가 왜 호죠에 다니는 줄 알아? 아이즈벨트가가 쌓아온 실적과 권위 덕이지. 요즘 들어 플라움 운영에 공을 들이는 중이라고 어머니께 연락했나 본데 아무도 그딴 건 안 읽었어. 어머니 손에 들어가기 전에 네 이름이 적힌 우편물은 전부 소각 처분하거든."

"다, 답장이 한 번도 안 와서 알고 있었어요……. 저, 저는……그냥……."

점점 그녀의 두 눈에 눈물이 맺힌다. 목 안쪽에서 쥐어 짜내는 듯 뮤르는 속삭였다.

"그, 그냥, 저, 저는 제가 할 수 있는 일을 하려고……."

"네가 할 수 있는 일은 아무것도 없어."

비웃으면서 크리스는 걸음을 옮긴다.

"실패작인 네가 할 수 있는 건 하나도 없다고. 신입생 환영회인지 뭔지 모르겠지만, 사비(似非)라 불리는 네가 기획하는 이벤트에 누가 관심이나 가질까? 존재 가치도 없는 네가 여는 환영회에 참가하려는 사람은 아무 데도 없──."

"저기요~."

히죽히죽 웃으면서 나는 플라움 기숙사 내 신문을 든다.

"이 신입생 환영회에 참석하고 싶은데……. 참가 신청해도 될까?"

발로 연 문에 기대어 있던 나는 성큼성큼 기숙사장실로 들어갔고, 찢어진 신문을 셀로판테이프로 붙인다.

자매 사이에 끼어든 나는 웃는 얼굴로 그것을 크리스에게 건넸다.

"자, 받아."

안광──, 온몸에 오싹함이 퍼진다.

살기가 담긴 두 눈이 반짝반짝 빛나며 나를 죽이려 들었다.

"그 아름다운 눈으로 이 녀석을 잘 좀 봐."

숨이 막히는 듯한 살기를 받아들이며 나는 입꼬리를 들어 올린다.

“좋은 그림이야. 잘 안 보이면 안과로 가. 혼자 못 가겠으면 에스코트해 줄까?”

“뮤르.”

뮤르는 움찔, 하고 몸을 떤다.

“왜 남자가 기숙사 안에 있지? 무능한 낙오자는 세상의 법칙조차 모르나? 남자는——.”

나선을 그리며 마안이 뜨였——.

“처분해야지.”

콰과과과과과과과과과과과과과과과과과과과!

막대한 양의 정사각형으로 잘린 책상이 푸른 섬광을 흩뿌리면서 기하급수적으로 늘어 갔다. 이어서 산이 되고 파도가 되어 밀려들더니, 나의 사지를 구속하려 꾸물거리기 시작했다.

순간적인 판단으로 뒤로 점프한다.

마호가니 재질로 만든 사각형은 굴러갈 때마다 수가 늘어서 나를 추격한다.

아니, 스스로 구르는 게 아니다.

그 회전에 의한 추진은 컨트롤이 아니라, 고속의 생성(크래프트)으로 발생하는 여파다. 그걸 눈치채고 소름이 돋았다.

지금 시점에서 정면으로 싸워서 이길 상대가 아니군.

트리거, 십이 생성(트웰브 크래프트), 보이지 않는 화살(닐 애로).

공중에서 뒤집힌 나는 검지와 중지로 레일을 그렸고——두 눈이 욱신거렸다——, 막대한 수의 가능성(루트)이 시야를 메웠다.

크리스가 두 눈을 크게 뜬다.

"뭐지, 그 마법량은……?!"

"읏."

너무나도 정보량이 많다.

머릿속이 폭발하고 시야가 블랙아웃. 그럼에도 출력을 가능한 한 쥐어 짜내서—— 마력 덩어리가 손끝에서 날아갔다.

혀를 찬 크리스는 지팡이의 트리거를 당겼고, 거품 형태의 완충재가 정면에 나타났다.

"올라가라!"

경로 파기, 벽면 반사(레일 브레이킹 월 리플렉트).

마력 레일을 파괴하고, 완충재 바로 앞에 벽을 만들자 보이지 않는 화살이 반사되어 천장으로 날아갔다.

손끝을—— 휘두른다.

한번 더 벽에 튕겨 나간 화살은 머리 위에서 다시 크리스를 덮쳐들——.

"마력을 숨기는 법도 모르는 아마추어가!"

고속 생성된 완충재가 크리스를 둘러싼다.

그녀는 의기양양하게 미소 지었으나, 그 얼굴이 경악으로 변했다.

이미 내가 가까이 다가와 있었기 때문이다.

나는 주먹을 번쩍 들었고——.

"자매 백합도 모르는 아마추어가!"

완충재를 후려친다.

그대로 관통하듯 팔이 들어갔고, 나는 당연한 듯 오른팔을 붙들렸다.

"그렇겠죠~! 제가 이길 리가 없죠~! 반죽음 정도로 봐 주세요~!"

"죽어."

눈에 보이지조차 않는 속도로 크리스는 뒤틀린 창을 만들어냈고, 그대로 나를 찔러 죽이려 했다가── 대마 장벽에 가로막혔다.

"이봐, 이봐."

현현한 알스하리야가 공중에서 하품한다.

"낮잠 자는 사이에 빠르게 자살 시도하지 마. 너라는 인간은 뇌가 얼마나 퇴화해야 만족하겠어? 이 백합 원숭이. 조금은 자신을 위해 머리를 써."

"죽어어! 이 자식, 죽어어!"

"이거 원, 이래서 나오기 싫었어."

"너는…… 뭐지……?"

크리스는 깜짝 놀라서 이를 간다.

"네가, 그 츠키오리 사쿠라냐……. 이 격이 다른 마력량……. 센스만으로 이렇게까지 싸우는 건 대단하지만……."

"아아, 자기소개가 아직이었네."

나는 마인 알스하리야를 거느리고 웃었다.

"나는 산죠 히이로, 백합을 수호하는 자. 즉 너의 적이지."

"산죠…… 히이로……."

구속이 풀린다. 책상에서 내려온 크리스는 망토를 펄럭였다.

"산죠가에 빚을 만들거나 적이 될 생각은 없어. 널 죽이면 성가셔져. 목숨은 살려주지. 하지만 이 이상 저 실패작과 얽힌다면."

나선 형태의 마안이 나를 쏘아봤고, 그녀는 나에게 자기 명함을 건넸다.

"내가 죽인다."

나는 그 명함을 받았다가 멋지게 찢어버렸다.

둘로 나뉜 명함은 천천히 바닥에 떨어졌다.

휘이이이이이이이잉.

열린 창문으로 바람이 불어 들어 명함이 날아갔고, 크리스는 당장에라도 울 듯한(내 주관이다) 표정을 지었다.

나는 살며시 그 눈꼬리를 손가락으로 닦아주면서 옆을 지나간다.

그리고 그녀를 곁눈질로 매섭게 노려봤다.

"너를 죽——."

쿠웅! 고속 생성된 바닥재가 나를 들이받았고, 나는 있는 힘껏 벽에 부딪혔다.

"본보기를 보여주려던 것뿐이잖아! 본보기를 보여주려던 것뿐이잖아!"

"죽어."

나의 푸념은 듣는 둥 마는 둥, 크리스는 성큼성큼 떠나갔다.

멍하니 있던 뮤르는 이성을 되찾고는 머뭇머뭇 나에게 다가온다.

"괘, 괜찮아? 산죠 히이로……?"

"스승님께 내가 빌려준 백합 만화가 손안에서 폭발(악력으로)했다고 연락이 온 것 말고는 괜찮아. 그리고 아마, 갈비뼈가 부러졌어."

"산죠 님!"

혈색이 달라진 릴리 씨가 날아와서 마음의 고통 때문에 신음하는 나를 부축한다.

"죄송합니다……. 도와달라니……. 당신은 아이즈벨트가와 아무 상관도 없는데……. 정말 죄송해요……."

"나는 괜찮으니까 얼른 기숙사장을 챙겨줘! 그게 더 나한테 도움이 돼! 좋아, 좋아~! 상상만 해도 효과가 있어~!"

릴리 씨는 부지런히 나를 응급 처치한다. 내 입장에서는 그녀의 부은 뺨이 더 신경 쓰였다. 상태를 확인해 가며 치료해주자 그녀는 고개를 숙이더니 뺨을 붉혔다.

우왕좌왕하던 뮤르는 꼬물꼬물 발돋움하며 걱정스레 나를 바라봤다.

구급상자 속을 뒤적거리던 그녀가 갑자기 숨을 집어삼키더니 몸을 뒤로 젖힌다.

"흐, 흥! 운이 좋았네, 산죠 히이로! 언니가 진심이었다면 너 같은 건 지금쯤 그냥 살점밖에 안 남았어! 뭐, 이제 질렸으면 괜한 일에 나서지——."

"뮤르!"

릴리 씨의 고함에 기숙사장은 움찔하며 점프했다.

"히이로 씨에게 고맙다고 하세요! 지금 당장!"

"따, 딱히…… 난, 부탁한 적 없어……. 게, 게다가, 산죠 히이로는 남자니까……."

"뮤르!"

"…………………고, 고마워."

나는 더 화내려 하는 릴리 씨를 막았다.

"아니, 실제로 시키지도 않았는데 나선 건 저니까요. 제가 원해서 한 일이니까 그렇게 화낼 필요 없어요. 오히려 저를 혼내고 기숙사장에게 고맙다고 해 줘요."

"오──! 의미는 모르겠지만, 산죠 히이로 너 자기 주제를 잘 아는──."

릴리 씨가 노려보자 뮤르는 기가 죽어서 축 늘어졌다.

"산죠 님."

릴리 씨는 깊게 고개를 숙였다.

"정말 감사합니다. 산죠 님이 오지 않으셨다면 어떻게 됐을지."

"딱 좋은 심심풀이였어요. 괜찮으면 또 불러 주세요."

릴리 씨는 미소 지었고, 나는 웃으면서 기숙사 신문을 보여줬다.

"이 신입생 환영회, 정말 기대되네요. 녀석의 마수에서 이 이벤트를 지켜내는 건 어렵지 않았어요. 어쨌든 저는 환영계의 수호신이니까요. 하하하, 이렇게 슬플 데가. 천재라 불리는 녀석도 결국은 제 백합 디펜스 라인 위를 달리고 있는데 그걸 모르는 우물 속 개구리 러너라는 거죠."

"고맙습니다. 그럼 다시 한번 신입생 환영회에 산죠 님의 참가 신청을 받아들이죠."

"엥."

무심코 경악하며 굳은 작은 기숙사장은 웃으면서 내 등을 친다.

"그래, 그래! 그러고 보니 기숙사장실에 참가 신청서를 가져왔었지! 산죠 히이로, 네가 1등이야! 훌륭한 충성심인걸! 아주 좋아! 그 언니에게 대들 정도로 환영회에 참석하고 싶었구나! 그럼 너한테는 환영회 준비 거들기와 내 보좌를 맡길게!"

"저기, 아니, 저…… 저는, 아니…… 저…… 저……."

"뮤르, 역시 그렇게까지 하는 건……. 게다가 환영받는 사람한테 준비를 시키기도 좀."

"하지만 본인이 지원했잖아? 봐, 환영계의 수호신은 의욕이 차고 넘쳐."

두 사람이 나를 힐끗 살핀다.

기대에 찬 둘의 시선, 크리스가 환영회를 망치려 들 가능성, 걱정을 끌어안고 있는 기숙사장의 동향……. 모든 게 맞물리며 나는 울상으로 웃었다.

"그래, 나는…… 환영회를 돕고 싶었구나……!"

이렇게 해서 나는 신입생 환영회 준비 보좌로 취임했다.

*

부러진 갈비뼈를 체내에서 고정하는 것도 두 번째다.

대학병원에서 안내받은 진료실에는 낯익은 여의사가 있었고, 나는 퀸 워치 위에서 신세 졌던 그녀에게 인사했다.

"왜 여기 있어요, 선생님?"

"365일 호화 객선 위에 떠 있을 수도 없으니까요. 선의는 선내에 혼자인 데다 내과, 외과, 정신과……. 폭넓은 의학 지식과 경험, 사교성과 어학력이 요구되는 쉽지 않은 업무인데, 배를 띄우지 않는 날에는 육지로 와서 바보 같은 화족들을 볼 때도 있어요."

"홋, 힘들겠네요. 가끔은 똑똑한 화족을 진찰하며 숨 좀 돌리세요."

"…………."

진찰을 받은 나는 또 비슷한 치료를 받는다.

볼펜(매직 디바이스)을 집어넣은 선생님은 크게 한숨을 내쉬었고, 옆에 있는 간호사가 키득키득 웃었다.

"당신은 대체 몇 번이나 갈비뼈가 부러져야 만족할 건가요? 뼈가 폐를 찌르면 큰일 난다는 건 알죠?"

"뼈가 폐를 찌르지 않으면 별일 없다……라는 건 아시죠? 선생님."

"왜 당신 머리에 두부 외상이 안 보이는 거죠?"

내 갈비뼈보다 머리 진찰에 무게를 둔 명의에게서 설교를 듣고 돌아간다.

오늘 하루는 안정을 취해야 한다고 해서 아스테밀과의 단련은 중지됐지만, 다쳐도 할 수 있는 수행이 있다며 호출당했다.

어째서인지 회전 초밥집으로.

가게 앞에서 나를 기다리고 있는 스승님은 얼굴만은 미인으로 구분되는 데다, 보기 드문 은발 벽안 엘프이기도 해서 누가 봐도 남들보다 눈에 띄었다.

식사를 마치고 돌아가는 사람들의 시선이 집중되는 줄 모르는지 백은색 장발을 가진 엘프는 안절부절못하고 있었다.

"앗!"

스승님은 나를 보자마자 손을 부웅부웅 흔들었다.

"히이로! 여기예요, 여기! 당신이 사랑하는 미모의 스승님은 여기 있어요!"

그녀에게 쏠린 시선이 자연스레 이쪽으로 집중된다. 나는 수치심을 느끼면서도 폴짝폴짝 뛰며 어필하는 짜증귀엽 스승님에게 간다.

"스승님, 저 점심시간에 나온 거예요. 너무 눈에 띄면 학원에 연락이 가서 불량 학생이라고 욕먹어요."

"하지만 초밥은 먹을 수 있잖아요."

"게다가 전 저녁 식사도 생선, 심지어 회거든요. 점심이 초밥이었다고 하면 스노우가 저를 밥에 얹어서 도쿄만에 가라앉혀 버릴걸요."

"하지만 초밥은 먹을 수 있잖아요."

이, 이 420살짜리 아이는 『하지만 초밥은 먹을 수 있잖아요』로 밀어붙일 셈인가……?! 420살씩이나 먹고 수렵 논리(수렵

논리의 예시: 『하지만 행복하다면 OK입니다』, 『맛있으니까 괜찮아』)로 키보드 배틀이라니 지적인 엘프 실격이잖아……?!

경악해서 멈춰 서 있는데 전자음이 나더니 윈도우에 알림이 표시된다.

채팅이 하나 와 있었다.

『척!』 하고 엄지를 치켜든 펭귄 이모티콘. 스승님은 득의양양하게 웃었다.

"이런, 이런. 제가 보낸 이모티콘이 무사히 도착했나 보네요."

이, 이 녀석……?!

영악한 엘프는 히죽 웃으면서 무명묘비 자루를 툭툭 쳤다.

"히이로가 성장하면 저도 성장하는 게 도리. 따라올 수 있겠어요――, 제 스피드를?"

남들보다 한참 뒤처져 있으면서 저렇게 우쭐해하는 것도 재주라면 재주다.

이모티콘 보내는 법을 꼼꼼히 알려주는 스승님에게 수제 원클릭 사기 메일(클릭하면 화면에 도장을 찍으면서 『이모티콘을 못 보내겠다』며 우는 스승님 동영상이 나온다.)으로 응답했고, 거기 스승님이 걸려든 걸 확인하자 묵은 것이 내려간 느낌이었다.

가게로 들어간 나는 비어 있는 4인석에 앉는다. 당연하다는 듯 스승님은 내 옆에 앉는다.

"엥?"

"엥?"

나는 맞은편을 가리킨다.

스승

"아니, 보통은 맞은편에 앉잖아요. 봐요, 저기. 저 레일 위로 열차가 와서 접시를 주는 타입이거든요. 스승님이 이쪽에 앉으면 제가 스승님 몫까지 접시를 내려야 하잖아요. 둘이면 마주 보고 앉는 게 철칙이죠."

"히이로가 내려주면 되는 거 아닌가요?"

"역시 420살, 자연스럽게 젊은이한테 의지하는군요."

싱글벙글 웃으면서 스승님은 나에게 몸을 퍽퍽 부딪쳐 온다.

"게다가 이쪽이 붙기 편하잖아요. 예이, 예이—!"

"잠깐, 스승님. 그만, 그만해요! 그만! 그—만—해—애!"

우리는 만면의 미소로 밀치기에 전념한다.

지나가던 점원이 『뭐야, 이것들……』 하는 눈으로 봐서 우리는 동시에 정색했다.

"근데 어떻게 주문하는 거예요? 옆 테이블에서 가져와도 되나요?"

"처음부터 범죄라니. 전생이 아르센 뤼팽이라도 되는 건가요? 가게와 매직 디바이스를 동기화해서 윈도우로 주문하는 거예요. 그러면 쌩하고 오거든요."

"……어느 나라 말이에요?"

"잇츠 어 재패니즈!"

나는 윈도우를 호출하고 대량의 초밥이 나열된 주문 화면을 보여준다. 나한테 바싹 붙은 스승님이 머리를 쓸어 올리자 좋은 냄새가 확 풍긴다.

"와아, 많네요. 역시 일본의 서비스 정신은 훌륭해."

"…………."

"히이로?"

스승님이 얼굴을 살폈고, 나도 모르게 스승님을 넋 놓고 바라봤던 나는 헛기침한다.

"자, 자. 원하는 걸로 시켜요. 스승님이 사는 거니까."

"보통 그럴 때는 자기가 산다고 하죠. 어?! 잠깐, 히이로, 이거 봐요!"

크게 흥분한 스승님은 팡팡, 하고 아이처럼 윈도우를 친다.

"라멘이 있어요! 라멘이! 전 라멘을 먹을래요! 말도 안 돼! 일본의 문명은 너무 개방적인 거 아닌가요?! 초밥집에서 라멘을 시키면 슝 하고 날아오는 나라는 일본뿐일걸요?! 이런 초밥집에서 원천 방류식 라멘을 즐길 수 있는 건가요?!"

훗, 하고 웃으며 검지를 좌우로 흔든 나는 디저트 메뉴를 눌렀다.

빛나는 붉은색 케이크를 발견한 스승님은 경악한 나머지 입을 다물었다.

"It is strawberry cake."

손끝으로 윈도우를 치자 스승님은 파래진 얼굴로 고개를 가로저었다.

"어, 어찌 이럴 수가……. 초, 초밥집에서 딸기 케이크를……. 오, 오만이야……. 이, 인간의 영역을 뛰어넘었어……."

나는 살며시 그녀의 귀에 속삭였다.

"Welcome to underground."

소란을 피우면서 우리는 계란찜과 라멘, 로스트비프를 주문했고——.

"…………이제 배불러."

"…………저도요."

초밥도 안 먹었는데 배가 빵빵해졌다.

기대하던 디저트로 넘어가 나는 과일 젤리, 스승님은 딸기 케이크를 먹으면서 본론으로 들어간다.

"히이로, 당신 안에 뭐가 있는 건가요?"

뭐, 나한테만 보여도 스승님이라면 알아차리겠지.

어떻게 답해야 할지 생각하면서, 맞은편 자리에서 계속해서 두꺼운 계란말이만 먹고 있는 알스하리야를 바라본다.

"본질적으로는 악하지만 지금은 해가 되지 않을 거예요. 그냥 눈에 띄면 죽이고 있으니 꼭 바퀴벌레 같을 뿐이죠."

"히이로의 마력이 이상할 정도로 급증한 것도 그 때문이죠? 재회했을 때 데려온 소녀하고도 연관이 있나요?"

나는 스푼을 입에 문 채로 고개를 끄덕인다.

"히이로."

스승님은 쓰게 웃는다.

"당신은 지금 마력이라는 관점으로 좁히면 오히려 약해졌어요."

알고 있던 나는 한숨을 내쉬며 젤리를 휘적였다.

"지금 당신은 갑작스럽게 얻은 마력을 제어하지 못하고 있죠. 보이지 않는 화살의 출력을 낮춰서 쓰고 있는데, 그래도 당신이 상상한 것 이상의 위력인 데다 신체 강화도 조절이 안 돼서 전보다 전력을 못 내고 있어요."

"역시 스승님. 다 정답이에요. 하와이 여행에 초대합니다."

스승님은 부드럽게 내 머리를 쓰다듬었다.

"솔직히 소화 못 할 것 같아요. 스승님에게 배운 보이지 않는 화살도 지금은 그냥 커다란 마력 덩어리로 약체화했고요. 어제 고위 마법사와 겨루면서 『마력을 숨기는 법도 모르는 아마추어가!』라는 말을 들었어요."

"보이지 않는 화살은 본래 공기 중의 마술 연산자에 마력 화살을 섞어 넣음으로써 마력이 탐지되지 않게 하는 것. 지금의 히이로는 마력 제어가 안 되니까 마력을 너무 실어서 상대의 마력 탐지에 걸리는 데다 『보이지 않는』 특성이 사라졌어요. 이제 그건 보이지 않는 화살이 아니에요."

스승님 말이 맞다.

설령 크리스만 한 고위 마법사라도 처음 보는 보이지 않는 화살에 대응할 수는 없었겠지. 차원이 다른 실력자인 알스하리야조차 과거에 본 적 있는 게 아니라면 완전히 피하지 못했을 거다.

"히이로, 당신은 지금 갈림길에 섰어요."

스승님은 검지를 경계선에 빗대더니―― 깔끔하게 세웠다.

"천재와 범재의 갈림길에. 그 압도적인 위력을 다루게 되면 당신은 천재라 불릴 만한 마법사가 될 거예요. 하지만 그 반대도 가능하죠."

그녀는 나에게 미소 짓는다.

"히이로, 당신은 강해지고 싶나요?"

여러 사람의 얼굴이 떠오른다.

이놈이고 저놈이고 지켜야 할 대상이며, 잃고 싶지 않은 사람들이었다.

그래서 나는 조용히 고개를 끄덕였다.

"네."

나의 각오에 부응하듯 스승님 역시 고개를 끄덕인다.

"그럼 슬슬 수행도 다음 단계로 넘어갈까요?"

자리에서 일어난 스승님은 마지막으로 남은 딸기를 입안에 던져 넣는다.

"다음부터는 장소를 옮기죠. 필요한 소지품은 딱 하나── 각오뿐."

"고생을 덜어서 좋네요."

나는 쓰게 웃으며 일어난다.

"늘 그것만은 가지고 다니거든요."

스승님과 헤어진 나는 학원으로 돌아갔고, 뮤르와 약속한 집합 장소로 향했다.

*

"늦었어─! 뭐 하는 거야! 늦었다고, 산죠 히이로! 혹시 거북이를 타고 온 거냐! 시계 보는 법도 모르는 건 아니겠지?"

집합 장소에서는 사복 차림의 뮤르가 이빨을 드러내며 기다리고 있었다.

뉴스보이캡을 쓴 그녀는 소매 없는 검은 원피스를 입었다. 작은 핸드백을 휘두르는 모습은 작은 덩치로 소국을 지배하는 폭군 그 자체였지만, 역시 히로인이라고 해야 하나 그 귀여움은 범상치 않았다.

햇빛을 쬔 백금색 머리카락은 햇빛 알갱이를 흩뿌리는 듯이 반짝였고, 그녀가 움직일 때마다 금박 가루가 사방에 뿌려지는 느낌이었다.

발을 동동 구르는 뮤르는 신음하면서 나를 올려다본다.

"나는 누가 날 기다리게 하는 게 제일 싫어! 시간을 엄수하라고 했지! 손실이야, 손실! 이 손실을 어떻게 보완할 거야, 너―!"

"시계 보는 법을 모르는 건 당신이죠, 뮤르? 시간에 딱 맞춰 왔어요. 뭐 그렇게 화낼 필요가 있나요?"

순백색 턱 블라우스와 롱 플레어스커트. 산뜻한 메이드복에서 청초한 봄의 코디를 입은 릴리 씨는 손목시계를 내려다본다.

늘 입는 단정한 복장과 다르게 한없이 무방비한 분위기의 사복 차림을 한 릴리 씨는 키득키득 웃었다.

"죄송해요. 왠지 이 아이는 옛날부터 남의 시간은 깐깐하게 따져서요. 자기한테는 무르면서."

"…………(사복을 입은 둘의 백합 데이트를 망상하는 얼굴)."

"자, 산죠 님도 어이없어하잖아요. 아가씨, 조금 더 예의 바르게 행동해 주세요."

"시끄러워, 시끄러워, 시끄러워―! 아이즈벨트가 사람을 기다리게 하다니 말도 안 되는 일이거든―! 이런 시간까지 기다리게 하다니, 대륙 횡단이라도 하다 왔어―? 아주 좋겠네, 돈도 많아. 나도 좀 데려가지―!"

"소란 피워서 죄송해요. 늘 잠꾸러기인데, 아주 자명종 시계처럼 시끄럽다니까요."

릴리 씨는 쓰게 웃었고 나는 웃으며 고개를 가로저었다.

"아뇨, 그게 좋은 거죠. 평생 두 분의 대화를 지켜보고 싶네요. 저는 그런 타입의 생각하는 갈대*거든요."

"릴리, 가끔 이 녀석 엄청 기분 나쁜데……?"

"뮤르! 어제 막 도움을 받아놓고!"

어제 막 도와줬든 그제 도와줬든, 기분 나쁜 건 기분 나쁜 거다.

『사복 차림으로 와라』라고 해서 스노우가 골라준 옷을 입고 온 나는 기숙사장을 부른다.

"그래서 신입생 환영회 준비를 위해, 어디로 쇼핑 갈 건가요?"

"뻔하지."

자신만만하게 기숙사장은 가슴을 편다.

"메이드 카페야!"

"……………뭐?"

나는 천천히 고개를 끄덕였다.

전뇌 거리 아키하바라―― 도쿄의 수뇌구 치요다에 있는 지하가(언더그라운드).

---

*블레즈 파스칼의 《팡세》에 나오는 명언.

에스코 세계의 도쿄는 현실 세계의 도쿄를 모델로 했지만, 모든 게 똑같은 건 아니며 지역에 따라 커다란 차이가 있다.

예를 들어 아키하바라는 전뇌 거리로 불린다.

콘스트럭터 매직 디바이스를 사용한 영상 기기로 투영한 삼차원상(홀로그래피)이 활동 중이며, 고도 기술 집적 도시(테크노폴리스) 도쿄의 일부를 살짝 엿볼 수 있다.

애니메이션 캐릭터나 마이코*, 전 예술가가 삼차원 영상이 되어 상하좌우로 판매 경쟁을 벌이는 카오스함이란.

사람에 따라서는 3분 만에 리타이어하는 조잡함을 느낄 수 있다.

게임 내에서는 계획을 짜고 전철비만 내면 아키하바라에 언제든 갈 수 있다.

아키하바라는 돈벌이나 쇼핑, 던전 탐색, 이벤트를 위해 찾는 곳이다. 플레이어가 특히 중요시하는 건 돈벌이와 쇼핑이다.

아키하바라에서는 마력을 전기로 변환하는 『인간 발전기』라고 불리는 아르바이트가 있으며, 마력량에 따라 돈을 받을 수 있다.

이 세계의 마력이라는 에너지원은 변환기(컨버터)만 도입하면 전기 대신 써서 전자기기를 작동할 수도 있기 때문이다.

하드웨어와 소프트웨어, 마이너한 매직 디바이스와 콘솔을 취급하는 가게도 많기에 특수한 플레이를 하는 플레이어(에스코 학회원 등)는 아키하바라를 자주 이용한다.

---

*일본에서 게이샤가 되기 전 수습 과정에 있는 예비 게이샤.

예를 들어 효율충인 플레이어는 대량의 전자기기를 구입해 자신과 연결해 크래킹을 걸고, 마신교 넷 뱅크에서 계속 돈을 꺼낸다(게임 내 최고 효율을 자랑하는 돈 버는 방법).

다만 마력에는 개인에게 속하는 특성이 있기에, 그렇게 쉽게 마력⇔전기 변환을 할 수는 없다. 만인이 쓸 수 있게 만든 매직 디바이스와는 다르게 전자기기의 경우, 전문 지식을 이용해 콘솔을 넣고 개인의 마력을 전기로 잘 변환해야 한다.

신성 백합 제국에서 루비가 PC와 콘스트럭터 매직 디바이스를 가동한 것도 나라의 거점 마력(점거지에서 빨아들일 수 있는 대량의 마력)을 사용한 것이다.

솔직히 마력⇔전기 변환은 개인이 할 수 있는 게 아니며, 게임 내에서도 아키하바라 전문가에게 돈을 지불하곤 했다.

원작 게임의 관점에서 봐도 루비의 비범함을 잘 알겠다.

서론이 길어졌지만, 이번 우리 목적은 돈벌이나 쇼핑이 아니다. 메이드 카페다.

여러 번 이유를 물어도 고개를 젓히고 걷는 기숙사장은『입으면 알걸』이라고만 했다.

투명한 몸을 가진 메이드가 홍보용 팻말을 든 채 길을 오가고 있다.

부피 표시를 베이스로 한 시스템에 의해 매직 디바이스로 공기 중의 마술 연산자를 움직여 착색함으로써 단위 영상 투영을 실현한다(막대한 양의 데이터 통신이 필요하기에 마술 연산자를 통신 매체로 한 양자 중계(양자 텔레포테이션 수법)를 한다.).

이건 부피형 디스플레이 기술로, 기록한 빛을 재생하는 홀로그래피와는 전혀 다르지만……, 호칭은 어째서인지 삼차원상(홀로그래피)이다.

가게 내부에 자리한 영상 출력용 콘스트럭터 매직 디바이스. 부지런히 돌아가는 기기 뒤에서 점주는 노동을 외면하고 담배를 피우며 정보지를 보는 중이다. 그 옆 중고매장에는 채소인지 뭔지처럼 바닥에서 천장까지 중고 PC가 쌓여 있으며, 또 그 옆에서는 대포폰이 정상 제품인 것처럼 팔리고 있다.

지하에 있는 셔터 거리에는 평소처럼 카오스가 의기양양하게 활보 중이다.

지하에서 더 지하로, 기숙사장은 좁은 계단을 척척 내려간다.

좁은 내려가는 계단을 사이에 둔 회반죽 벽에는 인디 밴드의 스티커와 콘셉트 카페 포스터가 종횡무진하게 광고 문구를 외치는 중이었다. 맨 아래층 층계참에는 간판이 있고, 그곳에는 이렇게 적혀 있었다.

『메이드 카페(진짜)』.

진짜는 보통 진짜라고 적지 않는다. 왜냐하면 진짜니까.

수상한 간판을 힐끗 본 나는 문을 열고 들어갔고── 늘 입는 메이드복을 입은 스노우가 빙글 돌아서더니 이쪽을 바라본다.

"진짜잖아!"

"응? 간판 못 봤어요? 광고법을 위반할 수준은 아닐 텐데."

"왜 네가 여기 있어?! 갑자기 튀어나오지 마! 심장에 해롭잖아!"

"왜 사람을 깜놀 악성코드 취급하는 거죠, 이 망할 주인님. 문을 열면 뛰어나오는 미소녀라니, 당신 인생과는 한 번도 인연이 없었을지 몰라도 세상에는 아직 이렇게 귀여운 미소녀 메이드가 실존한답니다. 어쨌든 이곳은 메이드 카페(진짜)니까요."

점내를 둘러보니 동작이 세련된 메이드들이 우아하게 일하는 중이었다.

로얄코펜하겐이나 마이센 같은 고급 브랜드 식기가 쓰이고 있으며, 아마추어가 보기에도 점내의 도구는 모두 일급품이란 걸 알겠다.

카바레식 클럽과 구분이 안 되는 코스프레 카페와 다르게 『진짜』의 압박이 느껴졌다. 그 콘셉트가 오감을 통해 전해진다.

"우리 집 메이드에게 이런 악성 부업을 알선해 준 게 혹시 기숙사장이에요?"

"아뇨, 죄송합니다. 스노우 씨는 제가 꼬드겼어요."

면목이 없다는 듯 릴리 씨가 고개를 숙인다.

"이봐, 왜 먼저 나를 의심해?"

"아아, 릴리 씨가 한 거군요. 그럼 됐어요."

"대 · 체 · 왜 나를 의심했냐고—! 대답해—! 야—!"

뮤르가 허리 쪽을 투닥투닥 때린다.

은쟁반을 빙글빙글 돌리는 스노우에게 시선을 돌리자 그녀는 쓰게 웃으며 답했다.

"제가 말하지 말라고 부탁했어요. 주인님이라면 저한테 의존하다 졸업 못 할 게 뻔히 보이는데, 일한다고 하면 독점욕을 발휘하며 성가시게 굴 것 같아서요. 이거 참. 여러모로 구속이 강한 약혼자(달링)를 두면 큰일이라니까요."

"약혼자인 산죠 님께 양해도 구하지 않고 이야기를 멋대로 진행해서 죄송해요. 역시 쭉 숨길 수도 없기에 이 타이밍에 털어놓자고 이야기했어요."

"그럼 신입생 환영회 준비에 카페를 쓰자는 건?"

"그건 사실이야. 난 거짓말은 안 해. 기숙사를 통솔할 사람으로서 신뢰는 최우선, 거짓말할 수는 없으니까. 이런 소소한 정직함이 명성을 높이는 법. 언젠가 모든 사람이 나를 따르게 될걸."

가슴을 편 기숙사장은 콧김을 세게 내뿜었다.

"계속 서서 얘기하지만 말고 어디 좀 앉지 그래요? 아, 주인님은 특별 서비스. 출구는 이쪽이고 물은 셀프로 가져다 드세요."

"이봐, 나만 특별 취급하면 남들이 우리가 뜨거운 커플이라는 걸 다 알잖아. 공손하게, 신께 바치는 것처럼 물을 가져와. 내 앞에서 고개를 드는 건 허락 못 해."

"받아라(물 끼얹기)."

"여기 사장 나와!"

물에 빠진 생쥐가 된 내 머리를 릴리 씨가 손수건으로 닦아준다.

그 모습을 지켜보던 스노우는 혀를 차더니 나에게 메뉴를 던졌고, 발소리를 내면서 안쪽으로 들어갔다.

"근데 릴리 씨, 왜 스노우가 여기에? 애초에 여긴 뭐예요?"

"여긴 아이즈벨트가에서 해고당한 메이드들이 근무하는 카페예요. 스노우 씨는 그 사람들을 총괄하는 중이고요."

자세히 관찰해 보니 부지런히 일하는 메이드들은 두려움이 섞인 눈으로 뮤르를 바라보고 있었다.

정작 기숙사장은 아까부터 메뉴인 팬케이크에 정신이 팔려서 눈치 못 챈 듯하지만.

"……그렇군."

아이즈벨트가. 막내딸 뮤르를 플라움에 가둬두고 세상과 격리해 집안 단위로 그녀를 탄압하는 훌륭한 집안이다.

그들은 인간을 상위, 중위, 하위로 구별하며 중위 이하를 방임한다.

이 방임이 바로 아이즈벨트가를 아이즈벨트가답게 만드는 이유 중 하나다.

어마어마한 취사선택으로 인해 일류만을 배출해 온 아이즈벨트가는 엘리트 화족으로서 후세에 이름을 남기고 있다.

그 영광의 빛 이면에서 지금에 이르기까지 몇 사람이 어둠에 묻혔는지. 피해자 목록의 이름을 늘어두면 말 그대로 지금 여기서 일하는 메이드들처럼, 하늘의 별처럼 많을 게 분명하다.

"계약 시점을 봐도 해고 자체는 위법 행위가 아니에요. 하지만 이들의 해고 이유는 트집에 가까워요. 뭐 큰 실수를 한 것도 아니에요. 기본적으로 해고자에게는 다른 일을 알선했는데, 시녀로 계속 일하고 싶다는 아이도 있어서 이렇게 된 거예요. 원래 아이즈벨트가에서 일했다는 건 고도의 기술을 가졌다는 증거나 다름없으니까요. 그렇게 쉽게 포기할 리도 없죠."

"뮤르에게는 감시하는 눈이 있으니까 대놓고 고용할 수도 없고, 이렇게 메이드 카페를 세워서 거기서 일하게 한단 말이지."

“영리하시군요. 유지비를 포함한 다양한 경비를 치를 수 있을 정도로는 벌고 있어요.”

나는 메이드들에게 척척 지시를 내리는 스노우를 바라본다.

“하지만 왜 스노우인가요? 저 사람들 위에 서기에는 아무래도 불안하지 않은가요?”

멍하니 릴리 씨가 나를 바라본다.

“스노우 씨는 한때 산죠가에서 메이드장으로 일했던 분인데요?”

“………네?”

무심코 나는 소리를 낸다.

“스노우가 산죠가의 메이드장? 이벤트에만 불려가는 게 아니라? 저 녀석 엑스트라 아니에요?”

“엑스트라……, 무슨 뜻인지 잘 모르겠지만 스노우 씨는 메이드의 소질이 아주 뛰어나다고 봐요. 저렇게까지 의뢰 의도를 파악하고 일하는 건 범상치 않은 데다 지시도 군더더기 없이 정확해요. 아마 메이드의 영역을 초월한 업무도 묵묵히 소화해 왔겠죠. 아니면 저 나이에 저만한 역량을 갖진 못할 테니까요.”

실력을 숨기는 타입의 주인공이야, 혹시? 솔직히 나랑 시시덕거리면서 일하는 장난스러운 메이드인 줄로만 알았다.

“저 녀석 왜 산죠가를 관둔 거야? 기회 비용 정도가 아니잖아?”

“입은 은혜가 있다고 하셨어요.”

내 혼잣말에 릴리 씨가 반응한다.

“산죠 님은 착하시니까요.”

아름답게 미소 지으며 릴리 씨는 속삭인다.

"분명 옛날부터 많은 분을 도와왔을 거예요."

나는 불길한 예감에 땀을 흘렸다.

설마 과거 히이로의 플래그가 이제야 회수되고 있다 뭐 그런 뜻은 아니지? 웃기지 마, 에스코 본편에서는 그딴 건 한 번도 회수한 적 없거든. 이 세계에 내가 히이로로 전생함으로써 플래그 스위치가 켜졌다고 볼 수밖에 없겠는데……. 아니, 왜?

그, 그만두자. 깊게 생각하는 건 그만두자. 내 마음은 내가 지키는 거야. 어제는 갈비뼈가 부러졌는데 셀프 추가타에 이번엔 뇌가 긴급 운송되게 생겼다.

"우선 여기가 어떤 곳인지. 스노우가 왜 여기서 일하는지 이해했어요. 하지만 여전히 신입생 환영회와의 연관성을 모르겠는데요?"

"환영회에는 신입생을 대접할 메이드가 필요하니까."

나이프와 스푼을 들고 팬케이크를 든 기숙사장은 새침한 얼굴로 말했다.

"이런 지하에서 답답하게 일하는 것보다 가끔은 햇볕 아래에서 일하는 게 좋을 것 같아서. 내 아이디어야! 나는 릴리의 간절한 부탁으로 이 녀석들을 숨겨주는 거니까. 나한테 도움이 된다면 이 녀석들도 기쁘겠지!"

폭신폭신한 팬케이크가 나오자 애타게 기다리고 있던 뮤르는 환호성을 지른다.

만면의 미소를 띠며 기숙사장은 작게 팬케이크를 자르기 시작한다. 그 환희에 찬 미소와는 정반대로 릴리 씨는 불안한 듯 표정을 흐렸다.

"좋은 아이디어이기는 하지만."

그래서 내가 대신 말했다.

"십중팔구 아이즈벨트가에서 방해하겠지."

방해할 게 뻔하다.

다만 그 계획은 츠키오리 손에서 사전에 짓밟히고, 뮤르는 그녀를 더욱 신뢰하게 된다. 플라움의 신입생 환영회는 그런 자그마한 이벤트였을 텐데, 특별 지명자로 츠키오리 사쿠라가 아니라 산죠 히이로가 선발되면서 그 바통이 나한테 넘어온 듯하다.

"저, 저기."

팬케이크를 가져온 메이드 중 하나가 떨리는 목소리로 속삭인다.

"저는 할 수 있다면 하고 싶어요……. 기껏 뮤르 님이 주신 기회를 헛되게 하기는 싫고, 신세 진 게 많은 릴리 님께 은혜도 갚고 싶어요……. 게, 게다가 아이즈벨트가 분들에게 저희가 모자라지 않다는 걸…… 전하고, 싶어요……."

다른 메이드들도 같은 생각을 하나 보다.

과거 자신감과 긍지로 빛나던 그 얼굴은 『쓸모없는 물건』이라는 라벨이 붙음으로써 한껏 흐려졌지만, 그래도 그녀들은 미래를 올려다보려 하고 있었다.

스노우가 미소 지으며 나를 바라본다.

몇 초 후 내 입을 통해 나올 그 답을 안다는 것처럼.

"아니요, 안 됩니다. 산죠 님은 그 크리스 님을 막을 만한 실력의 소유자, 이분이 『위험하다』라고 공언하고 있으니까 이번 기회에 당신들도 포기——."

"아니, 하자."

내 답을 들은 릴리 씨는 놀라며 눈을 크게 떴다. 내가 자기 편에 서서 같이 설득해줄 줄 알았겠지.

"이건 우리와 아이즈벨트가의 전쟁이야. 당신들이 일방적으로 이렇게 어두컴컴한 무대 뒤로 밀려날 이유는 없어. 백합은 양지에서만 피니까. 그렇다면 음지와 양지 모두에서 『그림자』를 없애고, 일조권을 되찾는 건 내 역할이지."

말의 파동에 메이드들이 생기 넘치게 활력을 되찾는다.

"성공리에 끝내 주지, 신입생 환영회를. 그리고 내가 아이즈벨트가에——."

씩 웃은 나는 하나의 꿍꿍이를 갖고 두 팔을 펼쳤다.

"진정한 일류가 무엇인지 가르쳐 주겠어."

스노우는 미소 지었고, 릴리 씨는 경악했으며, 뮤르는——.

"아이스크림은 아직이야……?"

팬케이크에 얹어 먹을 아이스크림을 기다리고 있었다.

전부 내 계획대로 진행되고 있다.

바로 얼마 전 『진정한 일류가 무엇인지 알려주겠다』고 호언장담했는데, 그 진정한 일류라는 게 누구냐면 우리의 츠키오리 사쿠라 씨다.

원래 이 신입생 환영회를 해결하는 건 주인공. 걸어 다니는 시체 주머니, 곧 산죠 히이로 씨가 나설 대목이 아니다.

왜냐하면 내가 정면에서 해결하면 또 호감도가 상승하잖아.

말은 그렇게 해도 아이즈벨트가를 이대로 방치하기는 찝찝하고, 이 아이들을 외면하는 남자가 백합은 어떻게 지키겠는가.

어떻게 신입생 환영회를 성공시키고 그 공을 츠키오리에게 넘길 것인가. 그게 과제이자 최우선 사항이었다.

모든 공을 츠키오리에게 넘길 수 있다면 그렇게 큰소리를 쳐놓고 아무것도 한 게 없는 내 주가는 하락할 것이고, 뮤르나 릴리 씨의 호감도도 바닥을 치겠지.

나는 히이로를 싫어하는 사람이 좋다.

슬슬 산죠 히이로의 본래 자리를 되찾자. 아직 초반이기는 하지만, 츠키오리도 주인공으로서 히로인들과 우호 관계를 쌓아야 한다.

모든 걸 츠키오리에게 떠넘길 생각은 없다.

더럽고 냄새나고 성가신 일은 전부 내가 떠맡고, 부정적인 평가를 전부 받아 가져가면 밸런스가 잡힐 것이다.

츠키오리 사쿠라가 없으면 이 세계든, 히로인이든 구할 수 없다.

원작 게임의 전개를 생각해 봐도 내가 알스하리야를 토벌(흡수)한 건 본 줄거리에 큰 영향을 미치지 않을 것이다. 자유도 높은 에스코에서는 극단적으로 말해 츠키오리가 마인을 하나도 쓰러뜨리지 않더라도, 해피엔딩으로 가는 길이 있을 테니까.

솔직히 츠키오리와 히로인들이 호죠 마법 학원에 다닌다는 큰 줄기만 유지하면 최종적으로 그들은 행복해질 수 있다.

츠키오리 사쿠라가 그만한 실력을 갖췄고, 그녀가 죽지 않을 경우의 이야기지만.

뭐, 츠키오리는 본 게임의 신에게 사랑받은 치트급 캐릭터이니 내가 굳이 신경 쓸 필요 없을 수도 있겠지.

아무튼 요약하자면 나는 너무 나설 수 없다는 거다.

그리고 슬슬 백합을 보고 싶어! 백합 게임인데 주인공이 여자를 공략할 마음이 없다는 게 뭔 소리냐고?! 바닥 위에 드러누워서 회전하면서 시끄럽게 운다?!

기본 방침을 세운 나는 츠키오리를 찾아 플라움으로 돌아갔다.

기본적으로 백합의 화원인 플라움에서 백합 특화 킬러 라벨이 붙은 나 히이로는 은밀한 움직임을 추구한다.

"오늘도 피곤하네. 얼른 씻으러 가자! 내가 등 밀어줄게!"

"그럼 나도 똑같이 해 줄게."

광학 위장(디스토션 필드)으로 천장과 일체화한 나는 기숙사생들이 노닥거리며 대욕탕으로 가는 모습을 배웅했다.

아아, 훌륭해. 메말라 있던 두 눈을 고원에서 길어 올린 용수로 씻어낸 듯한 기분이다. 시력에 버프가 걸려서 지금의 내 시력은 10.0, 모든 게 비쳐 보인다.

두 사람을 보내고 천장에서 벽으로 내려온 나는 츠키오리의 방으로 간다.

스륵스륵스륵스륵…….

"뭐 이상한 소리 안 나? 연장으로 사람 몸을 써는 것 같은데."

"헉……. 요즘 소문난 유령 아니야? 왜, 벽이나 바닥이나 천장을 기어 다니는 소리가 나는 데다 가끔『므흣』같은 소름 돋는 소리가 들린다잖아."

"엥, 그게 뭐야. 무서운데?! 괴기현상이 아니라 괴기 변태 아니야?!"

죄송합니다. 소리가 새어 나가는 타입이에요. 백합 게임 같은 걸 하다가 화면이 꺼지면 소름 돋게 웃는 오타쿠가 보여서 죽고 싶어지는 타입이죠. 역시 나는 아직 벽과 일체화할 정도로 덕을 쌓지 못했나.

나는 숨을 멈추고 두 여자 앞을 지난다.

어찌어찌 아무에게도 들키지 않고 츠키오리 방에 도착한 뒤 모습을 감춘 채로 똑똑 노크했다.

철컥 소리와 함께 문이 열리자 나는 마법을 해제했다.

"안녕, 츠키오리. 굿모닝. 오늘도 전 세계 여성이 널 사랑하고 있어."

조금 전까지 자고 있었나 보다. 헐렁헐렁한 후드티 같은 걸 입은 츠키오리는 우물거리며 하품한다.

"안녕……, 어쩐 일이야? 혹시 자는 걸 덮치려고?"

"츠키오리 씨, 아직 저녁도 안 됐어요. 밤낮을 반전해서 학생을 성범죄자로 전직시키려 하지 마."

여느 때보다 무방비한 츠키오리는 하품하면서 손짓한다.

사이즈가 안 맞는 후드티를 입어서 그런지 곳곳이 보일 듯했지만, 백합 신사인 나는 시선을 위로 들며 저항했다.

츠키오리의 손짓에 나는 방으로 들어간다.

츠키오리 방 안에는 최소한의 가구만 갖춰져 있다.

입소 당시부터 서비스로 놓여 있는 가구는 그대로 두고, 청소도 기숙사 관리자에게 맡기는 거겠지. 깔끔하게 정리 정돈돼 있지만 츠키오리다움을 표현할 것은 없고, 유일하게 매직 디바이스만이 벽에 걸려 있었다.

앉자마자 츠키오리는 꾸벅꾸벅 졸기 시작한다.

"조금 나중에 올까? 너 방과 후에는 늘 바로 잠들어?"

오전과 오후 수업부터 방과 후까지 플레이어가 스케줄을 꽉 채워놔도 게임 내의 츠키오리는 불평 하나 없이 순순히 움직였다.

그다지 『자는 걸 좋아하는』 인상은 없는데, 분명 설정 자료집에는 『수면 학습이 가능하다』라는 정체 모를 설정이 있었던 것 같다. 실제로 그냥 잠만 자도 어째서인지 파라미터가 오르고.

"………잘래."

"아, 야! 코할 거면 이불로 가!"

털퍽 드러누운 츠키오리는 내 무릎 위에서 곤히 자기 시작했다.

아름다운 밤색 머리카락이 펼쳐져 내 허벅지와 장딴지를 간지럽힌다.

무심코 매료되어 손가락으로 머리를 빗겨 본다. 갈라짐 하나 없이 매끄러운 머리카락은 스르르 손가락 사이를 빠져나갔고, 모두가 원하는 천연 섬유처럼 손끝에 양질의 감촉을 전했다.

작게 몸을 달싹인 그녀는 내 배에 고개를 묻고 둥지에 틀어박힌 토끼처럼 고개로 구멍을 파려 든다.

뭐, 요즘 들어 던전에만 있느라 지친 것 같으니까. 이제부터

수많은 히로인을 함락시켜야 하니 이대로 자게 둘까.

나는 미소 지었고——, 노크 소리가 들렸다.

“사쿠라, 깨어 있어? 이 시간이면 깨어 있겠지, 들어간다?”

라피스 목소리다.

나는 서둘러 츠키오리의 머리를 내리려다가—— 문이 열리자 바로 광학 위장을 발동한다.

“그만 좀 자고 슬슬 일어——. 그게 무슨 자세야?! 인체가 어디 잘못된 거 아냐?!”

츠키오리 머리를 들어 올린 채로 투명화한 탓에 저공 부상하면서 역동적인 자세로 자는 것처럼 보인다.

“왜 그러세요, 라피스 씨? 그렇게 큰 소리를 내시다니 상스럽다고요. 아무리 놀라는 일이 있더라도 평정을 유지하는 훈련 정도는 해——, 어떻게 저럴 수 있죠?!”

이어서 들어온 레이가 경악하며 비명을 지른다.

“일본인은 자는 동안에도 몸을 혹사해?! 노예 정신의 배리에이션이 너무 풍부하지 않나?! 노동이라는 개념이 국가 기술화한 거야?!”

“아, 아뇨. 이 경우는 사쿠라 씨가 특별하다고 해야 하나. 익스트림 스포츠의 일종이라고 할지, 잘 때에도 자기 자신을 몰아붙이는 거죠. 말하자면 익스트림 슬립……?”

“익스트림 슬립?!”

시끄럽게 떠드는 둘 앞에서 나는 필사적으로 츠키오리를 받친다.

큰일 났다. 지금 여기서 들키면 츠키오리가 남자를 끌어들인 줄 알겠지. 뒤늦게 모습을 드러내도 착각하지 않게끔 수습할 자신이 없다. 츠키오리와 내가 그렇고 그런 관계인 줄 알면 다 끝이다. 어떻게든 얼버무려서 이 방을 탈출하는 수밖에!

둘이 눈을 피하는 사이 즉시 츠키오리의 머리를 삭 내려놓았다.

"라피스 씨, 사쿠라 씨 머리가 중력을 떠올린 모양이에요. 그냥 각도 문제로 이상해 보였던 걸 수도 있고요."

"아, 정말이네. 뭐야, 잘못 본 거구나."

내가 벽에 들러붙자 라피스와 레이는 둘이서 방으로 들어온다.

"자, 사쿠라, 일어나. 같이 밥 먹으러 가야지."

라피스가 흔들자 츠키오리는 나른하다는 듯 몸을 일으키더니 기지개를 켠다.

"……어라, 히이로는?"

"오라버니? 왔을 때부터 지금까지 그림자 하나 못 봤는데요?"

"아까 히이로가 자는 걸 덮치러 왔는데……, 꿈인가."

"바, 바보야. 히이로는 그런 짓 안 해. 착하거든. 강제하는 걸 가장 꺼리는 타입 아닌가?"

"라피스 씨가 가꾸는 꽃밭 속에서 오라버니는 그런 인상인가요?"

레이는 싱긋 웃는다.

"오라버니는 오히려 행동파라서요. 만약 진심으로 사랑하는 상대가 생기면 가차 없이 가지려 드는 심성의 소유자 아닐까요? 전 이미 여러 번 도움을 받았거든요."

"히이로가 행동력 있는 건 당연히 알아. 하지만 연애 관계에서는 오히려 늦되잖아. 먼저 나서지 않으면 아무것도 안 하거든."

뺨을 붉힌 라피스는 눈을 내리떴고, 츠키오리는 하품한다.

"그럼 라피스는 히이로를 함락하기 위해 적극적으로 나설 거라 이거야?"

"엥, 뭐, 뭐가? 무, 무슨 소리야? 무, 무슨 말인지 모르겠는데? 나, 나랑 히이로는 라이벌 관계고……. 그, 그 이상도 이하도 아닐…… 거야."

라피스는 서서히 목부터 뺨까지 빨개져 간다. 그 옆에서 헛기침한 레이는 가슴 앞에서 두 손을 꼭 움켜쥔다.

"저는 오라버니에게 은혜를 갚고 싶어요. 이 감정이 뭔지는 모르겠지만……. 처음으로 남에게 이런 감정을 느꼈어요."

그 후로도 세 여자는 내가 어쩌니 어쩌니 하는 이야기를 이어간다.

30분이 지나도 산죠 히이로를 주제로 한 걸즈 토크는 술술 이어졌다. 두 손으로 입을 가린 채로 절망에 눈을 크게 뜬 나는 전후좌우로 바들바들 무릎을 떤다.

우와……. 내 호감도, 너무 높은데……?

재잘재잘 내가 어떻게 구해줬느니, 내가 좋아하는 게 어떠니, 내가 뭐 뭐를 했다느니. 쏼라쏼라쏼라쏼라쏼라쏼라. 끝없는 순환선처럼 셋은 산죠 히이로 이야기를 계속 이어간다.

절망감은 커진다.

천장을 본 나는 오열을 필사적으로 참으며 계속 울고 있었다.

어, 얼마나……. 얼마나, 난, 호감도를 낮춰야 하는 거지……. 알려줘, 백합의 신……. 이제, 나는 어떡해야 해……?

"아, 슬슬 식사나 하러 갈까."

츠키오리는 그렇게 말했고 나는 희망을 느끼며 표정을 밝게 했다.

겨우 해방되는──.

"나머지는 가게에서 하죠."

나머지는 싸가세요! 처럼 경쾌한 멘트에 내 정신과 존엄이 산산이 부서진다.

"오라버니도 부를까요? 이럴 때는 어째서인지 절대 안 오는데, 사랑하는 여동생인 제가 다급하게 소리치면 올 거예요."

들뜬 기색으로 레이는 주저 없이 나에게 연락했고──, 내 눈앞에 윈도우가 펼쳐지며 무식하게 큰 수신음이 방 안을 쩌렁쩌렁 울렸다.

"………어?"

얼굴을 새빨갛게 붉힌 라피스가 삐걱거리는 로봇 같은 동작으로 고개를 돌린다. 그 시선에 체념한 나는 모습을 슥 드러냈다.

"………아, 안녕."

라피스의 두 눈에 눈물이 맺히고, 레이는 빨개진 얼굴을 두 손으로 가리고, 츠키오리는 아랑곳하지 않고 하품 중이다.

억지웃음을 띤 나는 그 옆을 지나 살며시 방 밖으로 나갔다.

"죽어어어어어어어어어어어어어어어어어어어어어어어어어어어어어! 그냥 나 죽을래애애애애애애애애애애애애애애애애애애

애애애애애애애애애애애!"

"……………이, 이제 오라버니 얼굴은 못 봐요."

"뭐야, 역시 덮치러 왔구나. 꿈이 아니었네."

방 안에서 요란한 소리가 들린다. 나는 광학 위장으로 내 존재를 지우고 모든 걸 기억에서 지우며 아직 보지 못한 내일로 달려나갔다.

다음 날 방과 후, 하늘은 맑고 화창했다.

오더메이드 정장을 입은 나는 변장한 히즈미를 데리고 마천루처럼 높게 솟아오른 빌딩 앞에 선다.

마법 결사 퀼리아하이츠. 주변을 에워싼 빌딩 중에서도 유독 눈에 띄는 전면이 유리로 된 사무실이다.

높게 솟아오른 건물을 앞에 두고 나는 넥타이를 느슨하게 푼다.

"갈까."

"행동 개시."

히즈미는 이어폰 마이크에 속삭였고——, 나는 천재 마법사 크리스 에세 아이즈벨트가 기다리는 빌딩 안으로 들어갔다.

*

신성 백합 제국 거점.

내 지시대로 수정궁처럼 쓸데없이 높기만 한 건 철거되고, 그 터에는 호수 위의 가옥만 덜렁 남아 있다.

그 집 안에서 꿈틀거리는 그림자는 일곱 개.

소파에는 세 인외(人外), 또 다른 쪽에는 다른 의미로 인간을 벗어난 셋이 있다.

앉기 불편한 옥좌에는 내가 앉았다(3인용 소파를 두 개 준비함으로써 양쪽에서 백합을 관측할 수 있는 황제석(베스트 포지션)).

소파 위에서 각자 따로 노는 그녀들 앞에는 회의용으로 도입한 길쭉한 다이닝 테이블이 있다. 잡일 담당으로 임명된 참치 군과 가다랑어 짱이 옆에 있는 부엌에서 부지런히 야식을 만드는 중이다.

“그럼 정기 회의를 시작하겠는데…… 산죠 히이로, 내가 진행해도 돼? 실피에르 님에게 시키는 것보다 아랫사람인 내가 잡일을 맡는 게 나을 것 같고.”

“신경 쓸 필요 없어요, 루리. 교주님은 우리나 당신들 모두 평등하다고 단단히 일러두셨거든요. 이번 일로 우리는 당신을 포함한 인간을 재평가했으니 괜히 배려할 거 없어요.”

“아뇨, 뭘.”

힐끗 눈길을 보내는 히즈미의 모습에 나는 고개를 끄덕인다.

“히즈미, 너한테 맡길게. 신뢰하니까. 네가 비서로 있어 주면 안심이 돼.”

“그, 그래……. 뭐, 그럼, 하겠는데…….”

머리를 쓸어 올린 그녀는 윈도우를 띄운다.

커다란 화면이 표시되고, 펜형 매직 디바이스를 든 히즈미가 술술 거기 뭔가를 기입한다.

"그럼 신성 백합 제국 정기 회의를 시작합니다. 황제 산쇼 히이로의 제안으로 정기 회의는 여섯 간부에게서 의제를 접수한 뒤 그걸 해결하는 자리로 하겠습니다."

"와—. 교님, 드디어 황제님이 된 거 아니에요? 대박—."

"안녕하십니까, 황제 산쇼 히이로입니다. 독재 백합 정권을 밀어붙이기로 했습니다."

눈을 매섭게 뜨자 리이나는 짝짝, 하고 박수를 보낸다.

"에헤헤……, 리이나의 교주님은 너무너무 멋져……!"

"얼굴 짜증 나. 얼굴 소름. 얼굴 심각해."

"하이네 님, 교주는 한번 기를 죽여놓으면 꽤 오래 그러고 있어. 라임 있는 욕으로 연속타를 날리지 마."

시끄러운 환대에 다리를 꼰 나는 멋진 표정으로 한 손을 들어 올린다.

"계속해 줘, 히즈미(부릅)."

"…………."

"나댔습니다. 죄송합니다(부르읍)."

헛기침으로 자리의 분위기를 원래대로 돌려놓은 히즈미는 또박또박 글자를 써넣는다.

무릎 위에 노트북을 펼쳐 놓은 루비의 다섯 손가락이 연체동물의 다리처럼 자유자재로 움직였고, 터치 타이핑으로 히즈미의 빠른 기입을 따라간다.

아무래도 자진해서 서기를 맡은 모양이다.

"최우선 의제는 담당 업무 정하기네. 간단히 말하자면 누가 뭘 할지. 우선 활동 방침과 그 책임자를 정해야겠어. 그게 없으면 인적 자원 낭비니까. 동질 집단의 퍼포먼스는 보통 낮아지고, 역할과 목적이 없으면 사람은 일하지 않거든."

"아, 알아……. 에헤……. 그거 말이지. 경제 담당, 군사 담당, 외교 담당, 과학 담당……. 그런 거……?"

"리이, 그건 문ㅇ이잖아."

리이나의 나사 빠진 게임 이론을 상대하는 루비가 빠르게 태클을 넣는다.

"하지만 의외로 목적에 맞는 것 같네요. 최소한 그 정도는 정해둬야겠죠. 또 대강 농업 담당, 정보 담당, 교육 담당, 치안 유지 담당 정도는 원하는데."

"국가 규모를 키울 필요가 없다면 교육과 치안 유지는 한동안 필요 없어. 남은 일곱 가지는 우리끼리 담당해야겠지."

"후루루루루루루루루루루루루루루룩! 후룩! 후루룩!"

실피에르와 히즈미의 협의에 끼어들며, 왈라키아가 지로계 라면을 먹는 소리가 울려 퍼진다. 신성 백합 제국에서는 이미 작은 새나 매미 울음소리와 같은 BGM으로『왈라키아가 지로계를 먹는 소리』가 분류됐기 때문에 신경 쓰는 기색 없이 히즈미는 윈도우에 일곱 가지 담당을 기입한다.

"최종 결정권은 교주 겸 황제 겸 산죠 히이로 당신에게 맡기겠지만……, 대강 내가 나눠도 될까?"

내가 고개를 끄덕이자 진행자는 각각 이름을 써넣어 갔다.

국정 보좌: 시이나 리이나

군사 담당: 왈라키아 체페슈

경제/외교 담당: 히즈미 루리

과학 담당: 루비 올리엣

농업 담당: 하이네 스컬페이스

정보 담당: 실피에르 디아블로트

"……하이네랑 왈라키아가 바뀐 거 아냐?"

"아—, 교님. 설마 저를 먹보 캐릭터처럼 보는 건 아니죠?! 념해—! 먹보 캐릭터가 농업을 담당해야 한다는 건 전대 히어로 옐로는 카레를 좋아한다급으로 편견 어린 차별 대응이거든요?!"

"흐읍?! 국물! 아까부터 따끈따끈한 국물이 뜨거운 팬처럼 튀어——."

내 눈에 국물 방울이 홀인원 해서 나는 두 손으로 눈가를 가리며 계속 나뒹군다.

"눈, 내 누운~!"

"아하하! 교님, 지ㅇ리 작품의 명대사잖아! 지ㅇ리 명대사!"

"장난하지 말고 조금 더 황제답게 굴어, 당신……."

복슬복슬한 파자마를 입고 지로계 라멘을 흡입하는 괴물로 변한 왈라키아는 폭소하면서 나를 가리켰고, 히즈미가 어이없어한다.

가다랑어 짱이 바르르 떨면서 그녀에게 세 번째 지로계 라멘을 건넸다.

"와—! 왈라는 라멘이 너무 좋아!"

"교주는 모르겠지만, 왈라키아 님은 전투에 있어서는 천재일걸요?"

"진지하게 하는 소리야? 지로리안의 괴롭힘에 굴복해 걸쭉한 라멘 국물처럼 뇌가 녹아 버린 거면, 이 교주님이 피해 상담창구라도 하나 차려줄게."

루비, 리이나, 히즈미는 얼굴을 마주 보고는 고개를 끄덕였고 실피에르 역시 수긍한다.

"전술, 전략적인 관점까지 그녀의 재능이 미칠지는 모르겠지만 저희 셋이 정면에서 부딪히면 왈라키아가 압승하겠죠."

"실피에르보다 강하다고?! 이 성질 나쁜 라멘 마니아가?! 아름다운 유성을 보며 채소 듬뿍 비계 듬뿍 육수 엄청 진하게를 세 번 빌 만한 여자가?!"

"왠지 욕처럼 들리는데 기름기가 뇌까지 퍼져서 잘 모르겠으니까 용서할게요—!"

천지 뒤집기(라멘 위에 올라간 채소와 면을 바꾸는 지로리안의 기본 기술)를 시도하는 뱀파이어 로드는 튄 수프를 젓가락 끝으로 막고, 복슬복슬 파자마에 얼룩이 배지 않게 식사를 이어간다.

"다만 집단전이라면 하이네에게도 승산이 있어요. 수단을 가리지 않는다면 제가 이길 수도 있고요. 힘의 밸런스를 보면 그렇긴 한데, 힘으로만 따지면 왈라키아만 못해요."

실피에르가 정리한 평론에 리이나는 불안한 듯 표정을 흐린다.

"하, 하지만, 루리……. 왈라키아 님은 분명 강하지만…… 저, 전술 면으로 보면 하이네 님이 낫지 않아……?"

“…………..”

“히즈미 얼굴에 『하지만 왈라키아를 농업 담당으로 할 수는 없다』라고 쓰여 있어. 식료 창고가 전부 자가제 수타면으로 꽉 찰 테니까.”

“이래 봬도 나 목숨 다루는 건 잘해. 리치 킹이니까 삶과 죽음을 다루는 건 나한테 맡겨. 브이.”

하이네는 무표정하게 브이 사인을 한다.

“그럼 다른 의견이 없으면 결정인 걸로.”

이렇게 해서 여섯 보직이 결정됐다.

이어서 의제는 마신교의 계급제로 넘어간다.

“아아, 그 『검은 고양이』인지 뭔지……. 사역마를 모델로 한 계급제랬나. 분명 삼계급인데 이빌(악령), 까마귀(孤鳥, 고조), 캣(흑묘) 맞지? 너희 셋은 캣이랬나?”

셋은 고개를 끄덕였고 히즈미가 입을 연다.

“솔직히 말해 이 계급제는 신성 백합 제국에 필요 없다고 봐. 이 여섯 명에게 계급을 줘 봤자 의미도 없고. 한동안은 폐지해도 되지 않을까?”

“루리에게 동의해. 쓸데없는 건 착착 잘라 나가자.”

루비를 포함한 전원이 찬성했고, 알스하리야파에서는 일시적으로 계급제가 폐지된다.

바로 다음 의제로, 차후의 방침으로 이야기가 넘어간다.

“우, 우선 교주님 말처럼…… 발전시킨 건축물은 해체하고 유닛도 마력으로 돌려놨고 점거했던 땅은 해방했는데……. 에헤헤……, 그만한 돈과 마력이 단숨에 돌아와서…… 국고에 엄청난 일이…….”

내 앞으로 윈도우가 날아온다.

부, 분명 이건 엄청나긴 하군. 0에서부터 시작하길 바라긴 했지만 이렇게 0이 많아지길 바랐던 건 아니다.

“근데 이 돈은 어쩌지?”

히즈미의 질문에 나는 생각했던 답을 돌려준다.

“생각 없이 흘러가는 대로 살다가 행적을 화려하게 장식하면, 그 끝에 있는 건 파멸뿐이야. 돈 쓰는 법도 모르는 아마추어가 돈을 함부로 다뤘다가 지옥에 떨어지는 건 역사상의 졸부들이 대변하잖아. 너무 눈에 띄면 다른 마인들이 동시에 깨어나서 다면적으로 공격받을 수도 있고, 최악의 경우 마신이 각성해서 게임오버야.”

실제로 에스코에는 마신 각성 조건이 존재한다.

그 각성 조건은 다방면에 걸쳐 있지만, 똑똑히 알 수 있는 건 녀석이 세상을 바꿀 만한 선행을 그냥 넘기지 않으리라는 것이다.

예를 들어 내가 이 돈을 써서 세계평화를 이룩하려 하면…… 틀림없이 마신이 깨어날 것이며, 우리는 속수무책으로 전멸하겠지.

“이거 원, 정답이야.”

웬일로 모습을 드러낸 알스하리야가 공중에서 다리를 꼬더니 하품한다.

“너는 희대의 바보니까 충고해 주려고 했는데, 자기 능력이

미치지 못하는 영역에 있는 것까지 전부 구하려 들지 마. 그건 그냥 야만적인 우행이라고 불리는 거고, 과거 영웅이라 불리며 칭송받던 바보들이 이른 파멸의 길이지. 민중의 뜻에 놀아나다가 비참하게 죽기 싫으면 자기가 구할 수 있는 것과 구할 수 없는 정도는 구별해."

"너 같은 게 알려주지 않아도 그 정도는 알아. 바보야, 죽어!"

"글쎄다."

쓰게 웃은 알스하리야는 모습을 감추었고, 나는 다시 공언한다.

"그 돈과 마력은 앞으로 국가를 운영하는 데 쓰자. 다만 쓸 때는 쓴다. 어디까지나 내 능력이 미치는 범위에서."

그래, 내 능력이 미치는 범위. 즉 츠키오리 사쿠라에 의한 해피엔딩, 오로지 백합이 만발한 화원을 위해서 쓸 것이다.

그 이상은 월권행위다. 적어도 나는 그렇게 생각하며, 알스하리야 말처럼 야만과 용기를 혼동해서는 안 된다.

뭐, 지금으로선 말이다.

"다행이다. 다른 마인을 깨워서 전면 공세에 나선다거나, 전 세계의 백합을 구하겠다는 말도 안 되는 공상을 늘어두지 않을까 걱정했거든."

내가 입을 다물자 얼굴을 찌푸린 히즈미는 고개를 가로젓는다.

"그러지 마……, 진짜로……."

"농담이야. 괜찮아, 충분히 알아. 적당한 때가 올 때까지 느슨하게 국가를 운영해 나가자. 아마 이 힘이 필요한 때가 올 테니까."

나는 씩 웃는다.

"다만 그때가 생각보다 일찍 올 수도 있지만."

"……무슨 소리야?"

나는 이야기를 시작했고――, 한숨을 내쉰 히즈미는 미간을 눌렀다.

*

마법 결사란 한 가지 목적과 이념을 바탕으로 모인 마법사들이 형성한 집단을 가리킨다.

그 목적이란 고결한 것부터 저속한 것까지 복잡하게 나뉜다.

퀼리아하이츠 같은 일류 마법 결사는 훌륭한 하나의 기업으로 경영되며, 경제적 이익을 서서히 키워 나가고 있다.

그들의 목적인 『마법사의 이미지를 개념화해 보편적 구조체를 만든다』의 부산물을 상품화해 판매함으로써 이익을 얻는 것이다.

『마법사의 이미지를 개념화해 보편적 구조체를 만든다』.

요약하자면 퀼리아하이츠는 마법사의 이미지를 콘솔로 만들어 누구든 쓸 수 있게 하려는 거다.

예를 들어 나의 광검은 일반적인 일본도를 참고로 해서 구축했다.

길이는 70cm, 자루 쪽의 날폭 3.2cm, 끝부분의 날폭 2.1cm로 정의되며, 도신 두께에 전체적인 부피까지 호죠 마법 학원 대도서관(아카이브)을 참고해서 만들었다.

지식도 경험도 없는 어디 사는 누군가가 나와 똑같이 광검을 구축하려 한다면, 이미지를 만드는 데 몇 주일은 걸리겠지.

거기서 안정시키는 데 또 몇 주, 생성 속도를 높이려면 또 몇 주.

까딱 잘못하면 나와 그 누군가의 재능이 너무 동떨어져서 나와 같은 광검을 뇌 내에 구축하는 데 몇십 년은 걸릴 수도 있다.

하지만 그 이미지를 통째로 콘솔화해서 마력을 흘려 넣음으로써 실현할 수 있다면 어떨까——. 습득 기간은 고작 몇 초면 된다.

퀼리아하이츠는 마법의 전제를 뒤엎을 만한 물건을 만들려 하고 있다.

퀼리아하이츠의 높으신 분은 그걸 실현하기 위해 고액의 계약금을 주고 크리스 에세 아이즈벨트를 스카우트했다. 그녀는 그것을 받아들였고 결사와 개인은 뜨거운 악수를 나누었다.

그런 악수 사이에 끼어들고자 퀼리아하이츠에 발을 들인 나는 유리로 된 응접실에서 누군가를 애타게 기다리고 있었다.

가죽 소파에 앉아 어깨를 들썩이면서 크리스가 다가오는 걸 바라본다.

그녀는 들어오자마자 마력을 방출했다.

"이곳은 쓰레기 수거장이 아니야. 남자가 뭐 하러 온 거지?"

"일단 앉아."

"뭐 하러 왔냐고, 스코어 0 주제에?! 너 같은 놈이 부르는데 웃는 얼굴로 맞으며 차를 마시고 화기애애하게 수다라도 떨 줄——."

히즈미는 힘껏 테이블에 아타셰케이스를 내려놓는다.

움찔한 크리스는 숨을 집어삼킨다.

나는 그 케이스를 발로 걷어차서 열었고——, 대량의 지폐를 보여줬다. 크리스는 경악하며 동작을 멈췄다.

"뭐 하러 왔냐고?"

나는 비웃음을 띠며 두 손을 소파에 얹고 다리를 꼰다.

"즐거운 교섭이지. 금전이라는 이름의 친구들을 데리고 가장 효율적인 해결법을 제시하러 왔어. 산죠가 도련님이 아이즈벨트가의 아가씨와 핸드셰이크를 나누기 위해 친히 와 주신 거거든?"

미소를 띤 나는 그녀에게 오른손을 내밀었다.

"우선 손님에게 명함부터 줘. 사회적 매너는 알잖아?"

멍하니 서 있기만 한 그녀에게 나는 웃으며 재촉한다.

"지난번에는 무심코 찢었으니까. 성가신 일을 좋아하는 사람은 없겠지만, 다시 한번 첫 만남부터 재현해 보자. 그러니까——."

여전히 웃는 얼굴로 나는 그녀를 노려보며 속삭였다.

"앉아."

핏기가 가신 크리스는 천천히 앉는다.

크리스 에세 아이즈벨트는 교섭의 자리에 앉았고, 나는 조용히 머리를 회전시켰다.

교섭은 시작 전에 결과가 보여야 한다.

서로의 타협점을 그 자리에서 찾는 건 사전 준비를 게을리한 멍청이들이 하는 짓이다. 차후의 관계성을 고려하지 않는다면, 적극적으로 나선 쪽이 일방적으로 승리하는 게 교섭의 본질.

먼저 나선 쪽이 손해를 보는 교섭은 틀림없이 교섭 방법이 잘못된 것이다.

교섭을 시도한 쪽이 실패하는 건 준비와 판단이 부족하다는 증거이며, 교섭이 실패할 수 있는데 시도하는 건 삼류나 하는 짓이다.

그게 바로 히즈미의 주장이다.

본래 교섭이란 서로 윈-윈으로 끝내는 것.

하지만 그건 어디까지나 장래를 생각한 기업 간의 관계 구축일 경우다. 이번 케이스에서는 고려할 필요가 없으며 나는 압도적인 우위성을 얻은 상태다.

내 앞에서, 크리스 에세 아이즈벨트는 벌거숭이니까.

모든 걸 꿰고 있으며 뭘 어떻게 흔들면 그녀가 넘어오는지, 일거수일투족까지 미래가 보인다.

단적으로 말하면 크리스는 허를 찔린 것이다.

스코어 0짜리 하급남이 먼저 나설 줄은 생각도 못 했겠지.

바로 얼마 전 갈비뼈가 부러진 약자가, 엎어져서 땅을 기던 겁쟁이가, 안중에도 없던 애송이가.

웃는 얼굴로 자기 손을 잡고 달콤한 말을 속삭이고 나락의 구렁텅이로 끌어내리려 하고 있으니까.

늘 위에 섰던 그녀는 아래에서 치고 올라오는 것에 익숙하지 않다.

발판처럼 짓밟아 왔던 남자가 그 발밑에서 마수를 뻗쳐 자기 발목을 잡아당기는 사태를 예상했을 리 없다.

정신없이 흔들린다.

그녀의 세상에 존재하지 않았던 장애물과 아타셰케이스 안에 있는 돈다발에 정신이 흔들려, 끝내 남자의 명령에 따라 소파에 앉았다.

그녀의 두 눈이 흔들리고 있다.

그 동요가 말 그대로 그녀의 속내를 드러냈다.

──이 녀석, 뭐지?

나는 다리를 꼰 채로 몸짓 손짓으로 우위성을 드러낸다. 때에 따라서는 말보다 동작이 더 강한 뜻을 가진다.

그렇기에 나는 위엄 있는 지폐 다발 앞에서 히죽히죽 계속 웃었다.

"뭐야, 아가씨답게 많이 얌전해졌네. 남의 갈비뼈를 부러뜨린 후로 가치관이 바뀌기라도 한 거야? 지난번까지는 다리를 꼬고 나를 얕잡아봤는데……. 지금은 완전히 입장이 바뀌어서 상하역전, 내가 위고 네가 아래네. 재미없는 광경인걸. 이런 걸 절경이라고, 우물 안에서 천하를 꿈꾸며 만족한 건가?"

"내가 위고 네가 아래야! 주제를 알아라, 천한 놈!"

격앙한 크리스는 벌떡 일어났고 나는 쓰게 웃었다.

"멋진 아가씨와 떠드니까 즐거운걸. 감정이 풍부한 게 매력적이야. 흐리멍덩한 네 눈동자에 돈다발로 건배라도 할까? 슬슬 눈치 파악 좀 해. 미래를 생각해야지."

"미친놈! 힘으로 못 당한다는 걸 알고 돈으로 사람을 협박할 셈이냐?! 비겁한 놈! 정정당당히 정면에서 맞설 기개 하나 없는 쓰레기!"

"그만 좀 웃겨, 허접 레이디."

나는『위』에서 그녀를 올려다본다.

"지금까지 돈의 힘으로 사람을 마구 짓밟아 온 게 어디 사는 누구더라? 먼저 때려놓고 반격 못 할 줄 아는 거야? 정정당당히 정면에서 돈으로 승부해 주겠다잖아……. 얼른 앉아."

나는 압력을 가하듯이 그녀를 노려보았고 겁먹은 그녀의 두 눈이 흔들린다.

그녀는 신음하면서 다시 앉는다.

"단도직입적으로 묻지."

나는 그녀에게 속삭인다.

"왜 너를 진심으로 모시던 메이드들을 해고했어?"

"…………."

"대답해."

"거슬려서."

그녀는 웃으면서 속삭인다.

"내 패도(覇道)에 장애물이 있길래 옆으로 치웠을 뿐이야. 뭐 잘못인가? 나는 크리스 에세 아이즈벨트. 길거리에 놓인 쓸모없는 돌멩이를 걷어차는 게 무슨 잘못이라고. 놈들은 아무 짓도 안 했지만 나한테 공헌한 것도 없어. 쓸모없는 걸 없애는 게 왜 잘못이지. 가끔 환기를 시켜줘야 공기가 맑을 거 아냐. 내가 거슬린다는 판단하에 해고한 거고, 내가 거슬린다고 판단했으면 물러나는 게 도리야. 이유는 그 이상도 그 이하도 아니야."

"그럼 네 여동생은?"

순간 크리스의 두 눈에 거무칙칙한 감정이 깃든다.

"그게 아이즈벨트가에 존재하는 것 자체를 못 견디겠어. 하급

중에서도 하급인 실패작. 그 메이드들보다 하급인 쓰레기야. 고용인만 못한 인간이 아이즈벨트라는 이름을 쓰고 실실 웃으면서 살아 있다는 데 증오를 느껴."

"솔직하군. 네가 조금 좋아졌어."

"너 같은 게 좋아한다고 기뻐할 것 같아?"

나는 입꼬리를 올렸다.

"다만 네가 한 짓은 내 정의에 어긋나. 네 트집에 길거리를 헤맨 메이드들은 손상된 긍지 때문에 본인을 탓하며 울었어. 자기가 평생에 걸쳐 익힌 기술은 의미를 잃었고, 그중에는 그 혼란 속에서 연인을 잃은 사람도 있어. 뮤르 에세 아이즈벨트는 사랑하는 언니에게 사랑받기 위해 계속 노력 중이고 그 기대는 매번 배신당하지. 그래도 실실 웃는 길을 택하며 지금도 열심히 살고 있어."

정면에서 나는 그녀를 바라본다.

"네 눈에는 그들이 거슬리는 돌멩이 같을 수도 있지만, 그들이 보기에는 너야말로 길을 막아서는 성가신 벽 중 하나야. 너는 네가 걷어찬 돌멩이가 어디로 날아가는지 생각해 본 적 있어?"

"…………."

"나는 봐서 알지."

그녀 앞에서 돌멩이인 나는 미소를 띤다.

"뮤르는 너보다 몇억 배는 강해."

"웃기지 마……."

크리스가 친 응접용 테이블이 날아가고 조각이 내 뺨을 스치고 지나가 벽에 꽂힌다.

"웃기지 마! 그딴 쓰레기가! 마법 하나 못 쓸 법한 실패작이! 나보다 뛰어나다고?! 무슨 근거로 헛소리를 하는 거야?! 어디 말해봐, 스코어 0!"

"말했잖아."

나는 웃는다.

"이미 보고 왔어."

"아무 통찰력도 없는 옹이구멍 같은 눈으로 허무한 꿈이라도 꾸고 왔어? 이 밑바닥 인생……!"

"아무쪼록 기대해. 뮤르 에세 아이즈벨트가 빛날 때를. 언젠가 너는 보게 될 거야."

나는 그녀와 서로를 바라본다.

"반드시 가짜가 진품을 능가하는 때가 올걸."

크리스는 꽉 움켜쥔 주먹을 떨면서 증오와 격노가 담긴 눈으로 나를 바라본다.

"미안, 나도 모르게 주절거렸네. 슬슬 본론으로 들어갈까."

히즈미는 계약서 한 장을 슥 크리스에게 내밀었다.

"……이게 뭐야?"

"왜 그래, 옹이구멍. 보면 모르겠어? 그냥 A4 용지야."

짙은 살의를 띠며 번뜩이는 눈이 나를 노려보았고 나는 두 팔을 들며 만세 자세를 취했다.

"계약서야. 내가 너를 고용할게."

눈을 크게 뜬 크리스는 순식간에 온몸으로 살의를 뿜어냈고 매직 디바이스 쪽으로 손을 뻗었으나——, 나는 그 팔을 붙들었다.

“이봐, 그만해. 지금의 난 너를 이기지 못하고 죽을걸. 이런 데서 나를 죽이면 아무리 우수한 너라도 반성문 한 장으로는 안 끝나. 아직 만난 지 얼마 되지도 않았잖아. 지금 손을 잡고 우호를 다지는 것도 좋겠지만, 그건 차후를 기대해 보자고.”

“이 쓰레기……!”

대치하는 의지와 의지, 그 사이에서 나는 중얼거렸다.

“왼손으로 사인해. 아니면 내가 퀼리아하이츠를 매수해서 너를 메이드들과 똑같이 거리에 나앉게 해 주겠어.”

놀란 크리스가 나를 쳐다봤고 나는 입꼬리를 들어 올렸다.

“농담도 정도껏 해, 이 추한 사기꾼아. 산죠가가 그만한 재산을 너한테 줄 리 없잖아. 이 아타셰케이스에 든 돈도 어차피 그냥 허상일 게 뻔해. 분가놈들에게 돈을 빌려서 그 알량한 자존심 때문에 나를 속이려고——.”

“입금해. 현시점까지 바꾼 몫이면 되니까.”

나는 이어폰 마이크에 대고 속삭였고 히즈미는 윈도우를 켰다. 표시된 신규 계좌의 잔액을 보고 크리스는 와들와들 몸을 떨었다.

“위, 위조야……!”

“히즈미.”

한숨을 내쉰 히즈미는 이어폰 마이크에 지시를 내린다. 대기 중이던 루비와 리이나가 대량의 아타셰케이스를 가져왔고, 솜씨 좋게 하나하나 열어나간다. 그 내용물을 확인할 때마다 크리스의 떨림이 커졌다.

"개, 개인이! 평범한 학생이, 이만한 돈을 어떻게 얻어! 가짜야! 위조라고! 너 같은 허접쓰레기가 얻을 만한 액수가 아니야!"

"한 장 한 장 꼼꼼히 보게 해 줄까? 위조인지 아닌지 은행 입출금 내역을 보여주면 만족하겠어? 지점장이라도 불러다 야무지게 설명까지 들어야 이 상황을 이해하고 받아들이겠어?"

"마, 말도 안 돼……. 개, 개인이 퀼리아하이츠를 매수한다니……. 오, 오너가 인정할 리 없어……."

"글쎄다."

나는 크리스의 팔을 계속 붙든 채로 미소 짓는다.

"남자인 내가 이 응접실까지 걸어온 시점에서 웬만한 트러블은 해결된 거 아닐까? 영리단체가 된다는 건 결국 돈의 마력에 굴복한다는 뜻이야. 순수한 마법 결사라면 목적과 이념을 위해 다소의 돈으로는 꼼짝하지 않겠지만, 네가 근무하는 이곳은 널린 기업들과 똑같이 그럴싸한 법령과 경영 위기 방지를 내세우며 돌아가고 있지. 살짝 찌르면 수상쩍은 게 한둘쯤 툭툭 쏟아지는 곳이다 이거야."

"혀, 협박하려는 거야?!"

"협박? 너무하네."

나는 만면의 미소를 띠고 속삭였다.

"실행으로 옮겨서 너를 파멸시킬 셈이야. 네가 내 친구로서 의뢰를 받아주지 않는다면."

"이런 짓을 해서……. 이런 짓을 해서 뭐가 달라진다고…….

네가 볼 이익이 뭔데……. 이렇게까지, 나를 적으로 돌려서, 너한테 무슨 이득이 있는데……?!"

"다 이득이지."

나는 히죽 웃는다.

"여자는 여자와 행복해지면 돼. 방해하는 녀석이 있다면 확대형 쓰레기 배출 장소에 처박아 버려야지. 그러면 속이 시원한 게 잠도 잘 오거든. 미안하지만 내 숙면을 위해 희생해 줘."

"제, 제정신이야, 너……? 남을 위해, 뭘 그렇게까지……?"

"남을 위한 게 아니야."

나는 웃으면서 잡은 팔에 힘을 싣는다.

"백합을 위한 거지."

"마……."

힘없이 크리스는 축 늘어진다.

"망할…… 놈……."

힘이 빠진 그녀는 느릿느릿 그 자리에서 무릎을 꿇었다.

몇 분 후, 겨우 이성을 되찾은 크리스는 글을 잘 읽지도 않고 사인했다. 떠나갈 때 나를 칙칙한 증오와 함께 노려본다.

"반드시…… 널…… 죽이겠어……."

"좋은데~! 실행까지는 못 가는 네 허언은 아주 듣기 좋아~!"

완벽한 적의에 박수를 보내자 이를 악문 크리스가 나갔다.

그녀의 모습이 사라지자마자 히즈미는 "하아~" 하고 한숨을 내쉬더니 소파에 축 늘어진다.

"주, 죽는 줄 알았네……. 다, 당신, 말 좀 가려서 해. 마력 탐지 보안 게이트에 걸리니까 무슨 일이 생겨도 다른 분들은 못 구하러 오셨거든?"

"리이나, 루비, 이것 좀 봐! 완전 높아! 엄청 먼 곳까지 보여! 이얏호오오오!"

"와……. 저, 정말이야……. 에헤헤, 굉장해. 하늘이 가까워 보여……!"

"카메라를 가져올 걸 그랬나? 요즘 새로운 디지털카메라를 갖고 싶어서 카탈로그를 보는 중인데."

"갑자기 관광 기분 내지 마. 정신적으로 지친 건 나 하나라니, 뭐야? 짧은 기간 내에 퀼리아하이츠 매수 교섭이 끝날 리 없으니까 처음부터 끝까지 그냥 허세였다는 건 알지?"

"그런 건 크리스도 충분히 알걸. 게다가 이 녀석들이라면 뭔가 그와 근접한 일을 저지를 수 있다고 생각하게 만든 우리 승리야."

응접실 벽은 방음인지 사무실에서 일하는 사원은 소란을 피우는 우리에게 눈길도 주지 않았다.

적대지 관광과 기념 촬영을 마친 후, 엘리베이터를 타고 아래층으로 내려간다.

"근데 그 계약서에 뭐라고 쓴 거야?"

"히즈미라면 알잖아."

히즈미는 쓰게 웃는다.

“『신입생 환영회 경비 의뢰』 같은 거?”

나는 휘파람을 불었고 그걸 따라 한 리이나 입술에서 “휘익—휘익—” 하고 공기가 새어 나온다.

“정말 짓궂은 생각을 다 하네. 굳이 협박까지 해가며 짓밟으려 했던 환영회의 경비를 맡기려 하다니.”

“크리스가 경비해 주면 아이즈벨트가도 건들지 못할 거라 이득이니까.”

“그 자존심으로 똘똘 뭉친 듯한 크리스 에세 아이즈벨트의 머리가 폭발하는 거 아니야?”

“뭐, 좋은 기회지. 바로 코앞에서 자기가 쫓아낸 메이드들이 일하는 모습과 여동생이 열심히 기획한 환영회를 지켜보면 조금은 느끼는 바도 있지 않을까?”

여전히 쓰게 웃으며 히즈미는 벽에 기댄다.

“글쎄. 근데 그 돈은 정말 전부 크리스한테 줄 거야?”

“시급 1,100엔.”

“뭐?”

윈도우에서 정체 모를 곡선을 확인 중인 루비를 바라보며 나는 속삭인다.

“시급 1,100엔이야. 아이즈벨트가에서 쫓겨난 아이들이 지금 메이드 카페에서 받는 시급이지. 그러니까 같은 금액을 그 녀석 경비 비용으로 줄 거야. 가끔은 아가씨도 돈 귀한 줄 알아야지.”

히즈미는 기쁘다는 듯 웃는다.

“당신, 정말 짓궂구나.”

"참고로 이건 어디 사는 마인의 아이디어도 섞인 거야."

성격 나쁘기로는 단독으로 우리를 능가하는 마인 알스하리야 님께서는 엘리베이터 구석에 둥실둥실 떠 있었다.

"뭐, 하지만 지금부터가 중요해. 이제 이번 일을 두고 내 악평을 퍼뜨려 공적을 츠키오리에게 넘기는 일만 남았어. 크큭, 내 백합 IQ 180이 빛을 발한다!"

"""""…………."""""

"왜 갑자기 고개를 돌리고 입 다무는데?! 응?! 이상하지 않아?! 여기까지 잘 왔으니까 당연히 잘 끝나겠지! 히이로를 믿어 주자고?!"

"또 내가 도와줄——."

"닥쳐, 쓰레기! 지옥 길을 넘어 맨틀까지 데려가는 수가 있다, 어?!"

"교주님이 엘리베이터 구석에 대고 떠들고 있어……. 무서워……."

이렇게 해서 돈의 힘으로 장애물을 하나 없앤 그다음 날——.

"그만해, 바보야아아아아아아아아아아아아아아아아아아아아아아아아아아아아아아아아아아아! 산죠 히이로, 그만하라고오오오오오오오오오오오오오오오오오오오오오오오오오오오오오오오오오오!"

나는 어째서인지 울며 아우성치는 기숙사장을 필사적으로 잡아끌고 있었다.

*

뮤르 루트에서는 그녀의 성장 이야기가 그려지는데, 대체로 마법사로서의 실력이 아니라 인격적인 성장을 다룬다.

초반에 뮤르에게 반감을 품는 플레이어는 그럭저럭 있지만 시나리오가 진행됨에 따라 그녀에게 호감을 품기 시작하는 플레이어도 많다.

그건 즉 그녀가 인간으로서 성장하는 모습을 똑똑히 보았다는 뜻이다.

구시렁거리며 내 옆에 선 뮤르는 울상이었고, 내가 게임에서 본 화려한 차림새와는 전혀 다른 복장이었다.

그녀 앞에 서 있는 건 전 플라움 기숙사생이었던 인물. 과거 뮤르에 의해 가재도구와 함께 기숙사에서 쫓겨난 그녀는, 작은 기숙사장을 원망이 가득 담긴 눈으로 노려봤다.

"사과해요."

내가 뮤르에게 사죄를 재촉하자, 그녀는 힘껏 고개를 들었다.

"바, 바보 같은 소리 마! 왜 내가 사과해야 하는데! 잘못한 건 이 녀석이야! 나는 플라움의 기숙사장이거든?!"

"화족이든 대통령이든 생선을 문 고양이든, 잘못하면 사과하는 게 당연하죠. 자, 사과해요."

물러나지 않는 나를 올려다보고 "으윽……" 하고 뮤르는 이를 악문다.

"왜 내가 네 말을 들어야 하는데! 나는 뮤르 에세 아이즈벨트야! 남자인 네 말을 들을 만큼 몰락하진 않았어!"

"헛수고야, 헛수고."

리본 색을 보아 최상급생인 선배는 답이 없다는 듯 고개를 가로저었다.

"이 녀석이 지금까지 기숙사생을 몇이나 내쫓았는지 알아? 반성할 생각이 전혀 없다니까. 입에 달고 사는 『아이즈벨트가 사람인 내가~』를 시전하며 고개를 젖히면 인생이 자기 뜻대로 흘러간다니까."

"함부로 말하지 마! 네 잘못이야! 나는 그냥, 기숙사장인 나를 잘 모시라고 했을 뿐이야! 생활 태도에 문제가 있어서 지적한 건데 대드니까 내 기숙사에서 쫓아낸 것뿐이라고!"

선배는 어깨를 으쓱했고 나는 한숨을 내쉬었다.

"기숙사장. 계속 그렇게 살면 주변에 아무도 안 남아요."

"……흥, 그런 게 필요할 것 같아?"

뮤르는 고개를 돌리며 중얼거린다.

"고독은 사람에게 힘을 줘. 나는 처음부터 끝까지 고독을 관철할 거야. 주변에 아무도 없는 게 더 편하고, 나는 아이즈벨트가의 막내딸로서 본문을 다해야 해. 그러지 않으면 어머니나 언니도 나를 돌아봐 주지 않는다고."

"하, 그렇게 피해자인 척하는 것도 열받아."

"뭐, 뭐라고! 너, 너—! 한 번 더 그딴 헛소리를 해봐! 글자 하나당 주먹으로 맞을 줄 알아—!"

물에 기름, 그늘에 햇빛, 정반대의 성질이다.

두 사람은 정면에서도 서로를 노려봤고, 나는 뮤르를 번쩍 안아 들었다.

"뭐, 뭐야! 너, 너—! 이, 이거 놔—! 뭐 하는 건데! 내가 누구인 줄 알고!"

버둥버둥, 버둥버둥.

내 품 안에서 날뛰는 기숙사장의 주먹을 피하면서 나는 선배에게 고개를 숙였다.

"언젠가 꼭 본인이 사과하게 할게요. 그때가 오면 다시 플라움으로 돌아와 주지 않으실래요?"

"왜 너 같은 애가 그 녀석을 위해 그렇게까지 하는 거야?"

나는 만면의 미소를 띠었다.

"예쁜 꽃이 피면 다른 사람에게도 보여주고 싶잖아요?"

"내려놔—! 이 무례한 놈—! 좀 높아서 무섭거든—!"

"내가 보기에는 제철이 한참 지나 버린 것 같은데."

쓰게 웃는 선배와 헤어지고 나서 나는 팔을 붕붕 내젓는 기숙사장을 내려놓는다.

부웅부웅부웅부웅부웅부웅……, 팔을 휘저으면서 조금 앞으로 가는 걸 보고 혹시 얘 태엽 감기 인형인가? 했다.

"웃기지 마! 네가 특별 지명자만 아니었다면 내쫓았어!"

"아이고, 죄송합니다~! 예예, 저는 특별 지명자라서 내쫓으면 큰 손해죠~? 예예, 큰소리치는 것도 그만둬 주실래요~?"

"큰소리 떵떵 치면서 협박한 게 누군데! 입술은 왜 내밀어. 열받으니까 하지 마! 눈은 또 어딜 보는 거야! 도발하는 재주 하나는 좋네!"

비스듬히 오른쪽 위를 보면서 빼쭉인 입술 사이로 숨을 내뱉는데, 예정대로 찾아온 츠키오리가 우리를 향해 손을 들어 보인다.

"히이로, 안녕. 지금은 아침이니까 아침 덮치기라고 해야 하나?"

"왜 보자마자 성범죄자 낙인을 찍는데."

츠키오리는 미소 지으며 두 팔을 든다.

"이리 와."

즉시 나는 기숙사장을 밀쳤고, 츠키오리의 두 팔에 작은 체구가 쏙 들어갔다.

"우와, 갑자기 뭐 하는 거야! 이거 놔, 이 변태 민달팽이!"

"옳지, 잘했다. 착하다 착해."

나는 히죽거리며 두 사람의 허그를 바라봤다.

전날 밤, 나는 츠키오리에게 울며 매달려 이번 『당근과 채찍』 작전을 납득시켰다.

기숙사장의 성장을 앞당기기 위해 내가 채찍이 되어 그녀를 나무라면, 츠키오리가 당근이 되어 그녀를 위로한다.

당연한 귀결이지만, 채찍인 나는 미움받고 당근인 츠키오리는 호감을 사겠지.

신성한 당근 빛 비를 맞고 자란 백합은 무럭무럭 자라 언젠가 아름다운 꽃을 피울 것이다. 나는 셀프로 쓰레기통에 몸을 던져 팀에 공헌하는 것이다. 리바운드는 걱정 마시라. 몇 번이든 지옥에 처넣어 줄 테니까.

겸사겸사 기숙사장에게 내 악평을 퍼뜨리면 다른 사람들의 호감도도 내려갈 거다. 기숙사장도 서서히 성장하고, 츠키오리도 그녀와 얽힘으로써 뮤르 루트는 진행된다.

그야말로 일석이조 급의 계획이다.

머리라는 건 말이지……, 이렇게 쓰는 거야.

"츠키오리 사쿠라! 너, 너, 무슨 생각이야!"

츠키오리의 품에서 빠져나온 뮤르는 새빨개진 얼굴로 그녀를 밀친다.

"어, 하지만, 히이로가 부탁해서——."

"자자자아아아아아아아아아아아아아아아아아아아아아아아아아아아아아아아아아아아아아아! 4배다아아!"

나는 허리 위치에서 자세를 취하며 크게 소리친다. 어떻게든 주의를 끌어 얼버무리는 데 성공한다.

가쁜 숨을 내쉬면서 츠키오리에게 손짓한다.

"왜 그래? 갑자기 기를 해방하고."

"아니, 화제를 돌리고 싶을 때는 계○권을 외치면 좋거든. 성공률이 꽤 높아. 그건 그렇고 왜 갑자기 통수를 치는 거야? 깜짝 놀랐잖아. 아주 초속으로 배신하던데. 네 피는 정말 빨간색이냐?"

"응."

"순순히 그렇다고 하면 참 잘했어요 도장을 받는 스테이지는 이미 지난 지 오래야."

평소처럼 내 뻗친 머리를 만지작거리기 시작한 츠키오리의 손을 막는다.

"그만해. 남의 머리털을 가지고 자연 파마하기 놀이는 그만하라고."

"싫어."

"싫어병이 왔을 시기도 이미 지났을 텐데. 어제 내가 울면서 한 설득은 대체 뭔데. 내 눈물 돌려내. 분명 리터 단위로 운 것 같은데."

"하지만 난 재한테 관심 없어. 히이로를 오냐오냐해 주라면 기꺼이 그러겠지만……. 뭐, 의욕이 별로?"

여전히 로테이션을 두고 불만이 많은 주인공이시다.

대체 언제쯤 이 녀석의 연애 스위치가 켜지려나. 켜지기만 하면 24시간 히로인 꽁무니를 쫓아다니는 무적의 츠키오리 사쿠라가 완성될 텐데.

속으로 한탄하는데 기숙사장이 우리 사이로 고개를 쑥 내민다.

"이봐! 둘이서 뭘 속닥거리는 거야! 분위기도 좋네, 눈앞에서 밀회라도 하는 거야?!"

"길거리에서 데이트하는 커플을 봤을 때 『밀회야?!』라고 소리치고 다니세요? 데이트 명소를 밀회 다발 구역이라고 부르시냐고요?"

펄펄 뛰는 기숙사장 앞에서 츠키오리 옆구리를 팔꿈치로 찌르며 작은 소리로 부탁하자 쓰게 웃은 그녀는 "하는 수 없다니까"라고 중얼거린다. 아무래도 작전을 받아들일 마음이 든 모양이다.

우리는 플라움 기숙사장실로 자리를 옮기기로 했다.

"그래서."

기숙사장실 집무용 책상 위에서 어쩐지 쓸쓸한 느낌을 풍기는 2장의 참가 용지를 눈 여섯 개가 내려다본다.

"신입생 환영회가 코앞까지 다가왔는데 왜 참가 용지가 2장인가요?"

"분명 내 카리스마에 끌린 거겠지!"

"아니, 칭찬이 아니라. 방금 그걸 칭찬으로 받아들이는 긍정적인 면에는 좀 끌리네요. 왜 아직 저랑 츠키오리 참가 용지만 있냐고 묻는 거잖아요."

내 뒤로 간 츠키오리는 나에게 붙었다가 떨어지기를 반복하며 정체 모를 놀이를 계속 즐긴다.

그 행위를 무시하고 나는 눈을 돌린 기숙사장을 바라봤다.

"기숙사장, 대답해 주세요."

"모, 몰라……."

나를 힐끗 살피더니 기숙사장은 "흥" 하고 고개를 돌렸다.

"기숙사장, 제 마음은 알프스 고원처럼 넓고 풍요롭고 청정해요. 당신의 죄를 수용할 만한 포용력을 시험해 보고 싶지 않으신가요?"

불안스레 기숙사장은 눈을 치켜뜨고 나를 바라본다.

"녀, 녀석들이 릴리를 험담했어. 실패작을 싸고도는 방패라느니 돈이 목적이라느니. 그러니까 몰래 기다리다가 위에서 확 물을 끼얹었지. 그랬더니 1학년들 사이에서도 내 욕이 퍼져서……. 차, 참가 신청을 취소했어."

혼내기라도 할 줄 알았나?

움찔움찔하던 기숙사장의 머리 위에 나는 살며시 손바닥을 얹었다.

"옳은 일은 아니지만 옳은 일을 했네요."

"……뭐?"

"뭐, 먼저 해를 가한 건 잘못일 수 있지만 소중한 사람을 지키려고 한 건 백합의 관점으로 보면 백 점 만점이에요. 적어도 저는 기쁘게 참 잘했어요 도장을 찍을 거예요. 하지만 기숙사장, 당신은 남들 위에 서야 하는 사람이에요. 직접 손을 더럽히지 마세요."

나는 웃는다.

"그런 건 제가 할 일이에요."

내가 살며시 머리를 쓰다듬자 그녀는 눈을 피했다.

그 반응을 보고 나는 히죽 웃는다.

크큭, 싫어하는 남자가 머리를 쓰다듬으면 상당히 싫다고 하니까. 머리를 쓰다듬는다고 호감도가 상승하는 건 라노벨 주인공쯤 돼야 한다. 기숙사장에게 불쾌감을 주는 건 미안하지만 이번 기회에 단숨에 호감도를 낮추겠어!

나는 손을 뿌리쳐지고, 츠키오리에게 바통을 넘긴다.

이게 바로 베스트 릴리니스트 상을 수상한 내 실력이다! 당근과 채찍 작전의 진수, 그 몸으로 톡톡히 맛보도록 해라! 받아라! 히+츠키 스위치식 당근과 채찍 호감 반전 쓰담!

쓰담!

"…………(여유로운 표정).

쓰담쓰담쓰담쓰담.

"…………(위화감을 느끼기 시작함)."

쓰담쓰담쓰담쓰담

"…………(땀을 흘리기 시작함)."

쓰담쓰담쓰담쓰담

"…………(얼굴이 일그러짐)."

쓰담쓰담쓰담쓰담

"…………(괴로움에 한숨을 내쉼)."

쓰담쓰담쓰담쓰담

"…………(절망에 무릎이 후들거리기 시작함)."

쓰담쓰담쓰담쓰담

"…………(울면서 신께 기도드리기 시작함)."

쓰담쓰담쓰담쓰담

"…………(자아가 무너지기 시작함)."

풍경이 갑자기 일그러졌다.

거친 숨을 내쉬면서 나는 흐릿한 시야 속을 헤맨다.

뭐, 뭐지. 이 악몽은. 나, 나는 언제 깨는 건데. 말도 안 돼, 내가 고안한 오의가 깨질 리 없는데. 츠, 츠키오리, 살려줘. 지금 난 어디 있는 거지. 뭘 하는 거야. 그래. 이 꿈에서 깨어나면 나는 전생 직후고, 백합을 실컷 보다가 다시 자는 거야.

"히이로, 언제까지 그러고 있게?"

그 말에 퍼뜩 정신이 든 나는 기숙사장 머리에서 손을 뗐다.

온몸이 땀으로 축축해진 나는 비틀거리며 츠키오리의 품으로 간다.

"츠, 츠키오리……. 지금이 몇 년도 며칠이지……?"

"급격한 스트레스 때문에 시간의 괴리를 느끼고 있어……."

내 앞에서 뺨을 붉히며 고개를 돌린 기숙사장은 속삭인다.

"…………서, 서비스야."

내 가슴을 척 가리키며 기숙사장은 못을 박는 듯이 한 마디 한 마디를 쏘아낸다.

"다음은 없어! 릴리를 봐서 네 충성을 받아들였을 뿐이야! 남자가 내 머리를 쓰다듬는 건 원래 생각도 할 수 없는 일이거든!"

"츠키오리, 얼른 계약서 작성해 와! 다음은 없다잖아! 계약서 작성해 와!"

"옳지, 옳지. 무서웠지. 자자, 괜찮아요. 히이로는 아주 잘했어."

츠키오리의 위로와 함께 당근을 잔뜩 받은 나는 기숙사장을 바라본다.

"기숙사장, 갑자기 쉬운 히로인처럼 굴지 말아요. 너무 느슨하다니까. 호의라는 건 사이즈를 모르는 반지 같은 거야. 어디 사는 누구 손가락에 들어갈지 신께서만 아시지. 그렇기에 딱 한 번뿐인 인생에서 그 반지를 줘도 된다고 생각하는 소중한 사람에게만 보여야 하는 거야. 그런데 당신이라는 사람은 정말!"

"로봇 애니메이션 주인공 같은 말투로 열변을 토하지 마! 릴리가 너한테 진 은혜가 있다고 시끄럽게 굴어서 그래! 특별히 참고 손을 뿌리치지 않았을 뿐이야!"

다시 한번 머뭇머뭇 기숙사장의 머리를 쓰다듬으려 하니, 어깨를 들썩이는 그녀가 손을 찰싹 쳐낸다.

의식을 잃을 뻔했던 나는 다시 살아나 부활의 숨을 길게 토해냈다.

"다행이다. 남자가 머리를 쓰다듬는데 기뻐하는 히로인이 있는 백합 게임 세계 따위 존재하지 않았군요. 몇 분 전까지의 기억은 포맷했으니까 바로 본론으로 들어가죠."

본론으로 짚이는 게 없었는지 기숙사장은 고개를 갸웃했고 나는 웃어 보였다.

"신입생 환영회요. 이대로 참가하는 신입생이 저랑 츠키오리밖에 없으면 크리스가 코웃음 칠 수도 있으니까."

"……흥. 됐어, 늘 있는 일이야."

주눅 들어 있는 기숙사장에게 나는 미소 지어 보인다.

"그러니까 여기 있는 츠키오리 사쿠라가 기숙사장에게 마법을 걸 거예요. 그러면 환영회 참가자는 폭발적으로 늘 거고 회장 안이 열기에 휩싸이며 기숙사장은 영예를 거둘 수 있겠죠."

"뭐, 마법인지 뭔지 모르겠지만 난 사과 같은 거 안 해! 저 녀석들이 잘못한 건데 사과할 이유가 있어? 아이즈벨트가는 고개 숙이는 법을 배우지 않아!"

"아뇨, 지금 계약하시면 사과는커녕 아무것도 하실 필요 없어요. 게다가 휴지와 빨래용 세제, 리뷰(백합 한정) 기능이 달린

수동 잡일 기계 HIIRO와 전자동 여심 후리기 머신 TSUKIORI까지 따라오거든요. 그냥 기숙사장은 거기 앉아만 있으면 다 잘 끝날 거예요. 그게 바로 위에 선 사람이 할 일이고요."

나는 웃으면서 책상에 두 손을 짚었다.

"마법사 츠키오리가 호박 마차를 만들어 내면 기숙사장은 그걸 타고 가는 거죠. 당신은 마법의 궤적이 이끄는 대로 진흙투성이 길을 지나 환영회를 만끽하면 그만이에요."

"그 마차는 누가 끄는데?"

"말했잖아요."

나는 정면에서 그녀를 바라본다.

"그런 건 제 역할이에요."

*

이른 아침, 아무도 없어야 할 중앙 정원에서 사람 그림자 하나가 계속 움직이고 있었다.

자그마한 몸을 놀려 하나하나 정성스레 자세를 잡고 주먹을 계속해서 내지르는 작은 소녀.

릴리 씨가 『잠꾸러기』라고 칭한 소녀—— 뮤르 에세 아이즈벨트. 그녀는 아직 태양이 다 뜨지도 않은 시간대에 권법 수련에 몰입해 있었다.

고통에 얼굴을 찡그린 그녀는 운동화를 벗고 물집이 터져 피투성이가 된 맨발을 수건으로 닦고는 자리를 정돈한다.

얼마나 오래 계속해야 그만한 숙련도를 얻을 수 있을까.

엄청난 통증에 얼굴을 찌푸린 그녀는 대량의 땀을 흘리면서 뭘 모르는 사람이 봐도 알 만큼 숙련된 동작으로 아침 훈련을 이어 간다.

"…………."

하루도 빠트린 적 없는 그녀의 일과를 지켜본 후, 나는 내 방으로 돌아갔다.

*

신입생 환영회 당일.

신입생들로 북적북적한 플라움 홀에서, 기숙사장은 눈물을 글썽이며 우두커니 서 있었다. 두 손을 주머니에 집어넣은 나는 그 자리를 뒤로했다.

플라움 뒤편. 아무도 보는 눈이 없는 그곳에서 나는 기다리던 사람과 대치했다. 어둠에 갇힌 무대 뒤에서 보랏빛과 푸른빛 섬광이 번뜩였다.

피투성이가 된 내 앞에서 크리스는 나선을 그리며── 마안 『나선연장(螺旋宴杖)』을 뜬다.

손끝에서 피가 떨어지는 소리를 들으며 나는 별을 올려다본다.

차게 식은 하늘 아래에서 나는 숨을 내뱉고, 얼굴을 한 손으로 가렸다. ──손가락과 손가락 사이에서── 마안 『불효서사(払暁叙事)』가 번뜩였다.

사방이 붉은빛과 검은빛으로 나뉘며 간헐적인 감옥화 한다.

찾아든 칠흑과 홍련의 황혼은 내 사지로 들어와 신경을 감쌌고, 심연의 밑바닥에서 막대한 마력이 해방된다.

그건 흡사 현실에 나타난 연옥을 연상케 했다.

마력에 온몸이 타들어 가는 듯한 냄새가 코를 찔렀다. 새벽이 무르익자, 산죠 히이로의 서사시가 세상에 새겨진다.

손안에 있는 쿠키 마사무네의 도신이── 붉게 물들었다.

"15초다."

놀라는 크리스에게 붉은 눈동자를 드러낸다.

"15초 만에 끝내겠어."

노을빛으로 물든 두 눈으로 나는 그녀를 바라봤고── 빛이 번뜩였다.

*

신입생 환영회 1주일 전.

어째서인지 나는 아스테밀과 함께 텐트를 고르고 있었다.

어디서나 찾아볼 수 있을 법한 생활에 필요한 용품을 파는 가게……, 이른바 생활용품 매장이다. 츠키오리가 건 『마법』의 구조에 푹 빠져 있던 나는 오랜만에 돌아온 금요일, 은발의 엘프 스승과 나란히 텐트를 보고 있었다.

아웃도어 상품 코너에 정신이 팔린 스승님은 땋은 긴 머리를 흔들면서 "으음……" 하고 신음한다.

그녀의 시선 끝에는 1인용 텐트가 있었다.

"히이로, 1인용도 괜찮을까요?"

"……아뇨, 우선 설명을 좀 해 주실래요?"

회색 외투와 주름치마를 입은 스승님은 사랑스러운 복장으로 살며시 나를 끌어안는다. 건전한 소년을 타락시키기에는 충분하고도 남을 만한 향과 촉감이다.

숨이 내 귓불을 간질이는 바람에 무심코 움찔하고 반응했다.

"왠지 될 것 같네요. 히이로가 적당한 사이즈로 태어나 줘서 다행이에요."

살며시 나에게서 떨어져 스승님은 싱긋 웃어 보였다.

"아니, 저기, 정말 플리즈 익스플레네이션. 설명 필요. 사람과 사람은 대화를 통해 서로를 이해하는 생물이에요."

"단련이에요, 단련. 이제부터 금, 토, 일 3일에 걸쳐 밖에서 단련할 거거든요. 텐트나 침낭이나 히이로의 인감도장이나 장기 기증 희망 등록증 등 이것저것 필요할 것 같아서요."

"방금 그 발언만으로도 뇌사 판정까지 받을 수 있으니까 얼른 장기 기증하고 오세요."

"텐트……, 좋아!"

"좋아는 무슨, 좋아는 무슨. 사람 말 무시하고 치수 확인하지 마요. 더블 체크는 기본일 텐데요."

"좋아, 좋아!"

"누가 두 번 연속해서 확인하라고 했어요?"

나는 스승님의 검지를 움켜쥔다.

"뭐예요. 금, 토, 일 단련이라니. 처음 듣는데. 조금 전 허그에 느꼈던 설렘이나 돌려내요. 1인용 텐트라도 둘이 끌어안으면 꼭 들어갈 수 있다 이거예요? 자기 뇌도 머리에 제대로 수납 못 하는 엘프가 치수 측정은 무슨 치수 측정입니까."

"아니, 둘이 아니라 셋이에요."

베이지색 니트와 레저 핫팬츠를 입은 레이가 선반 안쪽에서 빼꼼 고개를 내밀고, 아름다운 자세를 유지한 채로 종종 달려온다.

고개를 숙인 그녀는 앞머리를 손으로 여러 번 빗으면서 치켜뜬 눈으로 올려다본다.

"오, 오라버니라는 말에, 참지 못하고…… 달려온 다, 당신의 귀염둥이 산죠 레이예요……."

"누구야?! 내 귀여운 여동생한테 이상한 말을 시킨 세뇌자가?!"

"………이, 인터넷 카페."

산죠가 아가씨가 남몰래 넷 카페에서 조사한 말에 뇌세포가 죽어난다.

"옆에 계신 분이 옷을 골라주셨어요. 현대 패션은 마음에 드시나요?"

뒤로 깍짓손을 낀 그녀는 자기 몸을 노출한 채, 긴 속눈썹 아래 가려진 눈으로 나를 바라본다.

산죠가의 교육 때문인지 롱스커트를 선호하는 레이치고는 드물게 맨다리를 드러냈다. 천장의 조명이 뿜어내는 백색광에 요염한 음영을 만들어 내는 허벅지를 바라보며――, 나는 근처에 있던 손잡이 달린 냄비로 머리를 후려쳤다.

"오, 오라버니……? 냄비로 자해를 하면 얻는 건 빨간 액체뿐이에요……!"

"좋은 냄비로군. 한 방에 일그러지면서 악한 마음이 날아갔어. 꼭 내 마음을 대변하는 것 같아. 이 상태로 『내 마음』이라는 제목을 달아 미술관에 걸어두고 싶은걸."

나는 잔뜩 일그러진 냄비를 구매하고 나서 두 사람이 있는 곳으로 돌아왔다.

"이거 봐, 이 냄비 이제 원상 복귀는 힘들 것 같지? 이게 바로 나야."

"왜 계산하러 가는 내내 자기 머리를 계속 때린 거예요? 자기 머리가 바코드 스캐너인 줄 알고 무인 계산대에서 배상하려고 한 건가요?"

그렇게 묻는 스승님의 등에 머리를 대고 나는 조용히 "0엔……"이라고 가격을 매긴다.

스승님에게서 떨어지자 이번에는 살며시 레이가 다가온다.

나는 천천히 그녀와 거리를 두었다.

스스슥, 레이가 다가오자 나는 와들와들 입을 떨었다.

추, 추적형 백합 방해남 파괴 미사일……! 결국 완성됐나……!

레이가 얼굴을 살피자 나는 퍼뜩 정신을 차린다.

레이는 미소를 띤 채로 나를 바라보다가, 눈과 눈이 마주치자 힘껏 시선을 피했다.

그 몇 초 후 다시 뜨거운 시선을 느끼고 내 온몸이 혼자 움찔움찔한다.

“스, 스승님……. 그래서 왜, 왜, 레이가 여기에……?”

“한가해 보이길래 불렀죠. 남매 사이까지 배려하다니, 그야말로 스승의 귀감. 세상의 자랑. 흐흠—, 히이로도 훌륭한 스승을 둬서 코가 피노키오처럼 쭉쭉 늘어나죠~?”

“너도 내 적이냐.”

가슴을 펴는 스승님 옆구리를 퍽퍽 손날로 친다. 스승님도 웃으면서 반격했고, 우리는 아웃도어 코너에서 시시덕거린다.

둔탁한 소리가 났다. 스승님에게 맞은 건 오른쪽 옆구리인데 반대인 왼쪽 옆구리까지 느낌이 전해진다.

반대쪽으로 눈을 돌리니 머뭇머뭇 레이가 내 옆구리에 주먹질하고 있었다.

고개를 숙인 레이는 힐끗 불안한 눈으로 나를 올려다봤다.

“자, 머리 한판, 수행이 많이 부족하네. 주로 여성과의 연애 방면에서.”

나는 가능한 한 부드럽게 그녀의 머리를 손날로 친다.

그녀는 기쁜 듯이 미소를 띠었고, 동경이 가득 어린 눈으로 나를 바라본다.

이런 가족과의 접촉은 레이도 오랜만일 것이다. 그렇기에 레이 루트에서는 츠키오리 사쿠라와 산죠 레이가 가족이 되는 과정이 그려진다.

레이의 사정을 아니 여기서 무시하는 짐승 같은 짓을 할 수도 없고. 나는 머리를 툭툭 치는 방식으로 그녀의 서툰 애교를 흘려넘겼다.

“근데 스승님, 언제 레이랑 아는 사이가 된 거예요?”
“라피스랑 친한 사이니까요. 채팅도 자주 해요. 지난번에는 이모티콘도 천 개 정도 보내줬어요.”
“무차별 이모티콘 테러는 그만. 그 뒤에 남는 건 읽씹이라는 황야뿐이에요.”
한숨을 내쉬며 나는 1인용 텐트를 바라본다.
“설마 셋이 한 텐트에서 잘 생각은 아니겠죠……?”
“앞인지 뒤인지는 가위바위보로 정하면 되지 않을까요?”
“위치를 걱정하는 사람은 아무도 없어! 그리고 왜 내가 한가운데 끼는 식으로 결정하는 건데! 다음 날 아침이면 혀를 깨물어서 차가운 시체가 되어 있을걸!”
고개를 갸웃한 스승님은 앞에서 나를 끌어안는다.
머뭇머뭇, 레이는 내 등에 달라붙더니 뺨을 비비적거렸다.
“괜찮아요. 자, 이런 식으로.”
“끄아아!”
거기서부터 내 기억은 끊겼다.

의식을 되찾았을 무렵, 텐트나 침낭 같은 아웃도어 상품을 짊어진 나는 너도밤나무나 졸참나무가 무성하게 자란 산속을 걷고 있었다.
머리 위에는 이끼 낀 기우뚱한 붉은 토리이가 있었고, 아득히 먼 길까지 그 출입구가 이어진다. 나무들을 잇는 혈관처럼 금줄

이 쳐져 있다. 땅에 닿을 정도로 긴 종이 장식이 내 발치까지 늘어져서, 나뭇잎과 뒤섞여 땅을 뒤덮은 카펫처럼 보였다.

어디서인지 방울 소리가 들렸다.

딸랑, 딸랑, 딸랑.

수없이 겹쳐서 귀에 들려오는 방울 소리. 공기를 타고 내 귓속까지 기어들어 온다.

어느새 안개가 껴 있었다.

끈적끈적한 유백색 안개가 온몸을 뒤덮고 있다.

무겁다. 그리고 괴롭다.

이 느낌은 마력이 고갈된 느낌과 비슷하다. 안개가 마력을 흡수하는 건가. 어디선가 이 안개를 본 것 같은데……. 그래, 알브가 썼었지.

"하아……. 하아, 하아, 하아……."

끈적끈적한 땀을 흘리면서 나는 오로지 계속 걸었다.

내 오른쪽 옆을 걷는 스승님은 폴짝폴짝 돌이나 진흙으로 더러워진 험한 길을 오른다.

왼쪽 옆에 있는 레이는 어느새 옷을 갈아입었는지 등산하기에 적합한 옷을 입고 있었다. 혼자 셔츠와 청바지 차림으로 걷는 나는 산을 얕잡아보고 조난 챌린지를 하는 초보자였다.

앞서가는 스승님은 싱글벙글 웃으며 나를 바라본다.

이 가학성 넘치는 미소, 『내 애제자라면 이 정도는 혼자서 어떻게든 할 수 있죠』 패턴이다. 칭찬으로 키우는 게 아니라 때려서 키우는 인체 대장장이의 표정이다.

어쩐담. 이대로 가면 머지않아 기절할 것이다. 고도가 높아질 수록 흡수당하는 마력의 양이 늘고 있다. 아니, 마력량 그 자체가 준 건가.

제일 우선할 것은 안개 차단이다. 십중팔구 이 안개가 원인이라면 시행착오를 반복해서라도 해결하겠다.

트리거.

즉석에서 대마 장벽을 생성한 나는 레이의 몸을 감쌌지만, 그녀의 증상은 나아지지 않았고 거친 숨소리가 들린다.

안 돼. 호흡인가. 대마 장벽의 밀도가 옅은 탓인지, 안개가 통과해서 폐로 들어온다. 이런 걸 백날 쳐봤자 의미가 없다. 젠장, 힘들어하는 히로인을 계속 바라보는 취향 따위는 나한테 없거든.

나는 대량의 땀을 흘리면서 여동생 뒤쪽으로 간다.

"……레이."

새파란 얼굴로 당장에라도 쓰러질 듯한 그녀의 등에 손을 얹는다.

"네 매직 디바이스 카게로우와 내 쿠키 마사무네를 동기화해……. 내 마력을 너한테 넣어줄게……. 조금은 편해질 거야……."

"하, 하지만, 오라버니가……."

"괜찮으니까, 얼른 해……. 이런 건 오빠의 역할이야……."

멍한 표정으로 레이는 길쭉한 가방에 넣어둔 카게로우를 꺼낸다.

흰 안개 속에서 일렁이는 듯한 붉은 창이 뻗어난다.

우윳빛의 짙은 안개 가운데서 은색 날끝을 뻗은 레이는 눈을 감고 동기화를 시작한다. 즉시 나는 그녀에게 마력을 흘려 넣는다.

레이는 신음 소리를 냈고, 땀범벅이 된 나는 필사적으로 마력을 제어한다.

마력을 제어──, 어라? 되네?

매끄럽게 마력이 흘러들었고, 서서히 레이의 안색이 좋아진다.

왜 갑자기 제어가 되는 거지? 알스하리야가 가진 마력은 너무 막대해서 감당할 수 없──, 이 안개인가.

"안개가…… 내가 완벽하게 제어하지 못했던 마력을 흡수하나. 내 의도대로 마력이 흐르고, 안개가 내 마력의 흐름을 정돈해. 정류하는 건가?"

"그건, 보조 바퀴예요."

큰 나무에 몸을 기대고 흰 안개에 얼굴을 감춘 스승님이 속삭인다.

"히이로, 이 안개는 당신의 인도자예요. 마력을 억누를 스승이기도 하고요. 이 안개의 정체를 알아내는 게 바로, 내가 당신에게 내는 문제예요. 당신은 3일 동안 이 문제의 답을 찾아야 해요."

"아니, 안개의 정체를 알아내라니……. 고작 3일 만에요? 이 집 근처 편의점 가는 복장으로 배고픈 모기들에게 식사를 제공해 가면서?"

"혼자서는 불안할 것 같아서 귀여운 여동생도 데려와 준 거예요. 게다가 두둥! 당신에게는 하나의 가상 적을 설정해 줄게요."

의문을 표정으로 드러내자, 안개 너머에서 스승님이 웃는 게 느껴졌다.

"크리스 에세 아이즈벨트."

"아니, 농담이지? 그 괴물을 고작 3일 만에 이길 수 있게 하라고? 마작으로 말하면 천화, 포커라면 로열 플러시, 돌팔매 한 번에 프라이드치킨이 떨어질 만한 운이 있어야 하잖아. 그야말로 마안이라도 뜨여야 해."

"아무도 이기게 하라고 한 적 없어요. 절대 마안을 강제로 개안하게 하진 않을 거예요. 그건 장기적인 시도를 거쳐 자연스레 개안하는 거니까요. 지금의 히이로가 불효서사를 개안하면 폐인이 돼도 이상할 게 없어요."

"이것도 안 되고 저것도 안 되면 엄지라도 쪽쪽 빨고 있으면 스승님이 승리를 선물해 주시려나? 기뻐라, 기꺼이 볼륨 최대치로 생떼를 부려줄게요."

"할 일은 딱 하나, 그냥 크리스 에세 아이즈벨트에게 지지 않게 되는 거예요. 그건 히이로 당신의 특기 분야일 텐데요."

천천히 안개가 걷히고――, 내 눈앞에 깎아지듯 가파른 낭떠러지가 펼쳐진다.

큰 나무 옆에 서 있는 스승님 옆에는 속이 뻥 뚫릴 듯이 푸른 하늘과 깎아지른 절벽, 거기 매달린 빨강과 금색 천궁이 있었다.

흡사 구불구불한 용이 하늘을 기어오르는 것처럼.

가늘고 흰 구름이 푸른 하늘 위로 떠다녔고, 그 아래서 은빛 스승님이 웃고 있었다.

"자, 시작할까요. 천재로 가는 첫걸음을."

그녀는 나에게 손을 내밀었다.

푸른 하늘 아래, 나는 입꼬리를 들어 올리며 그 첫발을 내디뎠다.

여유가 넘치는 아스테밀은 나무 위에서 사과를 먹고 있었다.

느긋한 스승님 아래에서――.

"으갸갸갸아아아아아아아아아아아아아아아아아아아아아아아아아아아아아아아아아아아아아아아악!"

나는 정체 모를 소녀와 격렬한 승부를 벌이는 중이었다.

완만하게 굽은 검은 도신의 단검.

『속성: 어둠』으로 구축된 도신은 공기를 뒤흔들었다.

대놓고 살의를 드러내며 갑자기 덤벼든 소녀는 여우 가면으로 얼굴을 가리고 있었다. 기묘한 체중 이동을 반복하면서, 내 검을 붙잡으려 기회를 엿본다.

안개에 마력을 흡수당하는 데다 도신마저 안정되지 않은 나는 반쯤 죽어가고 있었다.

이, 이상해……. 아까까지는 마력 제어가 안정돼 있었는데……. 또 이상해졌어……. 대체 뭐지, 이 안개……?!

눈앞에 있는 도신이 훅 사라졌다.

"우오."

앞으로 검이 스쳤고, 광검의 끝이 원을 그렸다.

여우 소녀는 내 검을 피하면서 정확하게 주먹을 명치에 꽂아 넣었다.

정통으로 맞은 나는 강력한 구토감을 느끼며 그녀의 주먹을 오른쪽에서 잡고 그대로 내던지려 했다.

그녀는 내 오른손을 빠르게 두 손으로 잡았고――.

"남의 팔 위에서 서커스하지 좀 말지?! 요금 징수한다?!"

기적적인 균형 감각으로 내 오른팔 위에 거꾸로 선다.

전혀 무게를 못 느끼겠다.

공기 중의 먼지가 스르륵 팔 위에서 직립한 것처럼, 여우 소녀는 중심을 잃지 않고 있었다.

그녀의 허리춤에서 콘솔이 빛나고 있다.

콘솔, 접속――『조작: 중력』, 『변화: 중력』.

발동, 중력 제어(그래비티 밸런서).

살며시 공기 중에서 발끝을 뻗은 그녀는 발레리나처럼 빙그르르 회전――, 내 옆통수를 내리쳤다.

"반격의 시간이다."

겨우 오른손으로 방어한 나는 손목을 돌리면서 그녀의 발목을 붙든다.

시선을 쥐어 짜내어 한데 집중하고, 검섬(劍閃)의 궤도를 봤다.

순간 손을 쥐었다.

팔을 교차시키는 형태로 왼쪽에서 발도, 아래쪽에서 비스듬히 베어 올린다.

그 검은 아름다운 유선(流線)이 되었고――, 갑자기 나타난 곰 인형에 가로막혔다. 경악한 나는 순간적으로 뒤로 물러났다.

텐구, 그리고, 프리○어 가면을 쓴 소녀.

갑자기 등장한 2인조는 매직 디바이스를 들고 있다. 조금 전의 곰은 둘 중 하나가 생성한 거겠지.

왜 여우, 텐구까지 와서 마지막에 큐○ 블랙이 나오는데. 세계관을 지켜. 갑자기 일요일 아침*이 세계를 구하러 오지 말라고.

"이걸 어쩐담, 히이로. 계속해서 등장하는 정체 모를 습격자들에게 당하다니, 큰일이네요."

"아니, 어딜 봐도 알브잖아."

미소 지은 큐○ 블랙은 얼굴 앞에서 손을 휙휙 내젓는다.

그 옆에 선 텐구와 여우는 고개를 끄덕였고 배신당한 블랙은 힘껏 몸을 젖힌다. 동작으로만 놀라움을 표시하고 있었다(이 녀석, 프로다).

"안개의 수수께끼를 풀지 않는 한, 그녀들과 대치하기조차 힘들걸요. 자, 그럼 내 애제자는 어떻게 이 궁지를 빠져나가려나."

나는 그녀들에게서 거리를 두고 나무 뒤에 숨는다. 안전지대에서 보이지 않는 화살을 발동하고 큐○ 블랙을 노렸다.

"윽?! 윽?! 으읏?!"

당황하면서 큐○ 블랙은 탭댄스를 췄고, 카툰 애니메이션 같은 동작으로 보이지 않는 화살을 슉슉 피했다.

"""…………."""

텐구와 여우는 우뚝 서서 그 모습을 지켜보고 있다.

돕기는커녕 가끔 사고를 가장해 살며시 미는 식으로 화살을 맞히려 하고 있다. 이 아군 발목 잡기에서 세 사람의 관계성을

---

*애니메이션 프리큐어는 매주 일요일 아침 시간대에 방영한다.

왠지 모르게 엿볼 수 있었다.

아무래도 텐구와 여우와 프리○어는 나의 수행을 도와줄 모양이다.

대(對) 크리스 에세 아이즈벨트전을 염두에 두고 있겠지.

텐구와 프리○어는 생성을 발동해 크리스의 고속 생성을 재현, 살의를 그대로 드러낸 여우는 접근전을 시도한다.

무시무시한 건 알브 둘은 있어야 흉내 낼 수 있다고 가정되는 크리스의 고속 생성이다.

거의 의식을 할애하지 않고도 이뤄지는 신속 창조술. 그렇기에 동시에 접근전이 벌어질 것도 상정하고 있다.

내가 공격하는 순간, 보라색 빛이 눈가를 언뜻 스쳤다.

때리고 베고 차기를 반복하는 타이밍에 보랏빛 LED 포켓 라이트를 사용해 내 얼굴에 쏘아지는 보라색 빛.

그 빛이 싫어서 나는 반사적으로 고개를 돌렸다.

"아니, 아까부터 그 빛은 대체 뭐야!"

"알파 아퀼래* 방사광을 재현한 거예요. 마술 연산자가 매질(媒質) 속에서 운동할 때, 그 속도가 일정 이상을 초과하면 쏘아지는 보라색 빛. 크리스 에세 아이즈벨트의 고속 생성 시에 확인된 것으로, 그녀가 이름을 붙여서 부모가 된 방사 현상이죠."

스승님은 품에서 꺼낸 말린 고구마를 깨작이면서 말을 잇는다.

"전력을 발휘했을 때, 크리스의 생성에는 예비 동작다운 게

---

*α Aquilae, 독수리자리에서 가장 밝은 별인 알타이르

일절 없어요. 맥박, 땀, 버릇, 체온, 행동, 시선, 호흡, 타액량, 동공 확장도……. 인간이 행동할 때 드러나는 체외 변화, 그 모든 것을 빈틈없는 노력으로 없앤 거죠. 거울에 비친 자신을 죽이는 작업을 끊임없이 반복해야만 얻을 수 있는 성과예요. 히이로가 『크리스가 서 있다』라고 인식한 순간 이미 생성된 덤프카가 바로 뒤에서 덮쳐들고 있을 거예요."

말문이 막힌 내 앞에서 스승님은 말린 고구마를 살랑살랑 흔든다.

"하지만 크리스가 생성을 행할 때는 알파 아퀼래 방사광이 발생해요. 너무나도 빠른 생성의 폐해죠. 알파 아퀼래 방사광이 발생하고 나서 생성으로 물질이 만들어질 때까지 콤마 단위의 초만큼 틈이 생기는 거예요. 살아남으려면 그 틈을 활용해서 빛이 쬔 순간, 회피해야 해요."

"……스승님은 불가능을 가능으로 표현하는 타입인가요?"

"마법이란."

스승님은 말린 고구마 끝을 사과 측면에 찔러넣었고――, 그 끝이 사과의 상단으로 삐져 나왔다.

"불가능을 가능으로 표현하는 타입의 기술이에요."

말린 고구마의 경도를 변화시킨 데다가 사과 속에서 뻗게 해 변형한 스승님은, 말린 고구마를 품은 사과를 날름 먹어 치우고는 미소 짓는다.

"마법도 마술은 근본은 같아요. 그 뿌리를 알면 어떻게든 대처할 수 있어요. 상대의 허를 찌르세요. 상대가 『불가능』하다고 생각했을 때, 당신은 승리를 『가능』하게 만들 거예요."

스승님 말에 감명받았지만 현실은 허무해서, 친절하게도 알차게 두들겨 맞은 나는 오후에는 넝마가 되어 있었다.

"앞이 안 보여. 미래도 안 보여. 아무것도 안 보여."

"패배감에 찌든 훌륭하고도 비참한 랩이네요. 하울링하면 개들이 응답해 줄지도 몰라요."

"너, 스노우한테 나쁜 영향을 받은 거 아니냐? 주로 입 쪽이."

옷이 더러워지는 것도 아랑곳하지 않고 레이는 땅에 무릎을 꿇더니 젖은 손수건으로 얼굴을 닦아 준다. 상처 치료를 마친 후, 살며시 내 머리를 들어 올리더니 자기 무릎 위에 얹는다.

나는 고개를 든 채 복근으로 버틴 뒤, 하반신의 움직임만으로 옆으로 슬라이드한다.

하지만 초(超)동작으로 뿌리치려고 했음에도 계속 부드러운 허벅지의 감촉이 따라왔고—— 득의양양한 미소를 띤 레이가 내 쪽을 내려다본다.

이, 이 녀석 정좌한 채로 옆으로 움직이는 건가?!

체념한 내 뺨에 손수건을 대고, 레이는 주의를 주듯 내 이마를 쳤다.

"너무 무리하지 마세요. 의기양양한 얼굴로 무리하는 게 취미라는 건 충분히 알지만, 가끔은 저한테도 안심을 선무——, 설교 중에 사라지지 마세요."

레이는 광학 위장으로 사라진 내 배를 찰싹찰싹 친다.

공기를 무릎에 뉜 채 레이는 계속 간병을 했고, 헌신적인 찰싹

찰싹에 자리를 털고 일어나게 된 공기 소년 히이로는 환기를 위해 텐트 입구를 열었다.

또 안개가 꼈나 했더니 아무래도 진짜 연기인가 보다.

무슨 일인가 의아해하는데 바비큐 그릴과 420살 먹은 우쭐이가 눈에 들어온다.

스승님은 집게 소리를 내면서 모락모락 피어오르는 흰 연기에 휩싸여 있었다.

"슬스── 콜록, 콜록── 시간이 됐어요──. 콜로옥──, 점심이나 먹── 콜록, 콜록, 쿨러억!"

"바비큐 그릴로 자살이라도 하려고?"

몇 분 후. 생나무를 태워서 흰 연기로 얼굴에 팩을 하고 있던 스승님은 해고되어, 구석진 곳에서 무릎을 안은 채 멀뚱히 앉아 있었다.

"히이로, 아직이에요오~? 늦는 거 아니에요오~? 어라라~, 솜씨에 속도 제한이 걸려 있나~? 지연으로 제 배에 대미지를 주려는 건 아니죠~?"

"요리가 준비되기도 전에 짜증이라는 이름의 조미료 좀 치지 마! 소음 규칙 법에 따라 그놈의 입을 확 막아 버린다. 이 말 많은 귀쟁이 엘프야!"

스승님은 슬쩍 레이의 반응을 살핀다.

"오라버니, 말 많은 귀쟁이 엘프가 이번에는 시선으로 소음 피해를 주기 시작했는데요."

"무시해. 저 눈빛만으로도 120데시벨은 나오고 있으니까. 레이도 희생되지 않도록 의연하게 굴어. 420년 동안 알랑거리며 살아온 엘프에게 줘도 되는 건 동정뿐이야. 인간의 긍지라는 걸 보여줘."

숯을 던져넣자 불씨가 안정을 찾는다.

고기를 굽기 시작하자 일회용 접시와 나무젓가락을 든 엘프들이 튀어나온다.

"야생 엘프에게 줄 건 없어! 꺼져!"

""""".............."""""

"나무젓가락으로 얼굴 집지 마. 잡아당기지 마. 구우려고 하지 마. 뺨에 탄 자국이 남아서 매력 포인트가 되어 버리니까."

밥을 먹을 때도 그녀들은 가면을 벗을 생각이 없는 듯했다. 가면에 뚫린 눈구멍으로 고기를 투입하고, 이쪽을 주시하며 씹는 소리를 낸다.

"미소를 띤 프리○어가 이쪽을 빤히 보면서 고기를 먹고 있어……, 무섭……."

스승님은 싱글벙글 웃으며 고기 소스(황금의 맛이 나는 것)를 고기에 뿌렸고, 반합에 지은 흰쌀밥과 함께 먹었다.

연기가 두려웠던 엘프들은 우리의 공급이 늦다는 걸 알아차리고는 멀리서 생고기를 망 위에 투척하는 신기술을 쓰기 시작했다. 내 뒤통수를 맞춘 시점에서 오인 사격이라 판단, 특허권을 박탈했다. 그 대신 나와 레이는 계속해서 척척 고기를 구웠다.

"이 열등종이!"

""""".............."""""

"안 돼요, 오라버니! 참아요! 아직도 더 먹을 생각으로 접시를 내밀고 있지만 지금은 참으세요! 고기에 독을 타는 게 더 빠르니까!"

시끌벅적한 점심 식사 이후, 토리이 위로 올라간 나는 다리를 휘휘 내저으며 생각한다.

안개, 안개, 안개라……. 마력을 제어해 주는 안개. 하지만 아까는 마력을 제어해주지 않았던 이유는 뭐지? 기분이 별로였다? 아니, 안개에 의사가 있는 것도 아닌데 말이 안 되지. 그렇다면 무슨 조건이 있을 거다.

어느새 내 옆에 앉은 마인이 같은 타이밍에 다리를 내젓고 있었다.

"이봐, 고민 많은 미소년. 명석한 두뇌를 가진 서포터가 필요한가?"

트렌치코트를 입은 마인은 혀 짧은 소리로 속삭인다.

나는 한숨을 내쉬며 머나먼 저편을 바라봤다.

"응? 뭐가 보이——. 와아아아아아아아…………!"

낚인 알스하리야의 등을 밀어 토리이에서 떨어뜨린다.

머리로 착지한 것을 확인하고 위에서 보이지 않는 화살을 쏜다. 화살 꽂이가 된 마인을 내려다보자 겨우 내 마음에 안녕이 찾아왔다.

자, 이 안개 문제를 어떡해야 할——.

"이봐."

다시 옆에 알스하리야가 쑥 하고 등장한다.

"인사 대신 사람을 죽이지 마. 오버킬에는 옵션 요금을 징수한다."

"그럼 함부로 남한테 말 걸지 마."

"꽤 건방진 소리를 다 하는군, 황제 폐하. 나는 구원자, 구세주. 오로지 너를 구하기 위해 친히 이렇게 아름다운 얼굴을 보인 건데."

토리이 위에 우뚝 서서 두 팔을 벌린 알스하리야가 조소한다.

"안개의 수수께끼를 풀 힌트를 주——."

"됐어."

두 팔을 벌린 채로 알스하리야의 표정이 굳는다. 서서히 두 팔을 내린 그녀는 잠시 어슬렁거리다가 내 안색을 살핀다.

"힌——."

"꺼져."

알스하리야는 체념하고 내 옆에 앉는다.

"그렇게 싫어하지 마라. 나와 너는 일심동체니까. 백합을 파괴하는 동지 아니——, 농담이야. 그만해! 다리로 누르지 마! 서서히 공포를 주면서 떨어뜨리려고 하지 마!"

하는 수 없이 용서하자 그녀는 안도의 한숨을 내쉬었다.

"그럼 다른 방면으로 접근하지."

알스하리야는 아름답게 손가락 하나를 뻗었다.

"너에게 힘을 주지."

시선을 돌리자 마인은 입꼬리를 들어 올린다.

"마안이다."

나는 눈을 크게 뜬다.

"쓸 수 있는 거냐?"

"나는 네 내부를 다 꿰고 있으니까. 개안의 메커니즘도 이해하고 있지. 다만 강제로 뜨게 되면 몸에 갈 부담은 100% 예측할 수 없고, 지금의 너는 완벽하게 다루지 못할 수도 있지만……. 여차할 때 비장의 수단은 되겠지."

유혹하듯 마인은 웃었고 나는 웃으며 고개를 가로젓는다.

"아니, 역시 됐다. 그게 필요하다면 크리스 에세 아이즈벨트 전일 텐데……, 하지만 그 녀석과 싸우게 될지도 애매하거든. 가상의 적인 채로 끝날 거야."

"글쎄, 어떠려나. 예상은 예상이야. 가끔 현실의 흔들림은 뜻밖의 결과를 끌어내지."

에메랄드를 박아넣은 듯한 동그란 눈이 심연의 바닥에서 나를 바라본다.

"내가 아는 너라면 맞붙게 될 것 같은데."

"아니야, 난 자살 지원자가 아니거든. 자, 얼른 꺼져. 수행에 방해돼."

"마음대로 해. 네가 가는 길에 관여하지 않을 테니까. 다만, 그럴 마음이 들면 나한테 귀띔해 줘. 나는 너의 근사한 파트너이자, 유일무이한 절대적 아군이니까."

알스하리야를 쫓아낸 나는 사고를 다시 안개로 돌렸다.

들새가 운다.

느슨한 울음소리가 탁한 밤에 메아리치며 울려 퍼진다. 등롱 내부에 켠 불덩어리는 나무들 사이를 스치는 찬 바람에 흔들렸고, 그 불빛을 투영한 수면이 그에 호응하듯 일렁였다.

소박한 정취가 있는 돌로 만든 노천탕은 손질이 잘 된 둥그스름한 석재에 둘러싸여 있다.

나뭇잎 커튼 틈새로 들어오는 초승달의 빛줄기. 초승달과 등롱이 배경이 된 수증기에 빛을 쏘아냈고, 자연광과 인공광이 뒤섞이면서 빛의 모양을 그려낸다.

철퍽, 물소리가 났다.

벚꽃색으로 물든 어깨에서 물방울이 흘러내렸고, 뜨거운 물에 잠긴 머리끝이 펼쳐지며 내 팔꿈치로 팔을 뻗듯이 떠다닌다.

물에 잠긴 얼굴 절반이 빨개진 레이는 부글부글 거품을 뿜고 있었다.

실오라기 하나 걸치지 않은 그녀와 등을 맞대게 된 나는 입을 크게 벌리고 숨을 내쉰다.

왜, 왜, 이렇게 된 거지. 『먼저 씻으세요』라고 해서 내가 먼저 들어왔을 텐데. 왜, 왜, 아무렇지 않게 발가벗고 IN한 건데, 얘는? 남자인 내가 백합 게임 세계에서 발가벗은 히로인과 함께 온천에 들어갈 이유가 없지 않아?

나는 얼굴을 탕에 담그고 자해하기 시작했지만, 아무리 시간이 지나도 하늘의 부르심을 받지 못했다. 아무래도 내 얼굴 표면에 공기층을 만들어 알스하리야가 연명을 시도 중인 듯하다.

마인은 온몸이 마술 연산자로 구축돼 있다. 그 온몸을 자유자

재로 조종함으로써, 매직 디바이스 없이 간단한 마법 정도는 발동할 수 있다.

마인과 싸우면 성가신 점은 그런 간이 마법 발동에도 있지만……. 뭐, 지금 할 수 있는 말은 나는 알스하리야 때문에 죽을 수 없다는 거다.

하는 수 없이 나는 고개를 든다.

희미하게 등롱에 든 불꽃이 흔들렸다.

아마 스승님이나 알브가 켠 거겠지. 탁한 물 표면에 달과 불빛이 비친다.

참방, 하는 소리가 났다. 시선 아래에서 인 파문이 가슴에 닿는다.

시야 한구석에 깨끗한 피부가 들어왔고, 어깨와 어깨가 희미하게 맞닿으며 체온을 전한다.

"하아……, 하아……, 하아……!"

눈을 크게 뜬 나는 대량의 땀을 흘리면서 곁눈질로 레이의 상태를 살핀다.

이, 이상한 생각하는 건 아니겠지. 묘, 묘한 일이 벌어지진 않겠지. 이, 이건 백합 게임 맞지? 여차하면 알스하리야가 반응할 수 없는 속도로 심장을 멎게 하는 수밖에 없는데……. 그런 재주를, 부릴 수 있을까……. 되, 되든 안 되든 해보는 수밖에……!

"……오라버니."

갑자기 들리는 목소리에 나는 움찔 반응했다.

"나, 나는 오빠고! 너, 너는 여동생! 남매야!"

"산죠가의 사정으로 그런 형식을 갖추기는 했지만……. 거의 피가 이어지지 않은 먼 친척이고……,

민법 제734조로 결혼이 금지된 건 『직통 혈족 또는 3촌 이내의 방계 혈족』이라……. 남녀 간의 결혼엔, 다양한 장벽이 있지만……. 저와 오라버니는 문제없이 결혼할 수 있어요."

"하아, 하아, 하아, 하아, 하아, 허억!"

내 눈꼬리에 희미하게 눈물이 맺힌다.

이, 이 녀석, 따로 조사했구나. 그, 그런 건 조사할 필요 없는데, 조, 조사했어. 미, 민법 공부? 고, 공무원이라도 될 셈인가?

"착각하지 마셨으면 하는데, 이건 가족 간 커뮤니케이션의 일환이에요. 아스테밀 씨가 『아무도 안 들어가 있다』고 했으니 사고에 불과해요. 지나치게 의식하는 오라버니가 이상해요. 오히려 그런 잭팟을 기대한 게 아닐까 하는 변태성이 풀풀 느껴지네요."

잭팟이 뭔데, 도박 중독자 같은 용어 쓰고 있어. 레이디스 코믹을 열독하며 키워 온 어휘력이, 사람의 마음을 울리는 워드를 찾는 후각까지 키웠구먼.

"하지만, 이렇게 오라버니와 한 욕탕에 있어서 기뻐요."

정색한 나는 쿠키 마사무네의 날 끝을 살며시 심장 위에 댄다.

"가족탕이나……, 그런 걸 동경했거든요……."

미소를 띤 나는 쿠키 마사무네를 살며시 검집에 넣는다.

살며시, 어리광을 부리듯 레이의 뒤통수가 내 어깨에 얹혔다.

살짝 젖은 데다 바깥 공기에 차가워진 검은 머리가 내 어깨를 간질인다. 수분을 빨아들여 무거워진 머리카락은 무시무시할 정도로 매끄러웠고, 일렁이는 수면에서 하얀 손끝이 살랑살랑 흔들린다.

완전히 안심한 듯, 눈을 감은 레이는 등을 기댄다.

망설이듯 내 어깨에 닿은 손끝이 나의 존재를 확인하듯 서서히 그 윤곽을 더듬는다.

"제 가족은 스노우와 오라버니뿐이에요. 언젠가 셋이 같이 탕을 즐기죠."

"딱히 상관은 없는데, 나는 익사체로 참전하게 될 거야……. 각오는 된 거지?"

아슬아슬하게 가족애의 범주에 든다. 그렇게 판단한 내 호흡은 안정을 되찾았고, 서서히 릴랙스할 수 있었다.

"레이. 산죠가의 마안『불효서사』에 관해 알고 싶은데."

찰방, 물소리를 내며 레이가 완전히 이쪽을 돌아본다.

"어떻게 오라버니가 산죠가의 마안을?"

"싫어엇……. 이쪽 보지 마아……! 변태애……!"

"죄, 죄송해요."

탁한 물이 아니었다면 전부 보였겠지. 얼굴이 빨개진 레이는 가슴을 두 손으로 가리며 각도를 바꾼다.

"스승님에게 들었어. 그 사람은 기본적으로 뭐든 아니까. 난 좀 더 강해지고 싶거든. 지금은 불효서사 개안을 위해 노력 중이야."

"그러셨군요. 산죠가 사람이 오라버니에게 마안 정보를 줄 리 없고, 관련 자료는 본가 대형 금고 안에 보관되어 있어요. 저조차

정식으로 가문을 이을 때까지 열어서는 안 된다고 하더라고요."

본래의 히로인도 몰랐겠지만, 나는 게임 내 지식 덕에 이미 안다.

산죠가 녀석들이 마안의 정보를 숨기려 드는 것도 당연하다. 지배할 수 없는 데다 적대적이며, 불명예의 상징과도 같은 남자인 히이로 같은 사람이 마안이라는 힘을 얻으면 걷잡을 수 없는 사태를 초래할지도 모른다.

마안 개안은 친족 간의 골육상쟁과도 연관이 있다.

그렇기에 산죠가의 직계이자 마안 개안 조건을 갖춘 히이로는, 산죠가에 있어 성가시기 짝이 없는 폭발물 같은 존재라 할 수 있겠지.

"마안은 혈통을 기반으로 대대로 전해져 내려온 것이래요. 만약 오라버니가 마안을 개안하면, 지금까지 오라버니의 혈통을 인정하지 않았던 『산죠 레이파』가 단숨에 불리해져요. 오라버니가 불효서사를 개안했다는 게 알려지면 물밑에서 움직이던 『산죠 히이로파』가 대두하는 게 자연스러운 흐름. 오라버니를 정통 후계자로 추대하며 산죠가 내의 권력을 쥐려 들겠죠. 만에 하나라도 오라버니가 마안을 개안하면 곤란해요."

조부모님 및 부모님이 이미 사망한 데다 배우자가 없는 산죠 히이로는, 유일무이한 직계다.

그건 즉, 유일한 직계로서 아군이 없다는 뜻이다.

산죠 히이로는 직계 혈통이 아니라고 주장하는 방계(분가) 사람들은 내가 직계라는 걸 드러내는 물적 증거를 처분했기에, 내가 불효서사라는 직계의 증거를 내세우면 난감해지겠지.

산죠가는 단결력이 강하진 않다.

전부 산죠 레이를 내세우는 것 같지만, 뒤에서는 틈만 나면 그녀를 끌어내리고 자신을 내세우려는 사람도 있다. 개중에는 혈통과 전통을 중시하는 괴짜도 있으며, 산죠 히이로가 직계라는 걸 증명해 산죠의 기치(旗幟)로 삼으려는 계획을 꾸미기도 한다.

요약하자면 내가 마안을 개안하면 산죠가 주변에서 성가신 일이 벌어진다는 거다.

"안심해. 마안을 개안해도 안 들키게는 할게."

"네, 저도 도울게요. 은닉과 계략에는 조금 자신이 있거든요."

레이에게 등을 돌린 채로, 나는 속삭인다.

"불효서사를 개안하면 뇌와 눈에 부담이 간다고 들었어. 그 부담의 정도를 알고 싶어. 예를 들어 강제로 뜬다고 하면…… 인체는 몇 초까지 버틸 수 있지?"

조금 텀을 두고 나서, 레이는 입을 열었다.

"저도 들은 이야기이긴 하지만…… 16초……, 아니, 15초가 한도라고 해요. 과거 음양의 사법(邪法)으로 마안을 강제로 뜬 사람이, 『10과 6의 시간을 지나, 인간이 아니게 되었다』라고 했어요……. 무슨 뜻인지는 모르겠지만, 무사하지는 못할 거예요."

게임 내에서는 마안 개방 한도 시간은 턴 수로 표시됐다.

다음에 사용하려면 게임 내 턴에서 쿨타임이 경과하기를 기다려야 한다. 강제로 마안을 쓰는 일은 없었을 거다.

그렇기에 강제로라도 계속 뜨고 있으면 어떻게 될까. 한도 시간은 얼마나 될까. 몸에 오는 부담은 어느 정도일까. 그것들을 알고 싶었다.

"15초……."

"불효서사는, 후지…… 산죠가가 자랑하는 최강의 음양사가 원조라고 해요. 그녀는 그 눈으로 모든 걸 꿰뚫어 봤다는데, 그 힘을 세상에 알린 결과 하나의 괴물을 낳고 수많은 희생을 초래했다고도 하죠. 무고(巫蠱) 계승의 의식이라고도 불리는 과거의 의식이 문헌에 남았는데, 그 의식은 강제 개안을 일으키는 효과가 있어서 도전한 모두가 사망했다고 해요."

"충고는 마음에 새겨둘게. 무리하거나 강제로 개안할 생각은 없어. 그냥 지식으로서 머릿속에 넣어두고 싶었을 뿐이야."

"과거부터 지금까지, 불효서사에 관련된 사람이 행복해진 역사는 없어요. 개안한 사람은 모두가 『망령이 보이는 저주받은 눈』이라고 했거든요. 저주받은 거예요, 그 눈은. 아니요, 오히려 저주받은 건 이 피일 수도 있지만……. 키리우 씨나 카오우 씨나, 그 시절 산죠의 시체 찬탈극만 없었다면 분명……."

산죠가에 얽힌 비극을 아는 레이는 고개를 숙인 채 혼잣말을 내뱉었다.

나 역시 원작 게임을 통해 그 귀결을 알며, 그렇기에 불효서사는 조심스럽게 다뤄야만 한다고 주의 중이다.

15초. 개안한다고 해도 고작 그 정도인가. 뭐, 그냥 흥미로 물어본 것뿐이다. 알스하리야의 유혹에 넘어갈 생각은 없고, 크리스 에세 아이즈벨트와 맞붙을 생각도 없다.

생각에 잠겨 있던 내 시야에 눈을 내리뜬 스승님의 모습이 들어온다.
"둘이서 목욕……, 그런 사이에요……?"
"너 때문이잖아! 야 인마(퓻퓻)."
"앗 뜨거! 제자의 폭력이다! 이 물총 솜씨는 저와 단련한 덕일까요! 또~ 제 강력한 지도력이 결실을 봤군요!"
내 물대포에 스승님은 달아났고, 크게 당황하며 레이가 일어난다.
"지금 일어나면 안 돼! 전부, 보여── 죽어라, 망할!"
살색이 시야 한 편을 스친 순간, 나는 손가락 두 개로 내 눈을 찔렀다.
"꺄악……. 아……, 죄, 죄송해요오……."
내 눈 찌르기 신은 당황한 레이 눈에 보이지 않은 듯하다. 천 스치는 소리가 난 후에 발소리가 들렸다. 레이는 변명을 위한 것인지 스승님 뒤를 쫓은 듯하다.
"다행이야, 더러워진 백합은 없었군요."
"가, 갑자기 자기 눈을 찌르려 들지 마. 아, 아슬아슬하게, 방어에 성공했는데…… 내가 없었다면 정말 실명할 기세였어."
시력을 회복하고 나서 나는 물에서 나왔다.
그 순간 나를 휘감고 있던 수증기가 살을 따라 선처럼 변했고, 근처에 있던 쿠키 마사무네의 검집을 보고── 문득 깨달았다.
"안개의 수수께끼가."
나는 히죽 웃었다.

"풀렸다."

2일 차, 심야.

아침부터 밤까지 계속 싸운 나는 반송장이 돼 있었다.

계속 나를 상대한 알브 셋도 거친 숨을 내쉬었고, 어둠을 믿고 거슬리는 가면을 벗었다.

안개의 수수께끼가 풀려도 그 감각을 얻지 못하면 의미가 없다.

머리부터 발끝까지 모든 게 열기를 띠며 흔들렸다.

한 번 더.

한 번 더 하면, 이해할 수 있다.

온몸의 감각이 민감해졌고 몸에 스며든다.

달을 가리던 구름이 흘러가고 달빛이 나와 알브들 사이를 비추며—— 움직인다.

안개를 폐로 빨아들인 나는 그 안개를 선으로 만들어 사지로 뻗게 했다.

마력선으로 막대한 마력을 흘려 넣으며, 그 관이 터지지 않게 계속해서 보강한다.

손끝……, 손끝, 손끝, 손끝!

"윽……, 오……!"

검지와 중지 끝으로.

알스하리야의 마력이 흘러들고, 전력으로 구축한 마력선이 그 제어를 도왔으며, 필요한 만큼의 마력이 공급되었다.

순간 몸이 훅 편해졌다.

지금까지의 괴로움이 거짓말이었던 것처럼. 고락이 뒤섞이며 세상을 비춘다.

눈.

눈이 뜨인다.

희미하게 뜨인 눈이 어둠 속에서 활로를 찾아냈다.

수없이 표시된 경로선(루트), 두 눈에 비친 그것들 속에서 붉게 비치는 하나를 골라잡는다.

"히이로……."

자리에서 일어난 스승님은 중얼거린다.

어둠을 거절하는 듯이, 두 개의 붉은 빛이 희미하게 떠오른다. 그것은 흡사 길 잃은 사람을 이끄는 유도등 같았다.

순간, 알브가 소리친다.

"피해!"

늦었다.

내가 왼손을 휘두르자, 걷힌 안개가 공기 중을 날았다. 생성(크래프트). 공기를 스치는 마찰음과 함께 그들의 도주 경로를 가로막듯이 마력 벽이 깔린다.

살며시 손끝을 든다.

쏜다.

붉은 루트가 보이자 나는 거기 마력을 실었다.

쏘고 전이한다——. 그때, 스승님의 다리가 내 팔을 위로 걷어찼다——.

완벽하게 제어된 보이지 않는 화살은 하늘을 지배하는 달의 발치까지 뻗어 올라갔고——, 그 모습을 드러냈다.

퉁——, 쿠웅!

형성과 동시에 어마어마한 파열음을 내며 폭발한 물의 화살(워터 애로)은 기울어 있던 토리이를 더 기울게 했고, 큰 나무를 뿌리째 쓰러뜨렸으며 방어에 들어간 알브 일행을 땅으로 떨어트렸다.

쏴아——, 비가 온다.

흠뻑 젖은 내 앞에서 젖은 앞머리를 늘어뜨린 스승님이 미소 지었다.

"축하해요."

축복의 말을 들은 나는 의식을 잃었다.

눈을 뜬 건 다음 날 오후였다.

머리 위를 덮은 천막이 보인다. 시원한 바람의 속삭임이 들린다. 온몸이 후끈거리는 게 느껴진다.

살랑살랑 바람에 흔들리는 입구, 그 틈새로 비친 햇빛이 발치에서 일렁였다. 기분 좋은 온기와 촉감이 내 앞뒤를 감쌌고, 어디서 풍기는 것인지 향긋한 냄새가 콧구멍을 자극한다.

아무래도 의식을 잃은 후에 텐트 내로 옮겨진 모양이다.

"……기본적 인권 침해잖아, 이건."

나를 끌어안은 채로 잠든 스승님은 곤한 숨소리를 냈고, 내 등에 매달리듯 레이 역시 잠들어 있었다.

스승님을 밀치고 레이의 두 손을 떼어낸 나는 텐트 밖으로 나온다.

“““““…………. ”””””

알브 일행은 셋이서 장작을 에워싼 채 나무 막대기에 꿴 마시멜로를 굽는 중이었다.

희미한 그림자가 세 사람의 가면 위로 기이하게 꾸물거린다.

치익, 치익 소리와 함께 흰색 덩어리가 녹아내렸고, 미동조차 하지 않는 프리○어와 그 일행이 그것을 지켜보았다.

“““““…………. ”””””

“남이 자는데, 산 제물(마시멜로)을 바치지 말아 줄래요?”

“““““…………. ”””””

“다 같이 이쪽 보지 마요……. 무, 무서워…….”

접이식 의자를 설치한 암갈색 텐구가 손짓한다.

거절하기 힘든 박력이 있어서 나는 거기 가담했다. 넘겨받은 가면(한냐)을 쓰고 마시멜로를 바라봤다.

노린 듯이 하품하며 스승님이 텐트에서 나온다.

“흐아아, 잘 잤――.”

“““““““…………. ”””””””

“그거 혹시 마시멜로가 아니라 창자인가요?”

몇 분 후, 레이도 일어났고 같은 흐름을 반복했다.

전원이 협동해서 폭풍 제작한 야미나베 카레를 양껏 집어넣고 마시멜로를 든 스승님이 구토기를 느끼며 나에게 묻는다.

“안개의 정체는 파악한 거죠?”

희미하게 웃은 나는 손끝에 마력선을 뻗는다.

“그건 안개 형태를 한 마력선이야. 즉 마력이 지나는 가느다란 관이지. 첫날의 나와 레이는 무의식중에 마력을 너무 쏟아냈고, 폐로 들어온 안개를 통해 공기 중의 안개까지 마력이 흘러나가서 마력 고갈 증상을 일으킨 거지."

마력선이란 내인성 마술 연산자를 이용해 만들어진 인체 내부에 있는 관이다. 마력 이외의 것을 흘려보낼 수는 없지만, 훈련에 따라 변환과 조절이 용이하다. 굵게 해서 한 번 유입되는 양을 조절하거나 길게 연장해서 압력을 늘림으로써 유입 속도를 높일 수도 있다.

보통 내인성 마술 연산자…… 인체 내에 흐르는 마력은 온몸을 순환하기에, 계속 흐르는 상태다.

그 흐름을 담당하는『길』, 혈액을 운반하는 혈관 같은 것이 마력선이다.

"첫날은 안개가 짙었던 탓에 마력 유출량이 증가, 제어하지 못한 마력이 체외로 흘러나오면서 제어하기 쉬워졌지. 반대로 둘째 날은 안개가 옅었던 탓에 내가 제어하지 못한 마력이 체외로 흘러나오지 않았고 컨트롤하지 못했어."

정답 효과음 대신 스승님은 스푼을 손가락으로 튕겨서 소리를 냈다.

"나는 마력선을『마력의 흐름을 일시적으로 바꾸는 분기기(器)』로만 다뤘어. 과거의 내 마력량은 소량이라 마력 유입과 유출을 생각할 필요가 없었지. 하지만 사실 마력선의 진가는 분기 이외의 곳에 있어. 예를 들어 그 개수와 굵기를 사용 마력량에 따라 구축하면, 관 안을 통과하는 마력이 균일해져. 이론적으로는 아무리 많은 양의 마력이라도 제어할 수 있지."

"그것도 정답이에요. 당신이라면 혼자만의 힘으로 도달할 줄 알았어요."

미소를 띠면서 스승님은 내 머리를 쓰다듬는다.

"일시적이지만 마안도 뜨였고……. 언젠가 『불효서사』도 자연스레 개안하게 되겠죠. 다만."

스승님은 스푼의 볼록한 면으로 내 이마를 툭 쳤다.

"아직 마안을 뜨기에는 너무 일러요. 잠깐이지만 당신은 마안의 힘에 빠져서 앞뒤 구분 못 하고 쏘려고 했잖아요. 그건 히이로의 뜻이 아니라 마안의 뜻이었을 거예요."

"맞아요. 그 말처럼 의식을 빼앗겼어요……. 거의 기억도 없고……."

"뭐, 그건 그렇고 어떻게 알아차린 거죠?"

나는 히죽 웃는다.

"온천 덕이죠."

"어……."

뺨을 붉힌 레이가 고개를 숙였고, 스승님과 알브 일행이 사이좋게 나를 바라본다.

"엉큼한 마음으로 안개의 수수께끼를 풀고, 마안을 개안한 건가요……?"

"뭐, 그렇지. 내 비열한 성욕이 옷 아래 감춰진 수수께끼를 풀고야 만 거야. 이 사실은 『#마안으로변태짓』을 붙여서 친구와도 공유해."

"그, 그럼."

얼굴을 붉힌 레이는 웃으며 호감도 하락을 위해 애쓰는 나를 바라본다.

"오라버니는 저를 그런 눈으로 보는——."

"당연히 뻥이지. 웃기지 마. 누가 변태라고. 이건 모함이야. 나처럼 깨끗한 마음의 소유자가 그런 짓을 할 리가. 여동생에게 그런 감정을 품을 리가 있냐고. 애초에 정정당당하게 올바른 방법으로 수수께끼를 풀고 싶은 사람한테 정말 무례하기 짝이 없네. 이 멍청이."

"그럼 온천의 어떤 점을 통해서 수수께끼를 푼 거죠?"

나는 한숨을 내쉰다.

"수증기."

내 머리 위를 맴도는 알스하리야가 내뱉은 연기가 선처럼 변해 팔 위를 기었고, 안개와 뒤섞이면서 공기 중에 녹아든다.

"수증기가 피부에 맞춰 선처럼 변하더니 쿠키 마사무네의 검집까지 뻗어났어. 검집에는 콘솔과 콘솔을 잇는 도선이 있지. 그걸 통해서, 마력의 통로……. 마력선을 연상했고 복잡한 수수께끼가 풀렸지."

무릎 위에서 팔짱을 낀 레이가 존경과 애정이 담긴 눈으로 바라본다. 3인조 역시 가면 너머로 나를 바라봤고, 나는 얼버무리듯이 카레를 휘적였다.

"역시 히이로는 눈이 좋네요."

스승님은 자애가 넘치는 손짓으로 내 머리를 쓰다듬는다.

"그 착안점이 전투 센스를 뒷받침하고 있어요. 일상의 사소한 일들에서 힌트를 얻어서 본인의 양식으로 삼는 뛰어난 학습 능력은 최고 수준일 거예요. 게다가 고작 하루 만에 마력선 다루는 법까지 습득했으니까요."

스승님은 내 머리카락을 정돈하듯이 손끝으로 어루만졌다.

"다만 아직 완벽히 제어하는 건 아니에요. 실전에서 쓸 수 있게 서서히 길들여 가세요."

나는 고개를 끄덕였고――, 수신음이 울려 퍼졌다.

자동으로 윈도우가 뜨더니 분노에 얼굴이 새빨개진 뮤르가 비친다.

"가, 감히 이런 짓을, 산쵸 히이로……. 자, 잘도 이렇게 사람을 바보로 만들었겠다……!"

그녀는 화면 너머에서 나에게 고함친다.

"앉아만 있으면 되긴 뭐 · 가 · 돼! 이 새빨간 거짓말쟁이! 지금 당장 돌아와! 지금 당장! 지금 당자앙! 3, 2, 1, 응, 이제 죽었어! 각오해!"

"미안, 히이로."

기숙사장을 번쩍 안아 든 츠키오리가 미소를 띤다.

"들켰어."

딱 좋은 타이밍이다.

히죽히죽 웃으면서 나는 날뛰는 기숙사장에게 "내일 갈게요"라고 통보했다.

"자, 잘도, 뻔뻔스럽게 얼굴을 내밀었겠다……!"

다음 날, 기숙사장실을 찾은 나를 보자마자 자리에서 힘껏 일어난 기숙사장은 위협하듯 지팡이를 휘두르면서 다가온다.

"왜요, 기숙사장."

"왜요 소리가 나와아아아아아아아아아아아아아아아아아아! 너, 자기가 무슨 짓을 저질렀는지 아는 거냐아아아아아아아아아아아아아아아아아!"

몸을 구부린 내 어깨를 잡고 기숙사장은 앞뒤로 정신없이 흔든다. 딱 그 타이밍에 릴리 씨가 방으로 들어왔고 황급히 나와 기숙사장을 떼어놓았다.

"이거 놔아아아아아아아아아아아아아아아아아아! 이 녀석은 살려두면 안 돼애애애애애애애애애애애애애애애애애애애애애애애애애애애애!"

"GUEHEHEHEHEHEHE!"

잡지를 얼굴에 얹고 소파에서 자던 츠키오리가 벌떡 일어난다.

"아아, 돌아왔구나……. 어서 와, 히이로."

"어, 다녀왔어."

소란을 피우는 뮤르를 보고 눈가를 문지르던 츠키오리는 미소 짓는다.

"즐거운 여행 선물 이야기 중이었나 보네."

"신나 있는 건 기숙사장 하나고, 내가 여행 전에 두고 간 선물로 펄펄 뛰는 거지만."

흐아암, 하품한 주인공께서는 기지개를 켠다.

"그래서, 어쩔래? 신입생 환영회 전에 들켰는데."
"들키는 게 당연하고 오히려 잘됐어. 이른바 굿 타이밍이라는 거지."
겨우 안정을 찾은 기숙사장은 씩씩거리며 나에게 삿대질한다.
"범인은! 너다!"
"으……, 으으……. 저, 저도 어쩔 수 없었어요……!"
나는 손을 얼굴로 가리며 무릎을 꿇는다.
"어쩔 수 없었다고요……!"
"서스펜스 드라마 단골 패턴이군."
"너, 너…… 잘도, 이딴 장난질을……!"
기숙사장은 나에게 기숙사 내 신문을 내던졌다.
그곳에는 기숙사장이 기숙사에서 쫓아낸 전 기숙사생 선배에게 보내는 사과문이 실려 있었다. 울상인 기숙사장과 쫓아낸 선배가 나란히 찍힌 사진이 붙어서 흡사 기숙사장이 사과해서 화해가 이뤄진 것처럼 보인다.
"처, 처음부터, 이러려고……. 어, 언제 찍은 거야, 이런 건……. 나, 나인 척하고, 기숙사 내 신문을 발행하다니 대체 무슨 권한으로……!"
"무슨 소리세요오, 기숙사장. 그 귀여운 눈으로 똑~똑히 보세요."
웃는 얼굴을 들이민 나는 신문 기사를 콕콕 손으로 쳤다.
"누가 이 기사를 기숙사장이 썼다고 하나요. 그냥 주어를 『나』로 해서, 제가 보내는 사과문을 실은 것뿐이에요. 하지만 기숙

사장이 기숙사 내 신문에 공을 들인다는 건 기숙사 사람이라면 다 알죠. 어쩌면 기숙사 사람들은 그 기사를 기숙사장이 직접 쓴 걸로 착각할 수도 있겠네요."

나는 히죽 웃는다.

"하는 수…… 없겠죠~? 그렇죠~, 기숙사장~? 으응~?"

"가, 갈기갈기 찢어서 콘크리트 속에 확 묻어 버릴래! 이 자식—!"

나에게 달려든 기숙사장이 그 궤도를 내다본 릴리 씨에게 붙잡힌다. 중국 서커스단처럼 기숙사장이 공중을 날았고, 릴리 씨가 익숙한 손짓으로 착지시킨다.

"나는 히이로의 부탁을 듣고 그 기사 게재권을 얻어 줬는데."

벌러덩 드러누운 츠키오리는 신입생 환영회 참가 신청 용지를 내보인다.

"그 덕에 마법의 효과가 아주 좋아. 뮤르의 악평이 돌기 전과 똑같은 기세로 점점 참가 신청서가 접수되고 있어."

기숙사장실 문 틈새로 여자들이 안을 살핀다.

다리를 꼬고 드러누운 츠키오리와 눈이 마주치자, 그들은 "꺄악—!" 하고 새된 환호성을 지르며 도망쳤다.

"근데 이 마법을 쓴 마법사에게 묻겠는데. 뮤르를 반성하게 하고 화해로 이끈 건, 츠키오리 사쿠라라고들 하는 것 같거든……. 어떻게 된 거야?"

"그야 좁은 기숙사 내에서 생긴 일이니까. 너 자신이 발 벗고 기숙사 내 신문 게재권을 얻었다는 소문은 출처를 불문하고 눈

깜짝할 새 퍼지던걸. 최근 기숙사 내를 들썩이게 만든 유령이 소문의 발단이라고 하면 일대 센세이션이 일겠지."

광학 위장을 써서 모습을 감추고 기숙사 복도에서 주절주절 소문을 퍼뜨리고 다녔던 나는 히죽히죽 웃는다.

"정말 머리도 잘 돌아가네. 즉석에서 승리 조건의 전제를 갖추는 실력이 있어."

츠키오리는 유쾌하게 나를 바라본다.

"점점, 갖고 싶어지네……. 너를……."

"회수해—! 이 기숙사 내 신문을 회수하라고—! 교묘하게 기숙사 내 신문 발행일을 바꿔서 내 눈을 속이려 들다니, 너무 악랄하잖아! 이 못된 놈—! 얼마나 천성이 교활해야 이딴 최악의 방법을 떠올리는 거야, 이 쓰레기—!"

나는 완벽하게 갖춰진 이상적인 그림 앞에서 기숙사장의 칭찬 세례를 받으며 두 팔을 벌리고 눈을 감았다.

이게 바로 내가 목표로 했던 이상적인 백합 세계(릴리토피아).

뮤르는 나를 싫어하고, 츠키오리는 많은 여자에게 호감을 사겠지.

크리스가 신입생 환영회를 경호하게 하면 그 사실을 의문으로 여긴 기숙사장이 경호 이유를 알아보기 시작할 것이다. 그 타이밍에 정보 공작을 하는 거다.

츠키오리 사쿠라가 뒤에서 손을 썼다는 날조된 증거를 퍼뜨리면 모든 공은 주인공에게 돌아간다. 나를 혐오하는 크리스는 분명 여동생에게 나에 관한 갖은 욕을 할 것이고, 빠르게 호감도가 낮아지겠지.

활짝 열린 창문을 통해 불어든 바람이 커튼을 흔들었고, 햇빛이 나를 비추었다.

그 온기를 느끼면서 나는 속으로 살며시 중얼거린다.

이겼——.

"뮤르, 히이로 씨는 전부 당신을 위해 한 일인데요?"

나는 눈을 크게 뜬다.

진지한 표정의 릴리 씨가 뮤르를 보고 있었다.

"히이로 씨라면 당신이 기뻐할 만한 방법을 얼마든지 쓸 수 있었겠죠. 그래도 굳이 이런 방식을 택한 건 당신이 직접 해결하길 바랐기 때문이에요."

"릴리 씨……. 저, 저기……. 오, 오늘 저녁은…… 저녁은 뭐예요……? 저기……?"

"내, 내가, 해결할 수 있는 건…… 아무것도 없어……."

"하지만 사과하고 싶었죠?"

뮤르는 움찔하더니 몸을 들썩인다.

"사과하고 싶은데 사과하지 못한 건 아이즈벨트가의 이름에 흠을 내기 싫었기 때문. 뮤르, 당신은 자기한테는 이 기숙사밖에 없다고 생각할 수 있어요. 자기는 가치가 없고 아무도 필요로 하지 않는다고 생각할 수 있어요. 하지만 그건 아니에요. 당신은, 뮤르 에세 아이즈벨트로서, 하나의 사람으로서 살아도 돼요. 아이즈벨트가와는 무관하게 사과해도 돼요."

"괘, 괜한 참견이야……. 남자 따위에게…… 신세 질 생각 없어…….”

“크리스 님이 신입생 환영회에 와 주시겠대요.”

뮤르는 힘껏 고개를 든다.

금세 그녀의 얼굴에 미소가 번진다. 기쁜 듯 달아오른다.

“저, 정말?!”

“네, 히이로 씨가 크리스 님을 초대하셨어요. 크리스 님이 히이로 씨에게 『꼭 사례하고 싶다』라고 하시네요.”

“어, 언니가…… 산죠 히이로에게…….”

“봐요, 뮤르. 당신에게도 아군이 있죠.”

두 눈에 눈물을 글썽이는 릴리 씨가 그녀의 두 손을 잡고 속삭인다.

“저 말고도…… 든든한 아군이 있어요…….”

뮤르와 릴리 씨는 이쪽을 바라봤고, 얼굴이 파래진 나는 뒤로 물러난다.

어느새 햇빛이 멀어지고 승리의 여운은 지나가 버렸다.

홀로 남겨진 나는 서서히 뒷걸음질 쳤고…… 절벽밖에 보이지 않는 창가로 내몰렸다.

새파란 얼굴을 가로저으면서 필사적으로 나는 속삭였다.

“나, 나는…… 나는 아니야……! 내, 내가 아니야! 내가 아니야, 내가 아니야, 내가 아니야! 나는 아무 짓도 안 했어! 크리스에세 아이즈벨트 따위 몰라! 만난 적도, 들어본 적도 없어! 정말이야! 믿어줘! 츠키오리!”

떨면서 나는 츠키오리의 두 팔을 움켜쥔다.

"츠, 츠키오리라면 믿어주겠지……. 나, 나는 아무 짓도 안 했어……. 나는 무고해……. 미, 믿어줄 거지……. 응……?!"

츠키오리는 미소 지으며 천천히 고개를 가로저었다.

아연실색한 나는 주변을 둘러보며 아무도 내 편이 없다는 걸 알았다.

털컥 무릎을 꿇은 나는 두 손으로 얼굴을 덮었다.

"으……. 으으……. 하는 수 없었어……!"

나는 정신없이 속삭인다.

"하는 수 없었다고……!"

"왜 칭찬받을 일을 해놓고 서스펜스 드라마 악역처럼 굴어?"

이렇게 신입생 환영회 사건은 막을 내렸다.

그렇게 보였다.

신입생 환영회에 대비해 준비가 착착 이뤄졌고, 과거 아이즈벨트가에서 일했던 메이드들은 자신감과 미소를 되찾았다.

기숙사장 역시 크리스가 온다는 즐거움이 생긴 덕인지 여느 때보다 들떠 있었고, 매일같이 아직이냐 손가락까지 꼽아가며 기다리는 듯했다.

"크리스 님이 뮤르에게 하룻밤 자러 오라세요."

신입생 환영회 2일 전. 그런 훈훈한 광경이 펼쳐지는 가운데, 릴리 씨가 가져온 안 좋은 소식이 불길한 기운을 뿜어냈다.

"아이즈벨트가를 통해 부른 거라 일단 거절할 수도 없어요. 크리스 님은 산쵸 님을 마음에 들어 하는 것 같으니 신입생 환영회에 참가한다고 해도 수상할 게 없지만, 뮤르 하나만 부르다니……. 본인은 폴짝폴짝 뛰면서 준비를 시작했지만요."

묘한 착각 중인 릴리 씨는 크리스가 나 때문에 신입생 환영회에 오는 줄 아는 듯했다(어떤 의미로 보면 착각은 아니다).

혼자 외롭게 아이즈벨트가의 마수로부터 뮤르를 계속 지켜온 그녀는, 현실을 잘 인식하고 있었다. 크리스가 여동생 뮤르를 위해 신입생 환영회에 와 줄 리가 없다. 그렇기에 갑작스러운 부름에 수상함을 느낀 듯하다.

타이밍을 잰 듯이 릴리 씨에게 연락이 왔다. 자리를 피했다가 돌아온 그녀의 표정은 흐려져 있었고, 가슴 앞에서 움켜쥔 주먹은 바르르 떨리고 있다.

"……크리스 님이에요."

나를 끌어들이기 싫다고 망설이던 그녀는 당사자인 나의 재촉에 고개를 든다.

"산죠 님과 이야기하고 싶대요."

고개를 끄덕인 나는 전화를 바꾼다.

"밖으로 나와. 사람을 보냈으니까. 너와 나 둘이서——."

윈도우 속에서 의미심장한 표정을 짓던 크리스 에세 아이즈벨트는 미소 짓는다.

"우호를 다지고 싶어."

"그거 좋네~, 크리스 양. 이심전심, 마음까지 통하는 걸지도 몰라."

나는 나 자신이 가장 죽이고 싶은 산죠 히이로를 흉내 내어 웃는다.

"나도 마침 귀여운 여자와 놀고 싶던 참이거든."

윈도우 너머에 있는 크리스의 얼굴이 일그러졌고――, 나는 유유히 기숙사 앞에 멈춰 선 리무진에 올라탔다.

도쿄, 주오구―― 긴자.

근사한 레스토랑이 늘어선 거리에 리무진 한 대가 정차한다.

장신의 운전기사는 공손하게 문을 열었고, 리무진 내에서 스파클링 주스를 마시던 나는 밖으로 나왔다.

아이즈벨트 그룹이 경영하는 회원제 고급 레스토랑. 유리로 된 대형 문이 자동으로 열렸고 상의를 맡긴 나는 어두컴컴한 점내로 들어갔다.

어둠 속.

눈이 적응하자, 물건 몇몇이 눈에 들어온다.

스타인웨이의 그랜드 피아노와 오래된 미술품 촛대, 기하학적인 모양을 한 오브젝트, 새하얀 테이블 천을 깐 목제 테이블……, 그 중앙에 촛대가 서 있다.

테이블 하나에 그림자가 보인다.

밤의 어둠 속을 헤매는 기괴한 요정(스푸키 고스트).

진홍색 드레스를 입은 크리스 에세 아이즈벨트는 인간 같지 않은 매력을 풍기며 어둠 속에서 나를 보고 있었다.

희미한 불빛이 비친 일렁이는 두 눈이 나를 바라본다.

나는 한 걸음 앞으로 나선다.

발을 내민 순간, 발밑에서 도선이 뻗어났고―― 레스토랑 바닥은 푸르게 빛났으며 내 다리 사이를 금붕어들이 통과한다.

콘스트럭터 매직 디바이스의 영상 투영이다.

희미하게 빛나는 푸른색 수면. 발바닥을 디딜 때마다 파문이 퍼지고, 어디서인지 밀려드는 파도와 함께 충돌해 사라진다.

화금, 유금, 브리스톨, 주문금붕어, 진주린, 철미장, 금란자……. 다양한 종류의 금붕어들이 길 잃은 아이를 이끄는 듯이 한 줄기 빛으로 향했다.

나는 금색 물고기들에게 이끌린다.

어디서 나타난 것인지 새카만 예복을 입은 여성들이 나타나더니 세련된 동작으로 의자를 당겼다.

나는 자리에 앉아 다리를 꼰다.

크리스는 미소를 띠었고, 그녀의 와인 잔에 빨간 액체가 쏟아진다.

"서민."

"실례, 일단 숙녀 앞에서 다리를 꼬는 건 매너가 아니지."

수상한 미모를 가진 그녀는 제공된 애피타이저를 내려다보고는 쓰게 웃는다.

"질이 별로군. 긴자 일등지에 과거 영국 왕후와 귀족에게 실력을 선보였다는 셰프도 이런 하급품밖에 못 만들어. 설령 앞으로 일류 메인디시가 나온다 해도 이래서는 소용없겠는걸."

마안을 개방한 크리스는 그 눈으로 나를 노려본다.

"정찬에서 나오는 요리란 그 순서, 그 질, 제공 방식까지 통일되어야 해. 어느 하나라도 실패할 바엔――."

크리스는 포크를 애피타이저에 푹 꽂아 넣었고——, 소리도 없이 접시를 깨뜨린 뒤 미소 지었다.

"없애는 게 나아."

크리스는 눈짓으로 그릇을 치우라고 명령했고, 웨이터는 그 지시에 따르려 했다. 나는 그걸 가로막고 그녀의 접시에 담긴 애피타이저를 내 입에 집어넣었다.

"하지만 개중에는 그게 필요한 사람도 있어. 나는 이미 저녁을 먹고 와서 애피타이저만 먹어도 충분해."

"……안 맞는군."

그녀의 입꼬리가 일그러진다.

"너하고는 안 맞아."

"그런 말을 하려고 부른 거야? 그런 건 만남 어플에서 해."

나는 쓰게 웃는다.

"미안하지만 나는 성격 더러운 여자랑 저녁을 즐길 만한 기량이 없거든. 입 더러운 메이드의 가정 요리가 더 성에 맞아."

"대단한 남자야."

와인을 살살 흔들면서 그녀는 웃는다.

"나한테 그런 말을 뱉고도 아직 살아 있다니."

"네가 사람 마음을 못 읽어서 다행이네. 만약 상대의 마음을 읽을 수 있었다면 너는 지금쯤 대형 살인마가 돼 있을걸. 내가 전 인류를 대표해서 너에게 큰소리치는 중이니까."

살——보이지 않는 화살——기.

자리에서 일어난 크리스의 이마에, 검지와 중지 사이에 메긴 보이지 않는 화살을 들이민다.

"이봐, 사람을 불러놓고 먼저 인내심이 끊어지면 어떡해. 몰랐을 수도 있는데, 물이 부족한 거면 웨이터가 더 가져다줄걸?"

미소를 띤 크리스가 내 앞에 늘어선 포크 위치를 정돈한다.

나는 여전히 미소를 띤 채로, 그녀가 다시 앉는 모습을 지켜봤다.

"본론으로 들어가지. 나와 네가 사이좋게 담소를 나누면서 풀코스를 쩝쩝거리는 건 소름 돋는 짓이니까."

살랑.

내 앞에 있는 접시에 새하얀 장갑이 떨어진다.

연극배우처럼 화려한 손짓으로 장갑을 던진 크리스는 웃는다.

"결투다."

"덱을 안 가져왔는데."

"나는 네가 마음에 안 들고 너도 내가 마음에 안 들지. 죽고 죽이기 위한 조건은 갖춰졌어."

다리를 꼰 채로 나는 두 팔을 벌린다.

"당신, 결투죄라고 알아? 그렇게 살육전을 벌이고 싶으면 사무라이가 활보하던 시대로 타임슬립해서 서양 함대와 붙으시든지."

"너는 남자고 나는 여자. 남녀의 사적인 트러블에 일본 정부가 법을 적용할 것 같아?"

내 앞에 수프가 놓였고, 나는 잔뜩 있는 스푼을 바라본다.

"이거, 뭘 쓰면 돼?"

"받아들이면 알려주지."

나는 윈도우를 켜고 전화를 건다.

"여보세요, 스노우? 응, 풀코스 식기 말인데, 수프 먹을 때는 뭘 쓰면 돼? 응응, 에이—, 그런 건 모르겠고 됐으니까 알려줘. 올 때 아이스크림 사 갈게……. 아니, 하겐다○는 좀, 우리 집에 그만한 돈이 어디 있어……. 네네, 알겠어, 알겠어. 네—에."

히죽 웃으며 나는 가장 작은 스푼을 든다.

"그건 디저트용이야."

"그 망할 놈의 메이드!"

망신을 당하고 테이블을 스푼으로 내리친 나는 빨개진 얼굴을 두 손으로 가렸다.

"자, 작다 싶었어! 너무 작다고, 생각은 분명 했거든!"

"결투를 받아들여, 산죠가의 실패작."

크리스는 도발하듯 조소한다.

"괜찮겠어? 막냇동생은 내 제안에 한껏 들떠 있는 듯한데……. 그 아이가 괴로워할지 기뻐할지는 네 답에 달렸어."

내 움직임이 갑자기 멈춘다.

"……무슨 뜻이지?"

"갑자기 둔한 척하지 마, 이 얼간이. 너라면 알잖아. 그 완벽하게 썩은 뇌로 조금은 신경 연쇄라는 걸 좀 해봐. 이 크리스 에세 아이즈벨트가 그 작은 실패작을 가지고 인형 놀이라도 할 나이 같아 보여?"

조용히 나는 그녀를 바라본다.

"좋은 표정이야. 조금은 볼 만해졌군."

"네가 뮤르를 집에 부른 건."

나는 불쑥 중얼거린다.

"나를 결투장에 세우기 위한 거고……. 단지 그런 이유로…… 그 아이를 부른 거냐……?"

크리스 에세 아이즈벨트는 웃음을 터뜨린다.

"아하, 아하, 아하핫! 걸작이네! 걸작이야! 뭐, 뭐야. 그 얼빠진 얼굴! 너, 너! 내가! 이 내가, 그 실패작을! 혹시 다른 이유로 부른 줄 안 거야?! 바, 바보구나, 너! 머, 머릿속이 아주 텅텅 비었어! 아하, 아하하하핫! 배, 배 아파!"

한바탕 웃은 후, 눈물을 글썽인 크리스는 입꼬리를 일그러뜨린다.

"이제 와서 그 실패작과 친하게 지내기라도 할 줄 알았어? 너 같은 남자와 똑같이 이 세상에 아무 쓸모 없는 존재와? 쓰레기는 쓰레기통에 버려라. 부모님이 그렇게 안 가르치시던?"

크리스는 나를 노려본다.

"나는 자선사업을 하려는 거야. 알겠어? 쓸모없는 메이드, 쓸모없는 여동생, 그리고 쓰레기 같은 남자……. 그걸 한꺼번에 처분하기 위해 내 귀중한 시간을 쓰고 있다고. 그런데 넌 신입생 환영회 경비를 맡기겠다고? 이 크리스 에세 아이즈벨트에게? 발목만 잡는 그 쓸모없는 여동생을 지키라니……, 농담도 정도껏 해야지. 이 쓰레기 같은 게에에에에에에에에에에에에!"

엄청난 기세로 내리친 크리스의 주먹에 테이블이 정확히 반으로 갈라졌다.

미동조차 하지 않은 나는 두 동강 나 그녀 아래서 무너져 내린 목제 테이블을 내려다본다.

숨을 헐떡이면서 마안을 개방한 크리스는 한 손으로 얼굴을 가린다.

"너는…… 그 쓸모없는 여동생 앞에서 죽이겠어……. 계속, 계속, 계속…… 무슨 짓을 해도…… 그 실패작은…… 꼭, 자기는 크리스 에세 아이즈벨트의 여동생이라는 것처럼 들러붙어……. 웃기지 마……. 나는…… 나는, 그딴 실패작의 언니가 아니야……. 짜증 난다고……. 왜 싫어하는 줄 알면서…… 따라다니는 거야……. 그 실패작은……!"

원작대로 나선을 그리듯이 자신의 감정을 수습한 크리스는 나를 바라봤다.

"받아들여, 산죠 히이로! 너를! 너를 죽이겠어! 그 실패작 앞에서! 받아들이지 않는다면, 그 실패작을 먼저 끝장내겠어!"

나는 그런 그녀의 추태를 바라보면서 수프를 홀짝인다.

다 먹고 나서…… 자리에서 일어난다.

"도망치려고?"

"집에 갈 거야. 데이트란 건 상대에게 질리면 거기서 끝이거든."

뒤를 돌아본 나는 미소를 띤다.

"너는, 상종을 못 하겠다."

"웃기지——."

슝.

그녀의 뺨을 스친 보이지 않는 화살이 똑바로 날아갔다. 어마어마한 파열음을 내며 그녀 앞에 있는 것을 포함해 테이블들이 날아갔고, 하늘 높게 솟구치더니 큰 소리로 추락했다.

아연실색.

눈을 크게 뜬 크리스의 뺨에서 천천히 피가 방울져 떨어진다. 나는 여전히 미소를 띤 채 그녀에게 묻는다.

"보였어?"

"…………."

"안 보이겠지, 너 따위한테는. 하나뿐인 여동생 마음도 보지 못하는 너 따위한테는. 너 따윈 평생 내 화살을 보지 못할걸. 하나뿐인 여동생도 마주하지 못하는 네가, 지금 누굴 이기겠다는 거야?"

매일, 매일, 매일.

기쁘고 즐겁다는 듯 크리스 이야기를 하고 그녀를 자랑했던 뮤르의 모습이 떠오른다. 자러 오라고 한 건 처음이라고 잔뜩 기대하면서 릴리 씨에게 재잘거리던 작은 그녀를 떠올린다.

그녀의 미소는 순수했고, 그곳에는 자매 사이에 피어나는 유대가 있었다.

그 아름다운 꽃을, 눈앞에서 짓밟는 녀석이 있다.

소중하게, 소중하게 품어온 마음을. 그녀가 키워온 기도를. 매일 바라온 소원을. 더러운 미소로 망치려는 녀석이 있다.

용서할 수 있겠어? 나는 자문하고는── 소리쳤다.

"어떻게 용서하냐, 너 같은 쓰레기를!"

마력을 방출한다.

"남의 화단에 함부로 들어와서 엉망으로 짓밟은 너 같은 걸! 내가 용서할 줄 알았나?! 그렇게 혼쭐이 나고 싶다면, 혼내 주지!"

웃으면서 나는 계속 소리친다.

"네가 쓰레기라고 부른 남자가! 네가 실패작이라고 부른 존재가! 네가 쓸모없는 하급이라고 부른 존재가!"

내 고함이 그 자리에 울려 퍼진다.

"천재(메인디시)를 능가하는 모습을 보여주지! 이제 와서 도망치지 마라, 크리스 에세 아이즈벨트!"

팔랑팔랑.

공중을 날던 새하얀 장갑이 크리스의 손 쪽에 떨어진다.

그녀의 뺨에서 흐른 피가 새하얀 장갑 위에 떨어졌고, 순수한 흰색은 추한 붉은색으로 젖어 든다.

크리스 에세 아이즈벨트는――, 드높은 곳에서 조소를 띠었다.

"좋아, 발판으로 써 주지."

*

사람에게는 심상 풍경이라는 게 있다.

예를 들자면 세상을 뒤덮는 하늘.

녹색으로 뒤덮인 대지. 망망대해. 전쟁의 불길이 남은 고성. 복사뼈를 어루만지는 파도. 책으로 가득 찬 서고. 수평선을 애태우는 태양. 소중한 사람이 잠든 묘소. 주사위가 구르는 경사면. 빛과 어둠 사이에 있는 허공. 창이 딱 하나 있는 방.

뮤르 에세 아이즈벨트의 심상 풍경은 새벽을 꿰뚫는 광점――『별』이었다.

그 풍경을 물들이는 건 별 하나가 아니었다.

오른쪽 옆에는 어머니가 있다. 왼쪽 옆에는 언니가 있다. 뒤에는 또 다른 언니가 있다. 그 언니 옆에는 가정교사가 대기 중이며, 또 그 옆에는 어릴 적부터 따르는 메이드가 있었다.

“자, 보렴. 뮤르. 저게 여름의 대삼각형이야. 백조자리의 일등성, 독수리자리의 일등성, 거문고자리의 일등성이 이어져서 만드는 별자리지. 저 셋을 선으로 이으면 삼각형 같아 보이지?”

뮤르의 어깨를 안은 어머니―― 소피아는 몸을 맞대면서 웃는 얼굴로 하늘을 가리켰다.

세 개의 별을 빤히 바라본 뮤르는 어머니의 얼굴을 올려다본다.

“일등성……?”

“이 지구에서 보면 가장 밝은 별이란다. 별들 중 1등인 거지.”

“어머님, 별들에 등수 같은 건 없어요.”

휠체어를 탄 병약한 시리아는 기침하면서 미소를 띤다.

“뭐니, 시리아. 가장 밝으니까 1등이라는 거잖니? 꼭 우리 딸들 같은걸! 봐, 저게 시리아고 저게 크리스, 저기 있는 게 뮤르! 역시 내 딸들이야. 전부 아름답고 밝고 1등이고 훌륭해!”

팔짱을 끼고 힘껏 고개를 끄덕이는 어머니에게 메이드 릴리는 쓰게 웃어 보였다.

“하지만 어머님. 뮤르는 저쪽 별을 닮았다고 다들 그랬어요.”

뮤르는 백조자리 옆에서 희미하게 빛나는 별을 가리켰다.

"작은여우자리……, 밝은 밤하늘 아래에서는 절대 안 보이는 사등성……. 다른 별의 빛에 묻히는 나약한 빛……."

딱딱하게 굳은 어머니 뒤에서 차녀 크리스가 입꼬리를 삐쭉인다.

"배짱 한번 좋군, 내 소중한 여동생에게 싸움을 걸 줄이야. 어디 사는 누군지 모르겠지만 다행히 내일은 재활용 쓰레기 수거일. 별것 아닌 주제에 입을 함부로 놀린 죄를 물어주지."

"크리스 님, 함께하겠습니다."

만면의 미소로 손가락을 뚝뚝 꺾으면서 가정교사 리우가 속삭인다.

"그 무례한 인간에게 제 주먹 사정거리가 대기권까지라는 걸 알게 해 주죠."

"아니, 리우. 크리스. 농담이라도 그런 말은 하면 안 돼."

시리아에게 혼난 리우와 크리스는 혀를 차면서 분노를 거둔다.

"뮤르, 누가 그랬는데? 또 학교 애들이 괴롭혔니?"

"아니, 학교 선생님. 있지, 뮤르는 마력이 없으니까 눈에 띄면 안 된대. 수련회에서 배웠어. 다른 사람들이 여름의 대삼각형이면, 뮤르는 작은여우자리라고. 괜히 기를 쓰니까 눈에 띄어서 괴롭히고 싶은 거라고. 그러니까 가능한 한 구석진 곳에서 얌전히 있으래."

"……그 망할 교사가!"

뺨에 혈관 마크를 띄운 크리스가 자리를 박차고 일어나려 했지만――, 시리아가 그 손을 잡았다.

"언니, 왜 막는 거예요!"

"지금 당장 도쿄로 가서 그 교사의 자택을 습격해도 해결되는 건 없어. 크리스, 폭력은 아주 간단하고 아주 편한 해결법이야. 그렇기에 사람은 폭력으로 모든 걸 해결해선 안 돼. 수단으로 폭력을 쓰는 거면 차라리 괜찮아. 하지만 그걸 목적으로 삼으면 안 돼."

"언니는 늘 그렇게 마음이 약해서 이용당하는 거예요! 이상론을 내세우는 건 기분 좋은 일일 수도 있지만, 세상의 우민들에겐 대의도 의의(疑義)도 정의도 없어요! 듣기 좋은 공론에 휩쓸리는 목석 집단이라고요! 그 목석들로부터 여동생을 지킬 수 있는 건 오직 힘뿐! 말도 안 되는 이상을 내세우는 건 사기꾼뿐이에요!"

"시리아, 크리스, 어린 너희가 다 아는 척 그렇게 세상일을 논하지 말렴."

뮤르의 머리를 쓰다듬으면서 소피아는 자신만만하게 자기 가슴을 주먹으로 친다.

"어른인 나만 믿어! 이 나에게! 아이즈벨트가의 망할 할망구들을 상대하는 나라면 이깟 문제는 쉽게 해결할 수 있어! 그러니까 너희는 아무 생각하지 말고 콧물이나 흘리며 놀면 된단다!"

소피아는 시리아에게 미소를 지어 보인다.

"내 말이 맞지? 시리아? 네가 애쓸 필요는 전혀 없어. 엄마를 믿을 거지?"

"……네, 당연하죠."

무릎을 덮은 담요를 다시 바로 놓으며 시리아는 아름다운 미소로 답한다.

“믿어요. 어머님은…… 정의는 반드시 이긴다는 걸.”

“물론 이기지. 몇 년을 들여서라도 잘못된 걸 모두 되찾을 거야, 너희와 웃기 위해서. 이 이상…… 이 이상, 우리에게 뭘 빼앗아 가게 둘 것 같아?”

상황을 지켜보던 릴리는 살며시 뮤르에게 다가가 희미한 빛을 가리켰다.

“뮤르 님, 저 작은여우자리는 저랍니다. 일등성의 빛 아래에서 계속 1등을 위해 움직이죠. 말 그대로 저 같지 않으세요? 선생님이 뭔가 착각하신 거예요.”

“근데 릴리. 뮤르는 딱히 작은여우자리가 싫지 않아.”

“““““““뭐?”””””””

전원의 눈이 동그래진 가운데, 휘적휘적 발을 내저으면서 뮤르는 웃는다.

“왜냐하면 예쁘잖아! 게다가 처음부터 1등이면 재미없어! 달리기든, 그림이든, 마법이든! 열심히, 열심히, 열심히 노력해서 마지막에 1등을 차지해야 즐거운 거야!”

말문이 막힌 어머니 앞에서 뮤르는 계속해서 별을 가리킨다.

“그러니까 저 별과 저 별은 뮤르의 라이벌이야! 그리고 뮤르는 저 별을 목표로 삼을 거고!”

작은 손가락이 가리킨 곳에서 유독 밝은 빛을 내는 별을 찾은 릴리는 숨을 집어삼킨다.

“알타이르……. 아랍어로 『하늘을 나는 독수리』라는 뜻을 가진 별…….”

충실한 메이드는 입술을 파르르 떨면서 뮤르 옆에서 별을 올려다본다.

“그러네요……. 뮤르 님은, 날아오르시는 거군요……. 밤하늘에 피는 고고한 별……. 분명, 언젠가, 자기 자신의 힘으로…… 한 줄기 빛이 되어 하늘을 빛내고……, 누구나 볼 수 있는 반짝임이 되어, 가슴속에 깃든 황금빛 꿈을 이루시겠죠……. 아무도…… 아무도 따라잡을 수 없는 높이까지……. 높게…… 높게, 높게, 높게, 올라가서 쭉쭉 날아오를 거예요…….”

“닿을까?”

뮤르는 빛이 반짝이는 광점으로 손을 뻗는다.

“뮤르 손이, 저 별까지 잘 닿을까?”

“……닿을 거야.”

코를 훌쩍이며 힘껏 뮤르를 끌어안은 소피아가 속삭인다.

“분명…… 분명, 닿을 거야……. 네 손은…… 네 손은 반드시…… 저 별에 닿을 거야……. 힘들고 괴롭고 가슴 아프더라도, 그 손을 계속 뻗으면 분명……. 별에는 수많은 소원이 담기지만, 그 소원을 이룰 수 있는 건 분명 끝까지 계속 손을 뻗은 자뿐이야……. 그러니까…… 그러니까…….”

눈물을 글썽이던 어머니는 부드럽게 뮤르의 뺨을 어루만진다.

“별을…… 별을 잡으렴, 뮤르……. 누가 뭐라고 하든, 누가 방해하려고 들든, 누가 너를 비웃든, 손을 뻗는 거야……. 계속 뻗으렴……. 저 별은 계속 저기 있을 거야……. 너의…… 네 손안에 있어…….”

“네, 어머님!”

뮤르는 어머니와 별에 대고 맹세한다.

“뮤르는, 반드시, 저 별을 잡을 거예요!”

그래, 이것이 바로.

뮤르 에세 아이즈벨트가 품은 심상 풍경.

뮤르의 눈앞에서는 늘 언니가 노력하고 있었다.

크리스 에세 아이즈벨트──, 아이즈벨트가의 차녀인 그녀는 병약한 장녀 시리아와 다르게 마법과 무술에 무게를 둔 무투파였다.

“뮤르 님.”

뮤르가 아이즈벨트가의 전속 가정교사── 리우에게 권법 지도를 받는 크리스를 바라보는데, 땀 한 방울 흘리지 않은 가정교사가 말을 건다.

시리아를 평생의 주인이라고 부르는 리우는 원래 그림자처럼 그녀 곁을 지키지만, 어째서인지 검진 때는 함께할 수 없어서 시리아가 검진을 위해 저택을 떠나 있을 때면 크리스를 지도하는 게 일상이었다.

“혹시 마권(魔拳)에 관심이 있으신가요?”

과거 『시조』의 마법사까지 올랐던 리우는 마법 협회의 꼭두각시에 돈 씀씀이가 헤펐던 탓에 『금병풍의 호랑이』라고 불렸다. 그런 과거의 모습은 온데간데없으며, 지금의 그녀는 검소하며 험악함 없이 부드러운 분위기를 가진 미인이었다.

"마권?"

"네, 마권이요. 뮤르 님과 마찬가지로 저는 마력이 없습니다. 그렇기에 선술(仙術)과 형의권(形意拳)을 베이스로 체외의 마력을 주먹에 실어 나르는 기술을 고안했죠. 이걸 마권이라고 부르는데, 이 마권을 다루기 위한 보법 등을 총괄할 『무형극(無形極)』이라는 유파를 만들었답니다."

"리, 리우는 그렇게 강한데 마력이 없어?! 사람을 폭발시킬 수도 있는데?!"

"아뇨, 마권은 관계없어요. 사람은 맞으면 터진답니다."

"마권은 필요 없잖아! 그냥 근육이잖아!"

"아니요, 애초에 저는 특이체질이라 외가권의 진수를 익혔다고 할까……."

"뭐야~, 뮤르! 너도 같이 무형극을 배우려고~?"

수건을 목에 감은 크리스가 뒤에서 끌어안자 뮤르는 간지러움에 웃으면서 언니를 밀어낸다.

"크, 크리스 언니. 간지러워요! 그만~!"

"자~, 간질간질~! 무형극, 무형극~!"

"저, 크리스 님. 무형극에 간질이기는 없으니까 그만하세요. 열심히 생각한 유파니까 본가 전문가 앞에서 얕보지 마시죠. 시리아 님께 울며 매달릴 거예요."

평소처럼 크리스 품에 안긴 뮤르는 언니의 손끝을 순서대로 조물거리면서 리우를 올려다본다.

"뮤르는 마법은 못 쓰지만, 무형극을 쓰게 되면 크리스 언니처럼 강해질까?"

"네, 당연하죠. 실제로 그 말을 애타게 기다려 왔답니다. 경위는 다르지만, 저와 뮤르 님은 닮았어요. 둘 다 마력이 없고, 그 탓에 세상의 악의를 느껴왔죠. 뮤르 님의 마음에 다가갈 수 있는 저라면 당신을 시조의 마법사와 견줄 만한 존재로 승화시킬 수 있겠죠."

""오오~! 신난다~!""

뮤르와 크리스가 박수를 보내자 뺨을 붉힌 리우는 헛기침을 한다.

"뭐, 뭐 실은 시리아 님은 막으셨지만요. 뮤르 님이 얘기하시면 그분도 마지못해 승낙하시겠죠."

"언니가? 왜 막지?"

뮤르의 두 손을 이용해 박수를 치던 크리스가 얼굴을 찌푸린다.

"늘 그래. 언니는 생각이 너무 많아. 뮤르는 이 나의 여동생이거든? 당연히 재능이 있겠지. 선천적인 질환 때문에 분명 마력은 없을지 몰라도, 그만큼 공부나 무술이나 예술을 배우면 돼. 어쨌든 내 귀여운 여동생이니까."

"네, 저도 그렇게 생각합니다. 아이즈벨트가는 대대로 유명한 인재를 배출해 왔으니까요. 어떤 분야일지는 몰라도, 뮤르 님이 그 재능을 발휘할 수 있는 계기를 주면 되겠죠."

리우가 동의하자 의기양양해진 크리스는 주먹을 움켜쥔다.

"좋아! 그럼 뮤르, 노력해 보자! 너를 우습게 여긴 바보들 머리를, 시리아 언니도 인정할 무폭력으로, 네 재능으로 후려갈겨 줘!"

"네!"

"무폭력이라고 하지만 폭력적이지 않나요……. 천리마는 상시 존재할지도 백락*은 상시 존재하지 못하니. 저는 제 재능으로 뮤르 님을 옥으로 잘 갈고 닦아 보이겠습니다."

결론부터 말하자면 뮤르는 『옥』이 되지 못했다.

인생이라는 이름의 반상을 걸어보고 나서야 겨우 자기가 쓰는 말이 무엇으로 되어 있는지 안 것이다.

그녀는 『돌』이었다.

원래 낙관적인 태도를 보였던 리우도 서서히 여유를 잃고 표정이 굳었으며, 아무리 시간이 지나도 무형극의 기본인 『체외 마력 조작』을 익히지 못하는 뮤르에게 실망 어린 표정을 짓게 됐다.

리우는 다정했다. 그건 강자가 약자에게 보내는 동정 어린 다정함이었다.

잠시 드러난 실망을 눌러 감추고, 리우는 『옥』을 만들기 위한 무형극의 기본을 무시하고, 대신 마력이 개입하지 않는 가짜 마권을 뮤르에게 가르쳤다.

그건 거의 평범한 운동이었다.

피트니스 복싱처럼 다이어트나 운동 부족을 해소하기 위한 건

*중국의 유명한 말 감정사.

강 유지로 변모했고, 뮤르는 그 사실을 어렴풋이 깨닫기 시작했지만 배운 것을 충실하게 소화하는 데 전념했다.

가장 먼저 뮤르에게 마권의 재능이 없다는 걸 깨달은 크리스는 소중한 여동생을 위해 그것을 대체할 『무언가』를 찾기 시작했다.

공부, 운동, 어학, 재봉, 피아노, 꽃꽂이, 집필과 그림, 혹은 e스포츠까지……. 그 어떤 것에도 뮤르는 성과를 남기지 못했고, 그때마다 초조함에 진땀을 빼던 크리스는 『아직 어리니까』라고 스스로를 타이르듯 말했다.

어느새 크리스의 그 말 역시 바뀌었다.

"뮤르는 내 옆에 있으면 돼."

그건 말로 이루어진 쐐기——.

"그냥 내 옆에. 살아만 있으면 돼."

약한 동생에게 보내는 강력한 저주였다.

바람이 분다.

창문을 통해 들어온 시원한 바람을 쐬면서, 이불을 덮은 시리아의 무릎에 고개를 파묻은 뮤르는 시간이 가기만을 기다리고 있었다.

"또 연습을 빼먹은 거니? 리우가 울상으로 찾아다니던데?"

시리아는 마른 가지처럼 변한 가는 팔로 뮤르의 머리카락을 어루만졌다. 그 자애에 빠져들면서 여동생이라는 입장에 기대어 뮤르는 대답도 하지 않고 어둠으로 도망쳤다.

그 모습을 내려다보며 시리아는 키득키득 웃었다.

그 웃음소리에 발끈해 고개를 든 뮤르는 원망스럽다는 듯 언니를 올려다본다.

"……뭐가 우스운데요."

"우습지. 왜냐하면 이 집에서 가장 강한 네가 이렇게 낙담해 있잖니."

"가장 강하다니……. 또, 놀리는 거죠. 저는 마력도 없는 낙오자고, 아무 재능도 없는 결함품이에요. 아이즈벨트가의 역사를 봐도 저는 역대 최고의 열등아라고요. 그런 의미로는 최강이라고 할 수 있을지도 모르죠."

"후훗, 할 말은 다 하게 됐네. 공부를 열심히 했구나. 노력한 성과가 잘 드러나고 있잖아."

"얼버무리지 마세요. 제가 어딜 봐서 강하다고――."

"그날, 그때, 그 순간, 별을 올려다봤던 건 너뿐이야."

창백해진 피부, 홀쭉해진 뺨, 갈라진 입술……. 그 파리한 얼굴 안쪽에서 빛나는 눈은 빛을 머금고 뮤르의 가장 깊은 곳을 들여다봤다.

"난 기억해. 가족끼리 별을 보러 갔을 때를. 학교 선생님에게 『작은여우자리』라는 말을 들었다고 했을 때, 크리스는 『적』을, 나는 『여동생』을, 리우는 『어둠』을, 릴리는 『마음』을, 어머님은 『과거』를 보고 계셨지. 그때 너만은 『별』을 보고 있었어."

침묵하는 뮤르 앞에서 시리아는 바람에 흩날리는 자기 머리카락을 누른다.

"모두가 그 별에서 눈을 뗐을 때, 너만은 결코 손에서 별을 놓지 않았어. 꼭 움켜쥔 채로 그 눈으로 하늘에서 반짝이는 빛을 응시했지. 그게 힘이 아니면 뭐겠니. 그래서 나는 네 마음속 깊숙이 잠든 힘을 확신했어."

"하, 하지만, 저는 크리스 언니나 리우만 한 실력도 없고, 시리아 언니나 릴리처럼 똑똑하지도 않아요. 어머님처럼 예술에 정통한 것도 아니고, 아이즈벨트가를 받쳐온 인재들처럼 재능이 넘치는 것도 아니죠. 대체 저한테 뭐가 있다는 건가요? 손을 뻗어야 할 별은 어디 있나요?"

새하얀 검지가 뮤르의 가슴 중심에 닿는다.

"네 일등성은 여기 있어."

서서히 그 온기가 퍼지고, 뮤르는 언니의 미소를 바라본다.

"뮤르, 빛나렴. 네가 가슴에 담아둔 그 빛을 잃지 마. 어머님과 크리스, 리우, 릴리를 도와줘. 분명 그건 너만이 할 수 있는 일이야. 그 빛으로 가족을 지키는 거야. 하늘은 너무 넓으니까. 태양 빛에 묻힌 별들을 구할 수 있는 건 분명 네가 그날 발견한 일등성뿐이란다. 그 눈부신 빛, 그 광채 아래 빛을 잃은 별들이 모여들 때가 오겠지."

눈물을 흘리면서 조심스레, 그저 조심스레 시리아는 뮤르의 뺨을 어루만졌다.

"너뿐이야, 뮤르……. 너뿐이라고……. 그날, 별을 올려다본 너만이……. 모두를 구할 수 있어……. 나는, 그렇게 믿어……. 반드시 그렇게 되리라는 걸 알아……. 왜냐하면, 그날, 그때, 그 순간 나는 네 눈에 비친 별을 봤어……. 그 빛……, 그 빛이야말로…… 내가, 쭉, 목표해 왔던 정의야……. 응? 뮤르……."

뺨을 타고 흘러내린 눈물이 맞잡은 언니와 여동생의 손을 적신다.

그제야 겨우, 뮤르는 시리아가 자신을 바라보고 있지 않다는 것을――, 언니의 눈이 거의 보이지 않는다는 것을 깨달았다.

"정의는…… 반드시 승리해……."

이날, 뮤르가 엿본 언니의 강인함과 나약함이―― 그녀의 마지막 말이 되었다.

비보를 들었을 때 힘없이 무너져내린 어머니는 마치 기체나 액체가 된 듯했다.

마개를 열지 않은 와인 병을 끌어안은 소피아는 캄캄한 방에 틀어박혀 식사도 하지 않고 24시간 아기를 어르듯이 병을 흔들었다.

"시리아……. 시리아, 시리아, 시리아……. 우리 아기……. 또, 빼앗겼어……. 또 그 녀석들로부터…… 지켜내지 못했어……. 아무것도 몰랐어……. 엄마인데…… 엄마인데, 그 아이를 지키지 못했어……. 실패했어, 실패했어, 실패했어……. 수단을 가리지 말 걸 그랬어……. 쓸 수 있는 건 뭐든 써서…… 녀석들을 이용했더라면……. 시리아를 죽였어……. 시리아를 죽였어, 시리아를 죽였어, 시리아를 죽였어……. 내가 시리아를 죽였어……."

잔뜩 어질러진 방구석에서 시리아 에세 아이즈벨트의 추억이 담긴 물건들에 둘러싸여 구시렁구시렁 계속 혼잣말을 뱉는 소피아. 그녀에게서 과거의 모습은 찾아볼 수 없었다.

"리우!"

작은 가방 하나에 짐을 욱여넣은 가정교사는 흐트러진 검은 정장과 머리카락을 방치한 채 후줄근한 꼴을 하고 고개를 돌린다.

두 눈이 새카맣다.

아무 감정도 담기지 않은 새카만 눈. 길가의 돌멩이를 바라보는 듯한 눈이, 아무 감정 없이 뮤르를 응시한다.

증오와 회개와 비탄을 불사른, 아무것도 남은 게 없는 호랑이는 그 재 위에 주저앉는다.

"지, 집을 나가겠다는 게 정말이야……? 어, 어디로 가게……? 왜, 왜 집을 나가는데? 부, 부탁이니까, 우리 곁에 있——."

"관둬."

"어?"

짐승이 신음하는 듯한 소리를 내며 리우는 뮤르에게 충고한다.

"당신에게는 아무 재능도 없어. 헛수고야. 아무것도 얻지 못하고, 아무것도 인정받지 못해. 나와 마찬가지로 살아갈 가치가 없다고. 아무것도 하지 말고, 아무것도 보지 말고, 아무 말도 하지 말고 그늘진 곳에서 숨을 죽이고 있어. 갈 곳 없는 짐승은 야생으로 돌아갈 수밖에 없어. 송곳니도 손톱도 없는 무능아는 생과 사 사이에서 『작은여우자리』로서 살란 말이야."

말문이 막힌 뮤르는 무심코 몇 발짝 물러났다.

"왜…… 왜, 그렇게 심한 말을……. 너, 너, 정말 리우야……?"

"사실을 말한 것에 불과해. 나도 너처럼 무능하기에 알아. 나는 무위(無爲)이자 무능이자 무가치. 그 사실을 겨우 떠올렸어. 계속 이 미적지근한 물에 들어가 있었던 탓에, 나는 딱 하나 남은『옥』조차 잃었다고."

새카만 장갑으로 덮인 두 손으로 리우는 자기 얼굴을 가렸고――, 충혈된 눈을 하고는 손가락 사이로 뮤르를 바라봤다.

"너나 나나…… 가치 없는 쓰레기는 죽여 둘 걸 그랬어……. 시리아……, 당신이 목숨까지 걸어가며 찾아낸 정의는 어디에…… 어디에 있지……. 이런 고깃덩이 속 어디에……. 이딴 쓸모없는 것 때문에 당신은……!"

요란한 소리를 내며 리우가 주먹을 움켜쥔다.

검붉은 피가 흘러든 눈, 그 눈동자에 비친 뮤르를 향해 살의가 솟아오른다――. 그리고 땅에서 솟아난 콘크리트제 창이 리우의 목에 와닿는다.

"리우!"

땀을 뻘뻘 흘리며 숨을 헉헉거리는 크리스는 온몸에 두른 마력을 그녀에게 향하며 소리친다.

"그 더러운 주먹을! 내 여동생한테 들이밀기만 해봐! 죽일 거야! 그 즉시, 네놈 목을 찔러서 죽이겠다고! 꺼져, 이 더러운 짐승! 우리 집에서 나가, 외부인 주제에! 살처분하기 전에 그 추한 면상을 내 눈앞에서 치워!"

"외부인……."

아주 잠깐, 아주 잠깐이지만 리우는 과거처럼『슬픔』의 감정을 드러냈다. 그리고 비틀거리며 뮤르를 향해 두 팔을 뻗고는 앞으로 걸어갔다.

"죄, 죄송…… 죄송합니다……. 너무 놀라서…… 제, 제가, 무슨 짓을……. 시, 시리아 님이 지키려고 했던 소중한 여동생분을……. 저, 저, 저는, 아, 아니……. 시, 실수로……. 그, 그냥, 저는, 이 이상, 뮤르 님이 상처 입지 않게……."

"가지 마! 리우, 그 한 발 앞이 생과 사의 경계야! 더 이상 내 여동생에게 다가가면 죽일 거야! 네 목을 노리고 생성할 거라고! 목과 몸통을 나눠서 문 앞에 걸어두고 새 먹이로 줄 거야! 죽이겠다고! 죽일 거야, 죽일 거야, 죽일 거야!"

진심이다. 진심으로 크리스 언니는 리우를 죽일 것이다.

뮤르는 분노와 살의로 온몸을 떠는 언니를 보고 확신했다.

"리우! 리우, 알겠어! 나, 나는, 괜찮아! 사과할 거 없어! 뒤로 물러나! 뒤로! 언니에게서 도망쳐! 어, 언니는 분명 널 죽일 거야! 그, 그러니까, 리우, 도망쳐! 얼른!"

목구멍에서 신음하는 듯한 소리를 내며 몸을 반대로 돌린 리우는 천천히 걸어갔다.

그 모습이 완전히 시야에서 사라지자 달려온 크리스는 뮤르를 끌어안고 흥분감에 후끈거리는 몸을 진정시키려는 듯 계속해서 호흡했다.

"뮤르……. 뮤르, 뮤르, 뮤르……. 괜찮아……, 괜찮아……. 언니가 지켜줄 테니까……. 절대 너를 빼앗기지 않아……. 시리아 언니는 너무 착했어……. 괜찮아, 나는, 아이즈벨트가 사람이니까……. 굉장하니까, 우수하니까, 천재니까……. 전부……
전부, 전부, 전부, 내 힘으로 부조리를 쫓아내 줄 거야…….”

“어, 언니……. 아, 아파……. 아파요……. 아파, 아파, 아파……. 아파……!”

뮤르가 울어도 힘을 풀기는커녕 계속 미지근한 숨을 내뱉은 크리스는, 어느새 미소를 띠고 있었다.

소피아는 변했다.

자신의 빈틈을 없애듯 늘 꾸미고 다녔으며, 뮤르와 크리스의 지도라는 명목으로 데려온 외부 가정교사와 함께 눈을 부라리게 되었다.

“왜 이 정도도 못하는 거니?!”

최소한의 식사와 수면과 입욕 시간을 제외하고 방에 갇히게 된 뮤르는 매일같이 어머니에게 심한 말을 들었다.

“이런 건 기초 중 기초잖아! 이 무능아! 이 정도도 못하면, 내가 없을 때 어쩌려고?! 응?! 똑바로 해! 실패작은 실패작 나름대로 노력해야 한다는 거 알잖니?!”

“아, 알아요……. 하지만…….”

“하지만?! 뭐야?! 넌 아이즈벨트가의 조사관이 언제 올지 알아?! 너처럼 아무 재능도 없는 무능아가 살아 있는 건 아이즈벨트가 덕이잖아?! 아이즈벨트가 사람으로서 부끄럽다는 생각은 안 드니?!”

“부, 부끄러워요…….”

“그럼 똑바로 해! 낙오된 무능아 나름대로 해야 할 일을 하라고! 시간이 없어! 이제, 시간이! 아이즈벨트가가 너를 『쓸모없다』고 판단하면 크리스한테까지 영향을 미친다고! 너와 다르게 재능을 가진 그 아이가 괜한 생각을 하면 어쩌려고?!”

“소피아 님. 외람되지만, 뮤르 님은 자는 시간도 아까워하며 공부를――.”

날카로운 소리와 함께 릴리의 뺨이 금세 부풀어 올랐고, 그녀의 입가에서 붉은 피가 흘러내렸다.

“천한 메이드 따위가, 아이즈벨트가의 교육에 참견하지 마!”

자기 뺨을 때린 소피아를 멍하니 바라보던 릴리는 퍼뜩 정신을 차리고는 고개를 푹 숙였다.

“죄송……, 합니다…….”

“다음에 또 나서면 죽일 거야. 기억해 둬. 너 같은 천한 출생이 계속 뮤르 곁에 있을 수 있을 것 같아?”

그 말을 듣자마자 표정이 얼어붙은 릴리는 그 자리에 넙죽 엎드리더니 이마를 바닥에 문질렀다.

“죄송합니다! 죄송합니다, 죄송합니다! 그것만은! 그것만은, 하지 말아 주세요! 죄송합니다, 죄송합니다!”

“더러운 천민이.”

혀를 찬 소피아는 방을 나갔고 뮤르가 릴리에게 달려가자――, 그녀는 뮤르를 힘껏 끌어안았다.

“미안해요……. 미안해요, 뮤르. 아무것도 못 해줘서……. 미안해요……. 당신을 구하지 못해서…… 미안해요……. 용서해요……. 여동생 같은 당신 곁에 있고 싶어요……. 명랑하고 착하고 별처럼 빛나는 당신 곁에……. 그러니까…… 미안해요……. 미안해요, 미안해요, 미안해요……."

따뜻한 눈물방울을 어깨로 받아내면서 뮤르는 멍하니 그녀의 사과를 듣고 있었다.

크리스는 소피아처럼 변하지는 않았다.

늘 그녀는 뮤르 편이었고, 착해서 자랑이라고도 할 수 있는 멋진 언니였다. ——소피아의 분노가 크리스에게 향하기 전까지는.

계기는 사소했고, 크리스가 『착한 언니』인 이상은 피할 수 없는 일이었다.

어느 날, 크리스는 소피아에게 『뮤르에게 너무 엄하다』고 직언했다. 그 순간부터 소피아의 집착은 크리스 하나에게만 쏟아지게 되었다.

"너, 그 정도로 뮤르를 지킬 수 있을 것 같니? 그 실패작을? 꽤 건방지네. 이 정도 성적으로, 이 정도 마법으로, 이 정도 실력으로……. 아이즈벨트가의 높으신 분들을 좀 봐. 너 같은 건 그냥 쓰레기나 다름없어."

초반에는 크리스도 어머니의 설교를 크게 신경 쓰지 않았다.

"뮤르, 신경 쓰지 마. 분노가 나한테 향하는 게 나아. 지금의 어머님에게는 시간이 필요해. 파레이돌리아* 현상이나 다름없어.

*형태가 없거나 모호한 것에서 명확한 무언가를 찾아내려는 심리, 착시 현상의 일종

어머님에게는 그냥 나뭇잎 스치는 소리가 유령의 속삭임처럼 들리는 거야."

재능이 없는 뮤르와 다르게, 재능을 가진 크리스는 성격이 드셌다.

그렇기에 『어머니 말은 신경도 쓰지 않는다』라는 식으로 나갔고, 그게 소피아의 분노를 사서 질책이 더 강해졌다. 지기 싫어하는 크리스는 우는소리 하나 하지 않고 부당한 요구를 모두 자기 선에서 해결했다.

사람의 마음에는 공진점이 있다.

어떤 선율로만, 어떤 말로만, 어떤 감정으로만 흔들 수 있는 게 존재한다.

어린 뮤르는 그런 걸 몰랐고, 마찬가지로 경험이 적은 크리스도 몰랐다.

넝마가 된 마음은 눈으로 볼 수 없고 형태를 유지하는 듯 보이지만, 그 공진점을 외부 요인이 포착하면── 단숨에 무너져 내려서 다시는 원래 형태로 돌아갈 수 없다.

그 전제로 『언니는 천재이자 무적이니까 괜찮다』라는 엄청난 착각이 있었다. 어린 시절부터 품격 있는 언니의 보호를 받으며 그녀에게 가상의 영웅상을 겹쳐보던 소녀로서는 결코 깨달을 수 없는 틈새는 균열이 되어 점점 커져 갔다.

매일.

매일, 매일, 매일 『너는 실패작 여동생을 위해 노력해야 해』, 『너는 실패작 여동생을 위해 가장 우수해야 해』, 『너는 실패작 여동생을 위해 네 모든 걸 바쳐야 해』라는 속삭임을 듣고, 욕설을 듣고, 자신을 위해 여가 시간을 가지려 하면 비아냥을 들었다.

그 말은 마음을 파고들었고, 침식된 마음은 다시 자기 자신을 힘껏 옥죄었다.

식사 시간이 줄고, 수면 시간이 줄고, 입욕 시간이 줄고 게다가 크리스는 자기 『눈』마저도 여동생에게 바쳤다.

크리스의 인생은 뮤르의 것이었다.

어느새 그것은 그녀에게 한 가지 생각을 갖게 했다――. 내가 뮤르를 지배하는 게 아니라, 뮤르가 나를 지배하는 것 아닐까.

잃어버린 언니 대신 얻으려 했던 여동생의 안녕.

세상에 착한 사람이 없는 것처럼 나쁜 사람도 없다.

착한 사람처럼 구는 사람과 나쁜 사람처럼 구는 사람이 있을 뿐이다.

크리스는 착한 사람처럼 구는 사람이었다.

하지만 그건 단 하나뿐인 여동생을 지키기 위한 가면이며, 조금씩 닳고 거칠어진 마음은 어느덧 그 행동에서 『가치』를 찾게 되었다.

바나나가 나오지 않는 버튼을 계속 누르는 원숭이가 없듯, 가치가 없다고 판단되는 행동을 지속하는 인간은 없다.

기묘하게도 크리스는 과거 『짐승』이라며 경멸했던 리우와 마찬가지로――, 지켜야 할 여동생에게서 가치를 찾게 되었다.

이만한 시간을 들이고 이만한 희생을 치렀으며 이만큼 자신을 바쳐온 여동생이, 어머니 말처럼 실패작이고 가치가 없을 리 없다. 어머니는 잘못됐다. 뮤르에게는 재능이 있으며 언젠가 그 재능이 깨어날 것이다.

얄궂게도 크리스에게 결정타를 날린 것은 『여동생을 믿는 마음』이었다.

아무리 기다려도 뮤르는 재능을 드러내지 않았다.

대조적으로 자신의 부담은 커지기만 할 뿐, 그 공은 점점 쌓이자 마음에 쌓인 무게 때문에 온몸이 삐걱거리기 시작했다.

언니, 언니 하고 따라다니는 여동생의 미소가 추악하게 느껴졌다.

언니, 언니 하고 고민을 이야기하는 여동생의 순수함이 추악하게 느껴졌다.

언니, 언니 하고 속 편하게 잡담을 재잘거리는 여동생의 목소리가 추악하게 느껴졌다.

그래서 어느 맑은 날.

공부에 전념해야 할 시간에 얼굴 가득 비소를 띠고 릴리와 시시덕거리며 노는 뮤르를 발견한 순간――, 크리스의 마음이 처음으로 떨렸다.

그 순간이 크리스의 마음을 울렸다.

아름다운 선율이 온몸을 타고 번졌으며 울려 퍼진 어머니의 욕설이 사지로 침투, 지금까지 간과했던 분노의 감정이 수없이 밀려들어 그녀를 초조하게 했다.

1초도 안 되는 그 잠깐 사이, 크리스 에세 아이즈벨트는 감동했다.

몸을 전율케 하는 그 도취감은 착한 사람인 척하는 것을 망각하게 했고, 자신을 유지하기 위해 계속 과시해 온 아이즈벨트가라는 거만함을 끌어냈다.

모든 시간을 여동생을 위해 쓰고, 자기 마음을 간과했던 한 소녀는 오랜만에 느낀 그 감동에 환희했다.

그래, 맞아. 어머니는 잘못됐어.

크리스는 기쁜 나머지 꽃이 피는 것처럼 화사한 미소를 띠며 고개를 끄덕였다.

실패작은 내가 아니라, 저 쓸모없는 여동생이야.

이날 뮤르는 크리스의 생일 선물을 사러 와 있었다.

늘 자신을 자랑하고, 자신을 보호하고, 자기 편이었던 언니의 생일을 축하하기 위해 몇 시간에 걸친 어머니의 설교와 꾸짖음, 그 후에 이어지는 악랄한 교육까지도 받아들이고 모든 걸 희생해 얻은 귀중한 시간이었다.

이때 뮤르와 크리스 사이에는 비극적인 엇갈림이 있었다.

끈질긴 어머니의 책망 때문에 크리스는 자기 생일 따윈 기억도 못 했다는 점. 연금 상태였던 뮤르는 바깥세상을 몰랐고, 릴리를 함께 데려가야 했다는 점. 서프라이즈 계획이었기 때문에 이 사실은 일절 크리스에게 얘기하지 않았다는 점.

이것들 중 하나만 빠졌더라도 언니를 향한 여동생의 진지한 마음이 끝끝내 언니의 심금을 울릴 일은 없었을 거다.

시간문제였다고는 하나 조금만 더 크리스는 이상적이며 착한 언니로 있을 수 있었을지 모른다.
하지만 그렇게 되지 않았다.
한계를 맞은 크리스의 마음은 끝없이 지하실에 갇힌 자신을 구해준 여동생의 빚을 기억조차 못 하고 있었다.
아니, 자기 마음을 유지하기 위해 잊은 것이다.
그렇기에 2차선 도로 너머에서 크리스를 발견한 뮤르가 웃는 얼굴로 언니에게 손을 흔들었을 때부터 그 결말은 이미 예정되어 있었다.
"언니!"
웃으면서 크리스는 손을 흔든다.
그리고 사랑하는 여동생에게 멋진 답을 들려주었다.
"이 쓰레기야."

캄캄한 지하실 안에서 지네가 꿈틀거리고 있었다.
창문 하나 없이 캄캄하기만 한 지하실. 흙과 죽음의 냄새로 가득한 곳에 갇힌 크리스는 어둠 속에서 소리치고 있었다.
"어머님! 어머님, 죄송합니다! 꺼내 주세요! 여, 여기만은! 여기만은 안 돼요! 부탁드려요! 어머님! 어머니이임!"
아무리 소리쳐도 어머니가 용서할 리 없다는 건 아는데 소리칠 수밖에 없었다.
크리스가 유일하게 공포를 느끼는 건 『어둠』이었다. 시야를 뒤덮는 칠흑, 그 속에 자신이 섞여들어 아무것도 보이지 않게 된 듯한 착각을 느낀 순간 온몸에 소름이 돋았다.

무서워, 무서워, 무서워!

어마어마한 공포에 이가 딱딱 부딪혔고 머리부터 발끝까지 떨림이 전해졌으며, 입에서 용서를 구하는 말이 쏟아졌다.

하지만 용서받은 적은 없다.

어느새 목소리가 쉬고 엄청난 피로에 손가락 하나 꼼짝하지 못했다.

"…………."

차가운 돌바닥 위에 드러누워 흘린 눈물이 코와 입으로 들어간다.

그래도 마음은 계속해서 공포를 호소했고 크리스는 흐느끼면서 도움을 청했다.

도와줘.

도와줘, 도와줘, 도와줘.

무한히 이어지는 괴로움에서 벗어나고 싶어서, 그녀는 신음하면서 손을 뻗었고—— 작은 빛이 홀연히 밝혀졌다.

어둠에 적응한 눈에는 너무나도 밝고, 눈물이 맺힐 정도로 고통을 주는 빛.

하지만 그건 너무나도 아름다운 빛이었다.

따뜻하고 아름다워서, 계속해서 보고 싶었다.

"언니."

발밑에 있는 식사용 작은 창구, 그곳이 열리며 소중한 여동생의 목소리가 들렸다.

"괜찮아요. 제가 왔어요. 이번에도 어머님께 안 들켰어요. 혹시 들키더라도 제가 혼자 한 일이라고 할 테니까 괜찮아요."

"뮤, 뮤르……,"

피와 가래가 뒤섞인 목소리가 나왔고, 창구로 식수와 가벼운 식사 거리가 담긴 은쟁반이 들어왔다.

"릴리가 만들어 줬어요! 먼저 검사는 했는데 맛있더라고요!"

무심코 크리스는 안도감에 소리 내어 웃었다.

늘 있는 일이었다.

크리스가 어둠을 무서워한다는 걸 아는 건 어머니와 여동생뿐이라, 무슨 일이 있어도 뮤르는 어머니의 눈을 피해 어둠에 빛을 주었다.

"괜찮아요, 언니. 부디 안심하세요, 제가 왔으니까."

희미하게 흔들리는 빛을 바라보며 식사를 마친 크리스에게 졸음이 찾아왔다.

창구로 들어온 여동생의 손.

약지의 손톱이 벗겨졌으며 손바닥에는 말라 굳은 피가 붙어 있었다.

지하실에 숨어들 때 강제로 문을 열려다가 실패했으리라는 걸 짐작할 수 있었다.

뮤르는 약하니까, 분명 울었겠지. 소피아에게 들킬 수는 없기에 오늘 밤에는 병원에도 못 갈 거고, 릴리에게 응급처치를 받고 나서 울며 잠들리라.

계속 괴로운 일만 겪는 여동생을 생각했을 때──, 크리스의 눈에서 눈물이 줄줄 흘렀다.

"미안……, 미안. 뮤르……, 미안……. 약한 언니라서 미안해……. 지키겠다고 약속했는데……. 늘 뮤르는, 힘든 일을 겪는데…… 어두운 곳이 무섭다고, 그런 말이나 할 때가 아닌데……. 미안……, 미안……, 미안해……."

대답 대신 뮤르는 더듬더듬 찾아낸 크리스의 손을 잡았다.

"사랑해요."

그 다정한 빛에 크리스는 오열했다.

"사랑해요, 언니. 쭉 사랑할 거예요. 무슨 일이 있어도, 저는 언니를 사랑해요. 어머님도 시리아 언니도, 크리스 언니도, 리우도 릴리도 다들 사랑해요. 그러니까 쭉, 쭉—!"

시야를 물들이는 이 밝은 빛은——.

"계속 제 언니로 있어 주세요!"

꼭 그날 다 같이 올려다봤던 별 같았다.

*

"질걸."

기숙사 다락방의 원형 창문을 통해 별을 올려다보던 나는 뒤를 돌아봤다.

별빛 아래에서, 보랏빛 연기에 감싸인 마인…… 알스하리야는 과거의 모습을 되찾고 의자 가장자리에 앉아 미소 짓고 있었다.

"……왜, 원래 모습으로 돌아왔어?"

"너의 살의가 옅어진 덕이지. 대체로 마음에 둔 여성이 있다면, 같은 몸에 동거 중인 연인 생각은 머리에서 사라지기 마련이잖아?"

"………….."

"거봐."

쓰게 웃으며 알스하리야는 어깨를 으쓱한다.

원형 창문에 비친 마인은 내 뒤에서 의자를 소리를 내어가며 흔들고, 연기를 내뱉는다.

"말했지. 『내가 아는 너라면 맞붙게 될 것 같다』라고."

"명추리네. 홈즈 모자를 쓰고 돋보기라도 챙겨 다니지 그래?"

"개방할 거야?"

나는 고개를 끄덕인다.

"그것 말고는 크리스 에세 아이즈벨트를 이길 방법이 없어."

크리스 에세 아이즈벨트는 모든 점에서 산쵸 히이로를 앞선다.

원작 게임 시점으로 보면 운용법에 따라서는 히이로도 종반전까지 갈 수 있다.

하지만 그건 어디까지나 단련을 마쳤을 경우의 이야기다.

원래 파라미터를 보면 산쵸 히이로라는 망할 남자는 크리스 에세 아이즈벨트보다 앞서는 점이 하나도 없다.

특히 마력 능력치는 2배 차이 정도가 아니다.

능력이든 기량이든 경험이든 역량이든 스코어든.

그녀는 모든 게 산쵸 히이로를 웃돌며, 그녀를 이길 만한 가능성은 만에 하나도 없다.

백 번 싸우면 백 번 질 것이고, 그중 백 번은 속수무책으로 살

해당하겠지.
본래라면 싸움 상대도 되지 못했겠지만……, 지금의 나에게는 마인의 능력이 있다.
파고들 틈이 있다면 그것뿐이다.
마안――불효서사.
산죠가의 마안을 개안하면 승기가 따를 것이다.
"지금의 너는 불효서사의 힘을 소화할 수 없어. 우선 고유 마법은 발동 못 하겠지. 네가 다룰 수 있는 건, 장난감에 따라오는 과자 수준일 거야."
"쫄쫄 굶어서 죽어갈 땐, 그 과자가 더 고맙겠지."
"이봐, 주제를 파악해. 너는 네가 말하는『사망 플래그』속에 있어. 물이 코밑까지 차 있어서 누가 살짝 밀기만 하면 금세 지옥으로 떨어질 거라고. 죽음은 눈앞에 닥쳐들어 있고 앞이 보이지 않는 절망 속으로 숨도 못 쉬게끔 잠겨가는 중이란 말이다. 네가 잡으려는 지푸라기는 너무 약해."
"그렇다고 여기서 안 싸울 수는 없잖아."
나는 어둠 속에서 흐려 보이는 마인을 바라본다.
"단 한 번이라도 내가 흔들리면……, 난 거기서 끝이야. 한번 말로 한 이상, 나는 반드시 그걸 수행하고 끝을 보겠어. 그게 불가능해졌을 때 나는 쓰레기가 되는 거고."
"……네 속에는 잘 모르는 게 많구나. 꼭 분류가 안 돼서 처분하지 못한 쓰레기더미 같아."
후――.

알스하리야가 내뱉은 연기가 어둠 속으로 사라진다.

"너, 정말 산죠 히이로냐?"

"…………."

"뭐, 어찌 됐든 상관없지. 지금은."

히죽 웃으며 알스하리야는 두 팔을 벌린다.

"춤을 춰 보자고, 나의 벗이여. 그 색다름에 취해 미친 듯이 춤추는 것도 여흥이겠지. 별빛의 열기에 몸을 맡기고, 화려한 단막극에 자기 평생을 걸고, 민중들에게 바보라고 욕을 먹는 거야."

두 손으로 얼굴을 가린 마인은── 반달처럼 씩 웃어 보였다.

"사느냐 죽느냐, 그 미래에 긍지를 건다. 그런 무지몽매가 세상에 만연하기에──."

기쁜 듯이 알스하리야는 속삭였다.

"인간이지."

"15초."

나는 목숨을 나눈 마인에게 손을 내밀었다.

"15초 안에 정리할게."

"좋은걸."

알스하리야는 공손하게 손을 잡았다.

"멋진 프레이즈야."

*

"바닥 꺼진 욕조 같은 인생이야."

하늘에 별이 뜬다.

신입생 환영회가 있는 플라움 뒤편에서 별빛이 사람 그림자를 비추었다.

저녁노을의 오렌지색과 어둠의 보랏빛이 뒤섞인 하늘 아래, 우뚝 서 있던 크리스 에세 아이즈벨트는 속삭인다.

"나는 늘 안정된 상태로 안도하며 몸을 기대지. 그러다 꺼져 드는 거야. 끝없이. 잡을 것도 없어. 발버둥 쳐도 헛수고라는 걸 곧 깨닫지. 바닥이 없으니 끝없이 잠겨 들어. 눈을 크게 뜨고 흔들리는 수면을 바라보며 몽롱한 도취감 속에서 후회해. 왜 나는 바닥이 꺼진 욕조에 들어왔을까, 하고."

크리스는 별을 향해 손을 뻗었고── 움켜쥔다.

"힘이야. 힘으로만 소원을 이룰 수 있어. 약자는 별에 소원을 빌지. 자기가 약하다는 걸 알고, 자기 손이 어디까지 닿는지 알고, 달리 기댈 곳이 있다는 걸 알기에."

대치한 내가 바라보는 앞에서 그녀는 중얼거린다.

"나는…… 나는, 이제, 다시는 별에 빌지 않아……. 어둠 속에서 반짝이는 빛에 희망을 찾지 않아……. 오로지 내 힘으로 길을 개척하고, 낯선 황야를 활보하고, 이루지 못할 소원은 품지 않는다……. 그러지 않으면…… 그러지 않으면, 아무것도, 누구도, 꿈도, 무엇 하나 지킬 수 없어……."

손이 떨어진다.

크리스가 맑은 눈으로 나를 바라본다.

"너를 죽이겠어. 그게, 내 존재의 증명이 될 테니까."

"남의 죽음으로 꾸미는 존재 증명서라, 아주 멋있겠네."
천천히.
반원을 그리듯이 걷기 시작한 크리스. 반대로 돌며 거리를 유지한 나는 트리거에 손을 얹는다.
"전부 네 의도대로야. 신입생 환영회는 성공하겠지. 그 약해 빠진 여동생은 이룬 것 하나 없이 너한테 업혀 손가락만 쪽쪽 빨고 있어."
"어디 사는 바보가 육아를 방임한 탓에 내가 손가락 빠는 법부터 알려주게 됐거든. 왜 그 나이가 될 때까지 쪽쪽이가 필요한지 생각 좀 해봐."
"필요 없는 걸 필요하다고 하지 마. 같은 교육을 받아온 난 자립해서 걷고 있거든."
"자립? 친동생을 『쓰레기』라고 욕하는 사람을 자립까지 한 훌륭한 사람이라고 할 수 있나? 대단한데, 아주 구역질 나는 가치관이야."
"쓰레기는 쓰레기. 너는 이미 버린 음식물 쓰레기의 악취를 처리하나 보지?"
"버리는 것만이 처리 방법은 아니야. 배출한 강자는 소중히 간직하고, 배출한 약자는 쓰레기통에 버리겠다는 거야?"
생성한 광검으로 내 어깨를 툭툭 친 나는 히죽 웃는다.
"그럼 네가 나한테 지면 쓰레기라는 거네?"
"안심해. 내 실력은 자타공인 확실하니까."
양손의 검지로 하늘과 땅을 가리킨 크리스는 만면의 미소로 답한다.
“부앙무괴(俯仰無愧)*——천지에 맹세컨대 그건 기우야.”
“천지는 만물의 여관이라는 말도 있잖아? 뒤집힐지도 몰라……, 천지가.”
“부디 그 기우로 속이나 태우시지.”
크리스는 후, 하고 숨을 내쉬더니 미소 짓는다.
“번민 속에서 죽어라, 속물.”
“온다!”
모습을 드러낸 알스하리야가 소리치기 직전, 내 시야를 보라색 빛이 스쳤다. 반자동적으로 내 몸이 회피 동작을 취했다.
바로 뒤에서 들이받는 덤프카.
운전자가 없는 11톤 트럭은 속도 제한 시스템이 해제되어 있어서, 법정 속도를 훨씬 뛰어넘는 140km로 달려들었다.
콘솔, 접속——『조작: 중력』, 『변화: 중력』.
발동, 중력 제어(그래비티 밸런서).
트럭 앞바퀴가 둥실 떠올랐다. 회전하면서 무릎으로 미끄러진 내 이마를 스치며, 트럭은 엄청난 속도로 앞으로 돌진했다.
피부가 까지고 살이 탔으며 검붉은 피가 땅에 떨어진다.
“번민 속에서 살고 있는 건 너잖아, 속물.”
무릎으로 땅 위를 미끄러지면서 뒷바퀴까지 피한 나는 꽂아놓은 광검을 축으로 삼아 반회전했고, 경악하는 크리스 앞에서 손

*하늘을 우러러보나 세상을 굽어보나 양심에 거리낄 것이 없음.

가락을 세운다.

"알스하리야, 연산 부탁해."

"오차는 수정해 주마, 노리는 건 직접 해라."

쏜다.

엄청난 스피드 때문에 네 바퀴에서 피어오른 흙먼지 속에서 보이지 않는 화살을 연사한다.

"어떻게, 피할 수 있는 거지……!"

혀를 차면서 궤도를 내다본 크리스는 지팡이를 휘둘렀고, 생채기가 나면서도 그것을 쳐서 떨어뜨렸다.

"그 모자란 머리로 생각해 봐. 정답이 아니면 쓰레기가 되겠는걸?"

내 윙크에 혀를 찬 크리스는, 망토를 요란하게 펼치면서 몸을 돌렸고——, 모습이 사라진다.

"그 망토는 마도구로군. 의외로 깜찍한 짓을 다 하는 아가씨인걸."

알스하리야가 쓰게 웃었다. 보라색 빛—— 좌우에서 생성된 덤프카가 달려든다. 좌우의 앞 유리를 몸을 비틀어가며 차례로 찬 나는 공중으로 도망쳤고, 어마어마한 파괴음과 함께 찌부러진 두 대에서 날아온 유리 조각을 걷어찬다.

"9시 방향이야. 피해."

보라색 빛.

상체를 틀어 날아온 탄환을 피하고 반격하자 크리스가 혀를 찬다. 나는 땅에 착지해 트리거를 당기고 보이지 않는 화살을 충전한다.

“이거 원, 접근전은 특기가 아닌가 보군. 춤추다가 파트너의 발을 밟는 타입인가.”

“생성 속도가 너무 빨라서 접근전을 시도할 필요가 없다고 볼 수도 있는데. 그건 그렇고, 그렇게 깔보던 상대에게 너무 쫄아 있는 것 아닌가?”

나는 입꼬리를 들어 올린다.

“승기가 보이는군.”

“이미 알겠지만, 비장의 카드는 비장의 카드로 남겨두는 게 최고야. 15초에 모든 걸 걸고 생사의 경계로 돌진하는 자살 중독자까지는 아직 되지 말라고.”

알스하리야의 충고에 고개를 끄덕이자 눈앞에서 보라색 빛이 또렷하게 빛났다.

피한다. 빛. 피한다. 빛. 피한다. 빛. 피한다.

뒤로 스텝을 밟을 때마다 쏟아진 빛의 화살이 땅에 박혔다. 어느새 쏟아지는 유성군, 빗발치는 화살 비 위에서 유성이 어둠 속을 가로지른다.

일그러진 하늘에 뒤틀린 별.

일등성을 뒤에 거느린 크리스는 천공에서 모습을 드러냈고, 유성우 속에서 땅을 기는 벌레들을 표적으로 삼았다.

“슬슬, 표본이 되어라, 이 하찮은 벌레야!”

“곰팡내는 싫으니까 패스할게.”

뒤로 구르고 마지막으로 백 텀블링한 뒤 깔끔하게 착지한 나는 미소를 띤다.

초조해하면서 이를 악문 크리스 앞에서 주워든 돌멩이를 요란하게 흔들고 나서, 오른쪽으로 던진다.

돌이 땅에 떨어진 순간, 크리스는 그쪽을 확 돌아본다.

"……그렇군."

나는 씩 웃었고 크리스는 모습을 감추었다.

반복되는 생성과 함께 공격이 재개되었고, 나는 고속 생성 시에 발생하는 알파 아퀼래 방사광을 보고 피했다.

피하면서 나는 보이지 않는 화살을 쏘는 척했고――, 20m 앞에서 발포음을 냈다.

"뭐야?!"

경악하는 목소리와 함께 망토가 휘날렸다. 크리스가 자기 뒤를 힘껏 돌아본 순간. ――나는 전력으로 뛰어들었다.

푹 팬 지면이 발자국 형태를 남겼고, 사방팔방에 잔해가 튀었다.

발바닥에서 희푸른 마력선이 방출되며 지면에 탄 흔적을 남겼다. 한 줄기 빛이 된 나는 시야에 있는 적을 향해 질주한다. 그 속도를 실으며 발도. 허리춤에서 광채가 번뜩였다. 그리고, 나는 엄청난 기세로 방출된 도광(刀光)을 가로로 휘둘렀다.

크리스는 믿기 힘든 반응 속도로 내 검을 지팡이를 들어 막는다.

검과 지팡이가 공중에서 충돌했고 그 여파에 서로의 앞머리가 붕 떠올랐으며, 크리스는 뒤로 몸을 기울이며 이를 간다.

"이봐, 누님! 귀여운 여동생 대신 한 방 날려주러 왔거든?!"

"내 눈앞에서 그 더러운 입 열지 마!"

달린다.

오른쪽, 왼쪽, 위쪽, 아래쪽, 어마어마한 속도로 휘두르는 서로의 참격이 어둠 속에 빛의 띠를 남기면서 울렸다. 하늘 위를 맴도는 빛의 무리가 서서히 지표로 날아든다.

유성이 반짝이는 하늘 아래, 보랏빛과 푸른빛이 깜빡이기를 반복했다.

한 쌍의 광선이 된 나와 크리스는 공격과 반격의 무대에서 뛰놀며 지상에 빛의 흐름선을 그렸고, 서로의 살을 베면서 살의를 쏟아냈다.

"넌 시각 대신 청각이 뛰어나잖아?! 아까 내가 휘두른 돌멩이는 못 봤는데 던진 돌멩이가 낸 소리에는 즉각 반응했지?! 공격 방향으로 보아 네 뒤에서 적당히 거리를 두고 발포음을 내면 걸려들 것 같았어!"

거칠게 칼을 맞댄다.

눈앞에서 발생하는 푸른빛에서 눈을 돌린 크리스는 얼굴을 찡그린다.

"고개! 고개를 숙여! 그걸로 봐주지! 캬하하! 죽기 싫으면 넙죽 엎드려, 여자! 엎 · 드 · 리 · 라 · 고! 엎 · 드 · 려! 엎 · 드 · 려! 오늘부터 매일 여동생과 한 침대에서 꼭 끌어안고 자겠다고 맹세해!"

"소, 속물이군……."

기겁하는 알스하리야 앞에서 나는 숨을 거칠게 내쉬며 크리스에게 다가간다.

"어쩔 건데, 이봐……! 대답해, 어……? 여동생 사랑꾼으로 이름을 떨칠 준비는 됐냐고 묻잖아, 응……?"

"……그렇군."

크리스는 쓰게 웃는다.

"알겠어."

"좋아! 겨우 자매 백합의 신성함을 깨달았──."

보라색 빛.

혀를 찬 나는 회피했다. ──생성이 아니야──? 아무것도 만들어지지 않았고, 자세가 무너진 내 시선 끝에서 두 손가락으로 천지를 가리킨 크리스는 미소 짓는다.

"처음이자 마지막으로 감사하지──. 해결의 실마리를 줘서 고맙다."

생성된 창이 내 오른쪽 가슴을 찔렀고, 뇌가 저릿할 정도로 엄청난 통증이 퍼졌다. 순간적으로 앞으로 굴렀지만 그 앞에 칼날이 솟아오른다. 대량의 작은 검이 왼쪽 팔을 찔렀고 피보라 때문에 땅에 붉은 반점이 생긴다.

"이른바 복수라는 거지. 네가 쓴 발포음 트릭과 똑같아."

짝짝, 박수를 치듯 크리스는 보라색 빛을 만들어 냈다.

"더미(가짜 빛)다. 깨닫기까지 시간이 필요했지. 알파 아퀼래 방사광이지? 내 고속 생성에 따라 발생하는 빛. 거기 착안한 건 칭찬해 줄 수 있겠군. 솔직히 네놈쯤 되는 마법사는 알아내지도

못할 줄 알았는데."

알스하리야는 쓰게 웃으며 어깨를 으쓱한다.

"말은 쉬워도 행동은 어렵다지. 이 짧은 시간 내에 더미 생성을 터득할 줄이야……. 천재 소리를 들을 만하군."

크리스는 손가락을 딱 튕긴다.

보라색 빛이 연속해서 깜빡인다. 회피했지만 그 앞에 생겨 난 검 끝이 내 무릎 뒤를 찔렀고, 무심코 무릎을 꿇으며 비명을 집어삼켰다.

"페이크를 섞으면 성가신 날벌레도 바로 땅으로 떨어지지. 자, 대답해 주마."

크리스는 검지로 땅을 가리켰다.

"죽기 싫으면 엎드려, 남자."

"…………."

"그래, 그러면 돼. 입을 다물고 있어. 쓰레기는 목숨을 구걸하지 않거든. 그냥 세상을 채우고 악취를 풀풀 풍길 뿐이지."

언제든 숨통을 끊을 수 있는 상황에서 크리스는 땅을 기는 나를 괴롭히기 시작했다.

겹겹이 포개진 철의 참격, 끝없이 이어지는 고통과 괴로움. 피부 전면을 채 치듯이 갈린 나는 피투성이가 되었다. 그래도 죽이지는 않아서 계속해서 고통을 느꼈고, 피를 너무 흘린 탓에 머리에 공백이 생겼다.

희미한 시야, 숨소리가 머릿속을 울렸고 고통의 신호가 나를 자극한다.

"땅을 기면서 목숨을 구걸해 봐, 산죠 히이로. 다시는 뮤르와 얽히지 않겠다고 맹세해. 그러면 죽기 직전에 자비를 베풀어주지. 울고 아우성치며 용서를 청하면 값어치 하나 없는 그 목숨을 구해주지. 피 웅덩이 속에 머리를 박고 내가 베푼 자비를 느끼도록."

"…………."

"너무 맞아서 말도 이해 못 하게 된 건가?"

"……모르겠네."

미간을 찡그린 크리스 앞에 비틀거리며 일어난 나는 입꼬리를 일그러뜨린다.

"왜 내가 너한테 고개를 숙여야 하지?"

"목숨을 구걸하지 않으면 내가 널 죽일 테니까."

"못 죽여, 너는."

웃으면서 나는 피에 젖은 앞머리를 쓸어올린다.

"너는『나』를 죽일 수 없어……. 흔들리면 끝이야, 나는……. 크크……,『히이로』였다면 기꺼이 엎드려서 네 신발에 키스할 법한 시추에이션이지만……. 나는 죽어도 안 해……. 못 하거든……. 뮤르가…… 그 아이가 가질…… 일등성을 위해서는…… 내가 여기서 나를 굽힐 순 없어……."

"무슨 소리야. 드디어 머리의 나사가 풀리기라도 했나?"

희미하게 눈을 내리뜬 나는 하늘을 올려다봤고, 유독 밝게 빛나는 별을 향해 손을 뻗었다.

"너는 별을 잡기를 포기했잖아……. 눈부셔 보였냐……? 너무 눈부셔서, 무서워진 거냐고……. 너무너무 무서워서…… 별빛이 보이지 않는 땅속 깊은 곳까지…… 도망친 거잖아…….”

크리스가 생성한 은제 창이 오른쪽 옆구리를 꿰뚫었고, 중심을 잃은 나는 어찌어찌 버텼지만 입에서 피거품을 내뱉으며 웃는다.

“도망친 끝에, 네가 원하던 행복이 있었어?”

“……닥쳐.”

“너는 무엇 때문에, 누구 때문에 강해진 거야?”

“……닥쳐.”

“네가 잡고 싶었던 건——.”

나는 눈을 크게 뜨고 떠는 크리스를 향해 웃어 보인다.

“일등성(뮤르)이었던 거 아니냐?”

“닥쳐어어!”

찌른다, 찌른다, 찌른다.

사방팔방에서 솟아난 은제 창이 나를 꿰뚫을 때마다 온몸이 경련했고, 구멍투성이가 된 몸에서 검붉은 피가 흘러나온다.

급소만은 피해 찌를 만큼의 이성은 있었는지, 크리스는 자기 두 손으로 얼굴을 힘껏 움켜쥐고는 미지근한 숨을 토해내며 눈을 크게 뜬다.

“닥쳐……, 쓰레기가 쓰레기 같은 소리 하지 마……!”

“……하늘을 올려다봐.”

“쓸모없는 쓰레기가 어딜——.”

"하늘을 올려다보라고, 크리스 에세 아이즈벨트!"

움찔한 크리스 앞에서 몸을 찌른 창을 빼고── 나는 찬란하게 빛나는 눈으로 그녀를 노려본다.

"하늘을 올려다봐……. 언제부터 너는 아래를 보게 된 거야……. 땅을 기는 개미를 내려다보며, 거짓된 안녕에 빠져 있게 된 거냐고……. 너한테는, 안 보이는 거냐……. 저기서 빛나는 별이……. 혼자, 빛나는 별이……! 쭉…… 계속, 계속, 계속, 저기서 빛나고 있잖아……! 네가 고개를 들지 않으면 볼 수 없어……. 네가 발견해 줄 때까지 기다릴 거야……. 네가 거리를 두면 함께할 수 없다고……! 슬슬 좀 깨달아……. 저 아이는…… 저 아이는……!"

피 웅덩이 속에서, 뻗어난 검지.

바르르 떨면서 새빨갛게 물든 손가락 하나가── 발갛게 빛나는 별 하나를 가리켰다.

"계속, 저기서 너를 기다리잖아……!"

내 말에 압도당한 크리스는 천천히 뒷걸음질 친다.

"무, 무슨 소리야……. 아, 알 게 뭐야, 그런 거……. 나, 나한테는…… 재능이 있어……. 재능이 있다고……. 히…… 힘이 없으면 뺏기는 거야……. 모든 걸 잃는다고……. 뮤, 뮤르를 지킬 수 없어……."

두려운 듯 하늘에서 눈을 돌린 크리스는 뒷걸음질 치면서 중얼거린다.

"아니야……! 왜 내가 그런 실패작을 챙겨야 하는데……! 그래, 나는 잘못 없어……. 전부, 그 여동생이 쓰레기인 게 잘못이지……!"

여러 번 고개를 내저으면서 구시렁구시렁 혼잣말하던 크리스는 갑자기 뚝 멈춰 서더니 만면의 미소를 띤다.

"이제 됐어. 성가셔. 넌 죽었어. 그 아이에게 쓰레기 친구는 필요 없으니까. 악취가 지독해지거든. 이 세상에서 꺼져."

몸에서 뽑아낸 창을 내던진 나는 웃는 크리스를 바라본다.

"……알스하리야."

"힘들걸, 그만둬. 지금의 몸으로는 영향을 감당할 수 없어. 15초도 못 버티고 죽을걸. 그 한 사람 때문에 목숨을 바치려고?"

"…………."

"그래, 그렇지."

쓰게 웃으며 알스하리야는 내 어깨를 부드럽게 친다.

"너는 그런 바보였지."

유쾌하다는 듯 그녀가 죽어가는 나에게 다가와 웃는다.

심장 소리가 서서히 멎어 들고, 모든 감각이 사라졌으며, 나와 남의 경계가 애매해진다——.

"자, 몸과 목숨을 걸고 생과 사 사이에서 신나게 놀아보자고."

무형 속에서 나는 눈을 떴다.

"15초."

내가 올려다본 곳에서 별이 반짝인다.

"15초 내로 끝내지."

노을빛으로 물든 두 눈으로 내가 그녀를 바라봤고—— 빛이 번뜩였다.
개안.
뜨인 두 눈이 적을 응시한다.
개안 한도 수(카운트)──15──, 소리도 없이 나는 사라진다.
트리거를 당긴 순간, 현현한 빛의 검은 크리스의 목덜미를 노렸고 잘 닦인 검날이 그녀의 어깻죽지를 베었다.
“………윽?!”
마안──불효서사.
그 눈에 깃든 마법은『무한하게 이어지는 최선의 수를 본다』.
나와 남, 본디 서로가 취사선택하는 무한한 가능성을 굴복시키고, 마안의 소유자 입장에서의 최선의 결과를 보고 취하는 것.
이 눈으로 보는 대상은 마안의 소유자 입장에서의 최선의 수를 선택하게 된다.
목을 벨 가능성을 보면 상대가 어떤 회피 동작을 취해도 목이 베인다.
화살을 맞힐 가능성을 보면 상대가 어떤 위치에 있더라도 화살이 명중한다.
새가 하얘질 가능성을 보면 그게 아무리 말이 안 되더라도, 흰 새가 이 세상에 태어난다.
내 눈에는 무한한 가능성이 연속해서 보인다.
그중에서 비색(히이로)을 띤 최선의 수를 선택해, 그냥 거기 따르면 된다.
다만 지금의 내 불효서사는 미완성이라, 그 효력을 완전하게 발휘하진 못했다.

개안 한도 수——14.

바람을 베는 소리와 함께 검을 휘둘렀고, 나는 그녀의 발목을 잡았다——. 그리고 막대한 수의 참격 패턴이 표시되더니 그녀의 옆구리가 베인다.

피보라를 일으키며 크리스는 분노에 얼굴을 물들인다.

"이 쓰레기가아아!"

연속해서 번뜩이는 보라색 빛, 땅속에서 솟아난 흙 창을 피하면서 뒤로 물러난다.

그녀의 두 눈이 뒤틀린다.

마안——나선연장.

그 눈에 깃든 마법은『현상화한 마력을 보는 것』.

생성, 조작, 변화를 마친 마력을 보고 확정시키는 인과율의 마안. 즉, 그건 마법의 즉시 발동을 뜻한다.

마안 사용자에 따라, 보고 확정시킬 수 있는 이미지는 다르다.

일반적인 실력을 가진 마법사라면 창 하나의 생성을 보는 게 한계겠지만, 크리스 에세 아이즈벨트라면 수많은 창을 생성할 수 있다.

그게 바로 천재라는 근거, 연금술사라는 증거, 하늘에서 재능을 얻은 총아라는 것을 증명하는 실증하는 마법 행사였다.

개안 한도 수——13, 12.

"뒤로 물러나지 마, 히이로! 15초를 낭비하지 마! 그 이상은 못 떠! 희망뿐인 작품도 아니고, 15초 후는 없어! 춤춰! 생사의 경계로 달리라고!"

알스하리야의 고함.

비색의 눈에서 엄청난 통증이 느껴졌고, 나는 신음하면서── 앞으로 나선다.

개안 한도 수──11.

마력선을 발끝까지 늘려──마력선 보강(리인포스), 콘솔 접속(콘솔 액티브), 마력 유입(인플로)──, 발동, 강화 투영!

"우, 어, 어어어어어어어어어어어어어어어어어어어어어어어어어어어어어어어어어어!"

두 다리가 땅을 파헤쳤고, 푸른 입자가 방출되었으며 나는 눈부신 빛 속으로 고개를 들이민다.

고속 생성된 검, 창, 갈고랑이, 도끼, 미늘창, 화살, 탄환──. 갖은 살의가 흉기로 변해 내 앞길을 내리친다.

그것들에 베이고 몸이 뚫린다.

"……윽?!"

시야가 번쩍인다.

눈이, 눈이 아프다.

감길 것 같다. 뇌가 비명을 지르고, 시야가 새빨갛게 물든다.

눈이 감긴다. 『나는 처음부터 끝까지 고독을 관철할 거야』──. 뮤르의 쓸쓸한 속삭임이 떠올라, 격통 속에서 눈을 뜬다.

──이제 와서 그 실패작과 친하게 지내기라도 할 줄 알았어?

뜨여라.

그 아이가 별을 잡고 싶어 한다면.

나는, 숨을 들이쉰다.

눈을—— 떠.

개안 한도 수, 10, 9——불효서사——, 비색의 가능성에 맞춰 나는 검을 휘두른다. 덮쳐드는 모든 것을 튕겨낸다.

있는 힘을 다해 달리고 온몸에 상처를 입어가며——, 개안 한도 수 8——, 딱 하나, 도달하고 싶은 미래로 가는 길을 본다.

"너는."

고속 생성을 이어가며, 크리스는 중얼거린다.

"뭐지……?"

금속음.

내 귓불을 때리는 새된 소리를 들으면서, 생성, 생성, 생성, 깨진 빛의 날을 계속해서 재생성한다.

너무나도 빠른 크리스의 생성.

나아갈 수 없게 된다.

멈춰 선 나는 피 웅덩이 속에서 오로지 광검을 휘둘렀다.

좁아진 시야 속에서 크리스 에세 아이즈벨트는 웃었다.

"헛수고다! 바보 같은 놈! 너 같은 게 내게 도달할 수 있을 리 없어! 너든, 여동생이든! 쓸모없는 쓰레기야! 처음부터 정해져 있었어! 정해져 있다고! 하늘은 재능을 줄 자를 가리거든! 슬슬 깨달아, 이 쓰레기들아아아!"

개안 한도 수 7, 6, 5.

나는 보이지 않는 화살을 쏘았고——, 엄청난 격통에 눈을 돌렸다──. 크리스 눈앞에서 화살이 튕겨 나가 어둠 속으로 사라진다.

“기습에 대비하는 건 고위 마법사의 기본. 좋은 기회니까 저승길 선물로 기억하고 떠나도록.”

개안 한도 수, 4.

나는 숨을 거칠게 내쉬면서 고통 속에서 계속 가능성을 찾는다.

시야가 빨갛게 물든다. 머리가 깨질 것 같다. 폐가 산소를 받아들이지 못해서 숨을 잘 못 쉬겠다. 손발의 느낌이 없고, 모든 뼈가 굽었다. 어디 하나 격통을 호소하지 않는 곳이 없다. 괴로워서, 너무 괴로워서 죽을 것 같다.

뭐, 하지만.

나는── 웃었다.

“여기서 무릎 꿇을 만큼, 나는 평범한 인간이 아니거든! 알스하리야!!”

방어를 버리고 치명상을 입을 공격만 마안으로 피한다.

갖은 방향으로 찔리면서 나는 검지와 중지를 뻗었다.

그 팔에, 마인은 살며시 자기 손을 얹는다.

인간과 마인이 겹치고, 피투성이가 되어 함께 웃었다.

“이미 알겠지만.”

마인은 웃는다.

“기회는 한 번이야. 모든 걸 걸 준비는 됐나?”

“새삼 묻지 마.”

개안 한도 수, 3.

"진즉에."

개안 한도 수, 2.

"각오는── 됐어."

개안 한도 수── 1.

쿠웅────!

어둠에 떠오르는 비색.

사방팔방, 상하좌우, 사방천지, 유상무상!

무한해 보이기도 하는 레일 속에서 붉게 빛나는 레일을 택해 마력선으로 보강한 뒤, 손끝에서 일격을 날린다.

모든 것이 하나의 분류(奔流)가 된다.

그것이 똑바로 나아가 크리스에게 도달했고──.

"윽, 우, 어어어엇!"

위쪽으로 튕겨 나갔다.

우쭐해진 크리스 에세 아이즈벨트는 웃는다.

"15초가, 네 한계야! 내 승리──."

그 얼굴이 경악에 물든다.

마안을 감은 나는 이미 발을 내디딘 상태였다.

상단으로 검을 내리친 나와, 방어 동작에 들어간 크리스. 크리스의 시선은 하늘을 보고 있었고, 두려워하는 표정으로 별에서 눈을 돌렸다가── 베였다.

"…………."

칼날은 하늘을 향하고 있다.

별빛에 그 참격은 눈부시게 빛났다.

"…………."

크리스는 자기 가슴에 손을 얹는다.

새빨갛게 오른손이 물들고, 눈 깜짝할 사이에 그녀의 발밑은 핏빛으로 물들었다.

"15초가 한계인 건 마안이야."

나는 속삭이며 검에서 피를 떨어냈다.

"내가 아니라."

바들바들 떨면서 크리스는 엎어졌다.

그녀는 땅을 기어 다니며 붉은 선을 그렸고, 나는 그 뒤를 쫓았다.

"이, 이 쓰레기가……. 지, 질 리가 없어……. 질 리가 없어……. 이, 이 내가…… 크리스 에세 아이즈벨트가아…… 이런 쓰레기한테에…… 실패작에게…… 지, 질 리가……, 질 리가 없어어……!"

"그래서 진 거야."

나는 칼날을 보이면서 천천히 그녀를 쫓는다.

"나는 한계까지 너에게 대책을 취했어. 알파 아퀄래 빛까지 포함해서, 너를 쓰러뜨리기 위한 기술을 몸에 새겨넣었어. 유일하게 너에게 틈이 생기는 건 생성의 공격과 방어를 교체할 타이밍이라는 것도 알고 있었지. 나를 얕본 너는 뭘 어쨌더라? 마안에 너무 의지한 나머지 15초를 버텼으니 이기기라도 한 줄 알았냐? 그런 건 그냥 하나의 요소에 불과한데. 타고난 재능 따위를 의지하니까 그렇게 되는 거야."

그녀의 눈앞에 나는 칼날을 꽂아 넣는다.

"나에게 널 이길 가망은 없었어. 너는 나를 한껏 얕보고 본 실력을 발휘하지 않아서 진 거야."

나는 그녀를 내려다본다.

"결국, 너는 끝까지 내려다보는 수밖에 없었어."

"제길……, 싫어……. 이, 이런 데서…… 이런 쓰레기 손에…… 주, 죽고 싶지 않아……. 싫어어……. 어, 어머니임……!"

"공교롭게도 패배자의 변명을 들어줄 만한 자비는 없거든. 그럼 다음 생에서 보자고."

나는 검을 휘둘렀고—— 손이 멈춘다.

"…………."

여자아이 하나가 두 팔을 벌리더니 나와 크리스 사이를 가로막았다.

뮤르 에세 아이즈벨트는 눈물을 흘리면서 온몸을 떨었고, 나를 똑바로 올려다봤다.

아연실색.

뮤르(범인)의 보호에 크리스(비범)는 눈을 크게 뜬다.

"어, 언니가 잘못했다는 건 알아……. 사, 산죠 히이로……. 네, 네가 옳다는 것도…… 하지만……, 하지만……."

울면서 뮤르는 속삭인다.

"가, 가족이야……. 용서해 줘……. 내, 내가 사과할게……. 나라면 베도 되니까……. 어, 언니는 용서해 줘……. 부탁이야,

히이로……. 부탁할게……."

"…………."

"나, 나는…… 나는…… 실패작이지만……. 그, 그래도……
그래도…… 이 사람의 여동생이야……."

눈물을 줄줄 흘리면서 뮤르는 얼굴을 찡그리고는 웃는다.

"이 사람을, 사랑해……."

딱 하나.

딱 하나, 눈동자 속에서 빛나는 별빛을 올려다본 크리스 에세
아이즈벨트는 와들와들 떨리는 손끝을 여동생에게 뻗는다.

"뭐야……. 계속…… 계속, 거기 있었잖아……."

입가를 일그러뜨린 크리스는 여전히 서툰 미소를 띤 채로 속
삭인다.

"그날, 다 같이 올려다본 빛은…… 쭉…… 쭉, 거기…… 있었
잖아……. 이렇게…… 이렇게 빛나는데……. 뭐야……. 여, 역
시……."

뚝뚝, 땅에 눈물 자국이 남는다.

"내 여동생은 대단하구나……."

겨우 불빛을 찾아낸 그녀는 이를 간다.

"윽……."

크리스는 고개를 숙이고 오른손으로 지면을 후려친다.

"윽……. 으으……, 으으으으으으으……!"

몇 번씩 반복해서 후려친다.

눈물을 뚝뚝 흘리며 계속해서 땅을 치는 크리스 에세 아이즈벨

트는, 둔재라고 헐뜯던 여동생이 뿜어내는 빛 아래서 오열했다.
나는 검을 검집에 넣는다.
"……다행이네."
그리고 자매에게서 등을 돌렸다.
"능력 있는 동생이 있어서."
비틀비틀 걸음을 떼기 시작한 나는, 아무도 없는 어둠 속에서 한계를 맞는다.
몸이 앞으로 확 기울었지만, 나를 받아낸 츠키오리 사쿠라가 미소 짓고 있었다.
"늘 나쁜 사람인 척하는구나."
"……그런 적 없어."
"처음부터 크리스를 죽일 생각 따윈 없었으면서."
그녀 품에 안긴 채로 나는 쓰게 웃는다.
"뮤르와 크리스 사이를 중재해 준 거야? 목숨을 걸고?"
"……자매 백합을 좋아하거든."
흘린 피를 자기 몸으로 닦아주듯이.
달빛 아래서 츠키오리는 나를 천천히 끌어안는다.
"잘했어."
"……뭘 했다고."
졸음이 찾아든다.
부드러운 그녀의 몸과 온기에 감싸여 나는 조용히 눈을 감는다.
"……츠키오리."
"왜?"

"……나 말고, 여자를 품에 안아줘."

"바보."

나를 끌어안은 채로 그녀는 웃는다.

"정말…… 바보야……."

밤이 무르익는다.

어디서 나는 것인지 신입생과 메이드들의 밝은 목소리가 들린다.

신입생 환영회가 성공리에 끝났다는 증거였다.

미소를 띤 나는 그 즐거운 목소리를 들으면서…… 잠에 빠져들었다.

작가 후기

안녕하세요, 하자쿠라 료입니다.

이 작품을 구매해 주셔서 감사합니다.

믿기 어렵지만 이 작품도 3권까지 왔습니다. 내용이 내용인 만큼, 솔직히 1, 2권에서 끊길 줄 알았는데 설마 3권까지 내게 될 줄 몰랐습니다.

다 응원해 주신 덕이에요. 감사합니다.

여러모로 사생활 문제로 정신이 없어서 오랫동안 글을 못 쓰는 상태가 지속되는 바람에 이 3권을 집필하는 과정이 지금까지 중 가장 힘들었습니다. 어찌어찌 독자님들께 전해드리게 되어 다행입니다.

3권에서는 아이즈벨트가라는 별자리에서 하나의 별이 빠지고, 이어져 있던 선과 선이 흩어져 밤에 녹아드는 과정을 그렸습니다.

뮤르와 크리스의 관계성은 이 별자리의 형태를 만든 하나의 선이며, 이번 권에서는 산쵸 히이로라는 지구 외 지적 생명체 같은 괴물에 의해 결착을 맞습니다.

후에 또 다른 별과 별을 잇는 선에 대해서도 이야기하고, 최종적으로는 하나의 별자리 이야기가 되지 않을까 합니다.

웹 연재 판에서는 찝찝하게 끝난 그 이야기를 쓰는 게 제 최근 목표입니다.

필요한 권수를 생각해 보면 까마득하게만 느껴진다는 걸 이제야 깨달았지만, 쓸 수 있는 동안에는 힘을 내보려 합니다.

그리고 감사의 말씀을 드립니다.

일러스트를 그려 주신 hai 님. 이번에도 멋진 일러스트를 그려 주셔서 감사합니다. 이번 일러스트 하나하나의 퀄리티가 높아서 고개가 숙여집니다.

담당 편집자 M 님. 『○일이면 제출할 수 있을 듯해요!』라고 자기 입으로 말해 놓고, 마감일까지 감감무소식이어서 죄송합니다. 늘 도와주셔서 감사해요.

독자 여러분. 매번 여러분이 『재미있어하는 반응』이 정말 저를 구원합니다. 이번 권도 재미있게 읽으셨다면 좋겠어요.

작품 발간에 도움을 주신 분들께 진심으로 감사드립니다.

그럼 여러분, 또 어디선가 뵐 수 있기를.

하자쿠라 료

남자 금지 게임 세계에서 내가 해야 할 유일한 일 3

2024년 11월 15일 1판 1쇄 발행

저 자 하자쿠라 료
일러스트 hai
옮 긴 이 고나현
발 행 인 유재옥
담당편집 박치우
이 사 조병권
출판본부장 박광운
편집 1팀 박광운
편집 2팀 정영길 박치우 조찬희
편집 3팀 오준영 권진영 이소의 정지원
디자인랩팀 김보라
디지털사업팀 김경태 김지연 윤희진
라이츠사업팀 김정미 이윤서
영업마케팅팀 최원석 박수진 이다은
물 류 팀 허석용 백철기
경영지원팀 최정연
인쇄제작처 ㈜코리아피엔피
발 행 처 ㈜소미미디어
등 록 제2015-000008호
주 소 서울시 마포구 토정로222, 502호 (신수동, 한국출판콘텐츠센터)
판매 및 마케팅 (070) 8822-2301

ISBN 979-11-384-8479-4
ISBN 979-11-384-8295-0 (세트)

【전자서적 특전 쇼트스토리】

삼가 아룁니다.

장마가 계속되고 있는데, 건강히 잘 지내고 계신지요.

크루우 씨, 크아샤가(家)의 라이입니다.

일본의 습도가 오를 때마다 공주님의 사랑의 습도도 올라 꿉꿉한 '너무 자주 연락하는 것도 폐가 되겠지……'라는 중얼거림과 사랑비도 내리고 있습니다.

저희 〈알브〉는 〈알프 헤임〉에 귀국한 것도 잠시, 사랑에 빠진 공주님을 따라 도쿄에 돌아갔습니다.

이유는 여러분도 아실 거라 생각합니다.

여러분도 잘 아시는 만악의 근원 산죠 히이로입니다.

그 자식, 살아있었습니다. 마신교 알스하리야파와 한창 교전하는 도중에 그 '목숨을 내던지는 쓸데없는 참견'이 발동해 드디어 뒈졌다는 소식을 들었습니다만, 얼마 안 남은 목숨을 건진 모양입니다.

게다가 알프 헤임에서 공주님을 데려가 열세 씨족의 우두머리들은 화가 머리끝까지 났고, 당연한 흐름으로 '출입금지' 낙인을 받아 블랙리스트 한가운데에 존안이 게재되기에 이르렀습니다.

이러한 일에 이러니저러니, 이렇다저렇다, 이러쿵저러쿵, 어수선하게 지껄이며 어금니를 딱딱거리는 건 어리석은 사람이 할 짓이겠죠.

현명한 제가 하고 싶은 말은 하나.

왜 나에게 아무런 연락도 하지 않았는가.

저에게 반한 속물이 해야 할 일을 하나도 하지 않고 태평하게 제 앞에 얼굴을 드러내고 '오랜만'이라고 지껄일 수 있었는지 이해하기 어렵습니다. 앞머리가 겨울 벌판처럼 사라질 때까지, 불이 붙을 정도의 기세로 땅에 이마를 비비면서 사죄하라고.

그 남자의 말로 따위는 털끝만큼도 관심 없습니다만, 공주님께 걱정을 끼친 괘씸함은 만 번 죽어 마땅합니다.

공주님께서 눈물을 흘린 횟수만큼 처형대로 가는 계단을 올랐으면 합니다.

참고로 본 용지에 묻은 물자국에서는 98퍼센트의 물, 1.5퍼센트의 나트륨, 칼륨, 알부민, 글로블린, 0.5퍼센트의 단백질 등이 검출될지도 모릅니다만, 그건 제 눈물이 아니라 저의 울부짖는 아이언 펀치로 인해 흐른 산죠 히이로의 괴로운 눈물이니 언짢게 생각하지 마십시오.

*

살았는지 죽었는지 알 수 없는 슈뢰딩거의 산죠 히이로에 대해 지면을 할애하는 건 여기까지로 해두죠.

지난번 수기 겸 보고서에 대해 '이제 산죠 히이로에 대해서는 됐으니 공주님이나 너나 알브에 대해 이야기해라'고 표현의 자유를 좀먹는 까닭 없는 망상성 참언에 의한 직접적 비방중상을 당했으니 현재 상황에 대해 붓을 놀리고자 합니다.

저희 알브는 여러 절차를 마치고 겨우 공주님께서 지내시는 창의 기숙사 카이룰레움으로 거처를 옮겼습니다.

여하튼 12명이나 되는 큰 집단, 게다가 대부분이 위험한 녀석이기도 해서 입소 절차 중에 한바탕 소동이 있었습니다. 쓸데없이 방을 나눌 필요도 있어서 어쩌면 입소 허가를 못 받을지도 모른다고 생각했습니다만, 무사히 허가를 얻을 수 있었습니다.

카이룰레움의 기숙사장, 프리 플로마 프리기엔스님의 후의가 없었다면 공주님과 거처를 달리 해야만 했을 가능성도 있습니다.

착각일지도 모릅니다만, 프리 님의 모습은 어딘지 낯이 익었습니다.

공주님께 그걸 전하니, 왠지 모르게 우울한 표정으로 '기분 탓 아니야?'라는 대답을 들었습니다만 뭔가 걸립니다.

라피스 님은 프리 님께 특별지명자로 지명을 받아 카이룰레움 입소를 하셨다고 합니다.

처음 그 이야기를 들었을 때는 '역시 공주님'이라며 찬사를 보냈습니다만, 만약 '다른 의도'가 숨겨져 있다면…… 쓸데없는 걱정일지도 모르지만 본 건에 대해서는 조사를 부탁드립니다.

만약 제 걱정이 진실에 가깝다면 그녀는 (〈로열 가드〉검열과에 의해 불경죄에 상당하는 문장을 삭제).

그럼 하던 이야기로 돌아가겠습니다.

현재 저희는 두 명이 한 방에 사는 형태로 거주하고 있습니다.

부잣집 아가씨가 떼 지어 모이는 벼락부자 학원 치고는 경기가 안 좋다고 생각했습니다만 두 명이서 한 방을 쓰는 관습은 굳게 지켜지고 있는지, 이 오래 전부터 내려온 관습에 저항한 자는 당대의 학원장인 호오 무엔 뿐이었다고 합니다(학원장이 굳이 항의까지 할 정도의 내용이라 생각하지 않습니다만).

저희 알브는 하늘에 맡기기로 하고 제비뽑기로 같은 방을 쓸 짝을 정하기로 했습니다.

그 결과, 저와 같은 방을 쓰는 사람은 '에밀리 산디아스 가피' 님으로 정해졌습니다.

여러분, 지금까지 감사합니다.

크루우 씨, 크아샤가의 라이는 이 세상을 뜨게 되었습니다.

그런고로 작문 콩쿠르 상장 이외의 사물은 처분하셔도 괜찮습니다.

죄송합니다. 당시를 떠올려 이성을 잃었습니다만, 아직 저의 영광스러운 인생은 끝나지 않았습니다. 하지만 그 정도의 심리적 외상을 입었다는 것을 알아주십시오.

어디 사는 누가 매일 아침 '하~ㅋㅋㅋㅋㅋㅋㅋㅋㅋㅋ' 하고 우는 인터넷 중독 닭 엘프와 같은 방을 쓰고 싶다고 생각할까요.

에밀리 님은 상식을 뛰어넘는 미인이라 눈요기에는 적합하지만, 마음의 발육에는 현저한 악영향을 미칩니다. 바로 얼마 전 그녀에게 '에밀리 언냐 하이~'라고 스스로 입에 담았을 때는 절망한 나머지 구강 청결제를 원샷해서 더러워진 마음을 자정하려고 해버렸습니다.

그녀는 업무시간 외에는 웹서핑에 시간을 쓰며 방종한 생활을 하고 있지만, 이러니저러니 해도 연하인 저에 대한 책임감은 싹 텄는지 어떻게든 의사소통을 하려고 합니다.

에밀리 님. 그 의지는 이해합니다만 화장실 문에 인터넷 슬랭 퀴즈와 주니치 드래○즈의 시합 결과를 붙이지 마세요.

에밀리 님과의 생활에 대해 대충 사는 언니와 엄청 대충 사는 언니에게 상담해봤더니 '정신병원에서 진단서를 발행해주면 합의금 교섭은 맡겨줘. 3할만 떼어 주면 돼'라는 대답이 돌아와서 녹음한 음성 데이터를 가피가(家)와 크아샤가에 송부했습니다.

이 음성 데이터가 있으면 언니들에게 마땅한 형벌을 주는 것도 가능하겠죠.

합의금 교섭은 그쪽에 맡기겠습니다만, 3할 떼셔도 됩니다.

*

어째서인지 카이룰레움에서 공주님의 핀업 사진의 금전적 가치가 올라 핀업 사진이 랜덤으로 다섯 장 동봉된 '트레이딩 라피스'라는 것이 유행해 기숙사 안에 만연한 되팔이들의 '라피스 장사'가 큰 문제로 발전하기도 하고(아실 거라 생각합니다만, 팝캔디 럴러바이 님의 소행입니다).

베놈 님이 대접하려고 한 된장국에서 뇌내에 흘러드는 마력의 흐름을 일시적으로 저해하고 전기 신호로 변환해 뉴런 네트워크의 혼란을 의도적으로 일으키는 주약 성분이 검출되어 어떠한 실험을 하려고 한 흔적이 발견되기도 하고(어째서인지 첫 번째 성분 분석 결과가 잘못되어 흐지부지 끝났습니다).

크루루 님과 루루크 님의 방에서 대량의 불꽃놀이 세트에 숨겨진 약 1.2톤의 트라이나이트로톨루엔 폭약이 발각되어, 호쵸 마법 학원 학생회의 압수 소동이 벌어져 기숙사 안에 폭발물을 반입했다는 이유로 경찰이 출동하는 사태가 벌어질 뻔하기도 하는 등(조사해보니 실제로는 트라이나이트로톨루엔 폭약이 아니었다고 하지만 수상합니다).

창의 기숙사에선 그런 사건이 연일 일어났지만, 범죄 이력을 하나하나 덧칠해도 무의미하니 그만하겠습니다.

쓰고 싶지도 않은 알브에 대해서는 이 정도로 해두고, 산쵸 히이로에 대해 쓰고자 합니다.

현장을 모르는 높으신 분들은 '산쵸 히이로는 이제 됐다'면서 연일 계속 나온 카레에 대해 불평하듯이 말씀하시지만, 녀석의 위험성을 모르니 그런 헛소리로 혀를 적실 수 있을 겁니다.

그 남자는 가끔 카이룰레움에도 침입하고 있습니다.

침입 경로는 다양한데, 특히 많은 건 공주님의 차를 마시자고 하는 초대, 오필리아 폰 마지라인 님이 일을 저질렀을 때의 호출입니다.

전자인 공주님의 초대는 이유로서 납득이 가지만, 후자인 오필리아 님이 일을 저질렀을 때의 호출은 납득이 안 됩니다.

성을 보면 일목요연하듯이 그녀와 산쵸 히이로에겐 아무 인연도 관계도 없다는 것을 알 수 있습니다.

그럼에도 불구하고 어째서인지 오필리아 님이 무슨 일을 저지를 때마다 기숙사생은 경찰을 부르듯이 산죠 히이로에게 전화하고 '사건입니까, 아가씨입니까'라는 대답이 돌아오는 상황입니다.

왜 개인 연락처에 전화하는데 '사건입니까, 아가씨입니까'라는 질문이 돌아오는지 이해할 수 없습니다. 그 대답을 태연하게 받아들이고 '아가씨입니다'라고 대답하는 기숙사생들도 이해가 안 됩니다.

연락 후, 1분도 안 되어서 산죠 히이로가 날아옵니다.

완전히 익숙해진 기색으로 '안녕하심까~, 산죠 히이로임다~'라고 인사하고 싸움이면 중재를, 넘어져 있으면 상처 치료를, 기분이 좋지 않으면 솔로 오페라로 어르고 달래고…… 사태를 수습하면 아무 일도 없었다는 듯한 얼굴로 한바탕 부는 바람이 되어 떠나는 게 일상이었습니다.

본 건에 대해 오필리아 님께 직접 취재해보니, 그녀는 아주 화려한 부채를 펼치고 웃으면서 말했습니다.

"오~홋홋호! 그 남자, 제 전속 노예에요~! 한 번 부르면 멍멍하고 주인 곁으로 달려오는 건 당연한 일이 아닌가요~?"

틀림없습니다.

그 남자는 오필리아 님을 속여서 꼭두각시로 만들어 당당하게 자신이 창의 기숙사로 침입할 수 있는 〈시스템〉을 구성했습니다.

증거는 있습니다.

아무것도 없는 곳에서 하루에 몇 번이고 넘어져 엉엉 울거나 자기가 싸움을 걸어놓고 몇 초 후에는 눈물을 흘리며 패주하거나 싸움을 건 상대에게 자기 방의 열쇠를 던져 분실하고 안뜰에서 무릎을 안고 앉아서 하룻밤을 지새는 등…… 마치 전투력 측정기를 구현한 듯한 인간이 이 세상에 존재할 리가 없기 때문입니다.

즉, 이는 산죠 히이로에게 협박당한 오필리아 님의 연기임에 틀림없습니다.

이렇게까지 약한 인간이 이 세상에 존재해도 될 리가 없습니다.

연하인 저에게 '당신, 친해진 증표로 펜싱을 가르쳐줄 수도 있다구요?'라며 자신만만하게 덤비고는 호구를 다 착용한 제 앞에서 '호구 착용법을 모르겠네요…… 드라마에서 봤는데'라며 진술하고는 꾸물거리는 사이에 날이 저물어 '나, 날이 저물었으니 당신의 패배에요! 기억해두라구요~!'라고 말하면서 도망치는 일련의 이해할 수 없는 행동이 연기가 아니라면 무엇일까요?

총명한 여러분은 이미 제가 말하고자 하는 바를 이해하고 있겠죠.

그렇습니다.

산죠 히이로는 절 노리고 카이룰레움 침입을 시도하고 있습니다.

범죄에 손댈 정도로 절 애타게 사랑할 줄은, 미인에 착하고 안경이 잘 어울릴 것 같은 엘프 1위(개인 조사)로 평판이 좋은 저도 예상하지 못했습니다. 이렇게까지 돼버리면 이제 그 성욕 짐승을 컨트롤할 수 있는 건 저 정도밖에 없겠죠.

얼마 전, 전 산죠 히이로의 의식 조사를 시행했습니다.

제 속옷을 실내에서 말리는 상태로 그 남자를 불러내 어떤 반응을 하는지 확인하려고 했습니다.

이 조사로 녀석이 좋아하는 색상과 디자인이 판명되었어야 했지만, 조사하는 도중에 에밀리 님이 나타나 '꼴림이란 것이 폭발한다! 쿠과과과과과광'이라고 말하면서 제 속옷을 전부 회수해 버려 실패했습니다.

다음부터는 그 인터넷 중독자를 때려눕힌 후에 조사를 시작하고자 합니다.

왜 내가 이런 수고와 시간을 들여야만 하는가.

그렇습니다, 전부 산죠 히이로 잘못입니다.

산죠 히이로에게 근처 놀이공원의 홈페이지를 계속 보낸 보람이 있었는지, 녀석은 제 미끼를 물어 '그럼 라이 친구도 불러서 갈까'라면서 특기인 '난 딱히 라이에 대해서는 별생각 없거든~'이라며 어린이 특유의 부끄러움을 숨기는 데이트 초대가 작렬했습니다.

물론 속여서 둘이서만 갈 생각입니다.

다음에야말로 산죠 히이로도 본성을 드러내겠죠.

히이로의 정체는 알고 보니 변태 남자였다, 라는 겁니다.

날씨 변화가 심한 때에 부디 몸조심하여 더 많은 활약을 하길 바랍니다.

라이 올림

【멜론북스 특전 쇼트스토리】

“야 인마.”

말없이 식품완구를 장바구니에 넣은 나는 스노우에게 머리를 맞았다.

화창한 일요일.

스승님과의 단련을 끝낸 후, ‘짐꾼으로 써드리죠’라는 고마운 말씀을 듣고 난 스노우와 함께 슈퍼에 와있었다.

이웃분에게 ‘유쾌하고 떠들썩한 코스프레녀’라 불리는 것에 저항은 없는지 항상 입는 메이드복 차림인 그녀는 눈을 가늘게 뜨고 식품완구 패키지를 바라봤다.

“‘심해어 피라미드 시리즈’…… 뭔가요, 이건?”

“아니, 민태라던가 에베르만넬라라던가 펠리컨장어라던가 심해어 피규어에 무릎이 달려있어서 쌓을 수 있게 돼있어. 모든 종류를 모으면 3단 피라미드가 완성되고 따로 파는 라이트를 뒤에서 비추면 빛나지. 모든 종류가 암컷인 게 포인트야.”

“그래서 그 무릎이 달린 기분 나쁜 생물을 한 종류만 사서 어쩔 거죠?”

“글쎄. 지금부터 바람 가는 대로 마음 가는 대로 생각할 거야.”

당연히 선반에 되돌려졌고, 잠시 후 비극적인 표정을 지은 나는 팔짱을 끼고 고개를 끄덕였다.

“어머나, 스노우.”

우리 집의 재원을 관리하고 있는 스노우 재무대신을 어떻게 설득할지 생각을 굴리면서 슈퍼 안을 돌아다니고 있으니 낯선 부인이 말을 걸었다.

"안녕하세요."

중립 기어로 운전 중인 스노우는 무표정인 채로 머리를 꾸벅 숙이고 발걸음을 멈췄다.

음료수와 야채와 고기 등을 가득 채운 바구니를 실은 카트를 미는 부인은 같은 상태인 나를 얼핏 봤다.

"혹시, 남편?"

"네, 맞아요."

"야 인마 야 인마, 거짓말로 메인 페이즈에 돌입하지 말라고, 이 바늘 천 개 먹은* 메이드 시리즈가."

살짝 어깨를 붙인 스노우는 정면을 바라보는 채로 속삭였다.

"……가짜 약혼 관계, 맺고 있잖아요? 어디서 들킬지 몰라요."

반론하지 못하고 입을 다물자 스노우는 보라는 듯이 내 손에 자신의 손을 겹쳤다.

"정확히 말하자면 약혼자에요. 매일매일 뜨끈뜨끈 따끈따끈이라 요즘 지구온난화 원인의 몇 퍼센트는 저희예요. 죄송합니다."

"어머어머, 세상에. 같이 장도 보고 사이가 좋네."

부인은 히죽거리는 웃음을 짓고 알 수 없는 눈짓을 했다.

"네, 러브러브해요. 그치, 히이."

"그, 그렇지, 스."

---

*약속을 할 때 부르는 일본 동요에 '거짓말을 하면 바늘을 천 개 먹인다'는 가사가 있다.

굳은 웃음을 띤 나는 미소를 지은 스노우와 바싹 붙었다.

“남자 남편은 드무니까 눈에 띄겠지만 스노우가 정한 사람이라면 확실하지. 잘됐네 당신, 스노우라는 좋은 부인을 얻고~. 당신, 이렇게 착한 애는 좀처럼 없다고.”

“하, 하하, 그렇네요……매일 사악하고 즐거운 생활을 하고 있어요…….”

퍽 하는 소리를 내며 내 옆구리에 스노우의 주먹이 들어갔다. 신음한 나는 모르는 척하는 메이드를 힐끗 째려봤다.

“아니, 뭐야, 사실이잖아. 네 사악함은 세계가 인정하잖아. 자랑스러워하라고. 남자애는 모두 세계적인 악이나 어둠 같은 걸 동경하는 법이라고.”

“여전히 버릇이 나쁜 입이군요. 굳이 다른 사람에게 말할 만한 건 아니잖아요. 식품완구 일을 빈정거리는 게 부끄럽지도 않나요. 그 오점 넘치는 얼굴을 전 세계에 드러내놓고 이제 와서 수치에 수치를 덧칠해서 수치의 층을 구성하는 건 그만두세요. 후세에 고고학자의 손에 발굴된 후에 후회해도 늦으니까요.”

“닥쳐 닥쳐, 이 야비한 메이드가. 발굴되는 건 네가 한 욕을 정리한 메이드식 매도 전집 32쇄 같은 거지. 후세에 ‘마왕’이라 불리게 돼도 난 모른다. 그리고 난 딱히 식품완구 같은 건 안 갖고 싶었거든. 한번 사주는지 시험해봤을 뿐이거든.”

“네~? 분명, 무조건 갖고 싶었죠? 전 당신이 용돈을 어디에 쓰는지도 파악하고 있는데요? 하나하나 정성 들여서 백일하에 드러내서 잘잘못을――.”

눈앞에 있는 부인은 키득키득 웃으면서 카트를 밀고 떠나갔다.

“부부싸움은 칼로 물 베기라고 하잖아. 행복하세요~.”

“‘‘…………..’’”

스노우는 한숨을 쉬었고 난 바로 위의 천장을 바라봤다.

말 없는 채로 있으니 스노우는 이쪽을 힐끔 올려다봤다.

“……멍청한 상판을 달고 있는 당신 치고는 연기가 훌륭했으니 오늘은 식품완구를 사줄 수도 있는데요.”

“스노우…… 그, 나, 이것저것 말해서 미안해…….”

“딱히 상관없어요. 둘 다 똑같으니까요. 자, 빨리 가져와 주세요.”

감격한 나는 진심으로 스노우에게 사과하고 가져온 식품완구를 카트에 넣었고——.

“세 개나 넣지 마.”

스노우에게 머리를 맞았다.

【게이머즈 특전 쇼트스토리】

방과 후.

매일 이 세상에 싹트는 백합의 아름다움을 생각하며 귀가하던 중에 큰 소리로 우는 아가씨에게 붙어 있는 초등학생을 발견했다.

"언니, 그렇게 울어도 세금은 안 내려가."

"그런 복통 같은 느낌으로 납세의 고통에 시달리면서 흐느껴 울 일이 있나?"

"실례되는 말은 하지 말아 주시겠어요?! 전 납세는 빠뜨린 적이 없다구요! 매일 편의점에서 아크릴 박스에 넣고 있다구요!"

"그건 모금이거든."

란도셀을 멘 소녀의 쓰다듬을 등으로 받던 아가씨는 허둥지둥 자세를 바르게 하고 깃털이 달린 부채를 펼치며 날 맞이했다.

"오~홋홋호! 전속 노예, 당신에게 기쁜 소식을 직접 전해주죠! 당신이 지금 마지라인 복권 1등에 당첨됐다는 사실이에요!"

"이거 이거, 진짜냐고. 만나자마자 나도 고액 납세자가 됐네."

흥흥 하고 코로 소리를 내고 몸을 젖힌 아가씨는 눈을 반짝였다.

"당신에게! 거기 있는 미아를 도울 권리를 드리죠!"

"어? 미아?"

울어서 눈이 퉁퉁 부은 아가씨와 나란히 서있는 소녀는 발돋움하며 손을 들었다.

"네, 아이 앰 미아입니다."

"야 야 거기 어린이. 꼬맹이 잉글리시로 허위 신고를 하는 건 납세액만으로 해두라고. 왜 미아가 안 울고 명예로운 아가씨가 울고 있는 거야."

"감수성이 너무 풍부해서 미아인 나한테 감정이입해서 울기 시작했어."

부탁이야, 아가씨…… 싸움이 끊이지 않는 우리 세계를 구해 줘…….

정체불명의 여자 초등학생은 '카나' 라고 이름을 댔고, 마지라인 복권 1등에 당첨된 나는 그녀의 부모님을 찾는 정처 없는 여행에 어쩔 수 없이 동행하게 되었다.

연상이라는 압도적인 어드밴티지를 가지고 있는 아가씨는 의기양양한 표정을 짓고 있었고, 손을 잡고 있는(보기 좋다) 카나에게 신나게 떠들었다.

"카나 씨, 불안하게 생각할 것 없어요! 아무튼 저 오필리아 폰 마지라인! 철이 들었을 때부터 미아의 프로페셔널! 잠시 행선지의 런웨이를 걷기만 해도 지역의 경찰이 제 어머니를 찾아 삼만 리에요~!"

"언니 대단하다~! 후안무치해~!"

"그런 일이 너무 많아서 각계에서 찾는다구요~! 후안무적~!"

꺅꺅 우후후 소리를 내며 사이좋게 역 앞의 큰길을 걷는 아가씨와 카나는 나이 차이가 나는 자매처럼 보이기도 했다. 원작 게임 설정대로라면 아가씨에겐 나이 차이가 나는 여동생이 있을 테니 이렇게 돌보는 건 익숙할 것이다.

둘을 바라보고 있으니, 갑자기 휙 돌아선 카나는 날 바라보면서 속삭였다.

"오빠는 여자 친구 몇 명 있어?"

"……뭐?"

나도 모르게 걸음을 멈춘 내 앞에서 그녀는 작은 손가락을 하나씩 구부렸다.

"그야, 일단은 언니 있지? 금발 미인 엘프 씨하고도 같이 걷고 있었고, 귀여운 메이드 씨는 아내 같았고 참한 아가씨 같은 언니는 볼을 빨갛게 물들이고 있었고, 무서운 고양이 같은 언니는 오빠한테 집적거렸지? 그리고 은발인 귀찮은 사람하고도──."

"하하하, 이봐, 재밌는 소리를 하네. 고등학생인 오빠한테 토론으로 도전하기에는 경험이란 게 부족한 거 아냐? 잠깐 같이 걸었다고 커플 판정을 받는다면, 나랑 너도 커플이라는 겁니까~? 네, 논파~! 용돈을 받는 어린이는 집에서 희석한 칼○스라도 마시고 유산균을 배양하라고."

"그치만 보통 남자 따위랑 둘이서 걸을 리가 없잖아? 당연히 호감이 있는 거 아냐? 바보야?"

"………………흑!"

"그, 그렇다고 울 필요는 없잖아요! 이, 입술! 입술을 물어뜯고 있어요! 아이를 노려보면서 위협하는 짓은 그만두세요! 당신, 이런 아이를 상대로 토론도 못 이기다니, 부끄러운 줄 아세요, 부끄러운 줄!"

지기 싫어하는 나는 다시 카나에게 토론으로 도전했고 아가씨가 졌다.

그 후, 큰 소리로 울부짖는 나의 토론술이 효과가 있었는지 무사히 카나와 카나의 부모님은 재회했고, 그녀는 답례라면서 아가씨를 안아줬고 내 볼에는 뽀뽀를 했다.

"오빠, 내가 어른이 됐을 때도 남아 있으면 받아줄게."

마지막까지 정확하게 내가 싫어하는 짓을 계속 한 카나는 수줍어한 후에 '바이바이' 하고 손을 흔들고 부모님과 손을 잡고 떠나갔다.

"폭풍 같은 아이였네요…… 으, 읏, 벌써 또 보고 싶어요, 쓸쓸해요……."

"그렇네. 근데 아가씨."

난 본 적 없는 풍경을 둘러보고 울상인 아가씨에게 속삭였다.

"여기, 어디야……?"

"…………."

10분 정도 헤맨 나와 아가씨는 지역 경찰에게 불심검문 당한 후, 연락처를 교환한 카나와 부모님이 집까지 바래다줬다.